ANOMALIE

DU MÊME AUTEUR

Le Corset, Denoël, 2005.

Julie Peyr

ANOMALIE

Roman

ÉQUATEURS

contact@editionsdesequateurs.fr
www.equateurs.fr

Et pourtant aimez-moi, tendre cœur ! soyez mère,
Même pour un ingrat, même pour un méchant ;
Amante ou sœur, soyez la douceur éphémère
D'un glorieux automne ou d'un soleil couchant.

Charles Baudelaire, *Chant d'automne*.

1

Le plus souvent, on courait sans savoir pourquoi. Un seul d'entre nous bondissait et tous les autres l'imitaient. Telle une volée de moineaux, on s'éparpillait à toute vitesse, disparaissant derrière une coursive, un hall d'entrée ou une rampe de parking. Filant le long des berges, des palissades et des terrains vagues.

Courir.

Courir sans d'autre raison que la joie d'avoir des jambes et d'être au monde.

C'était les grandes vacances et, de mémoire, les plus agitées que j'ai jamais connues. Notre cassette des *Earth, Wind and Fire* n'y résista pas. La bande s'emmêla dans notre magnétophone portable et se déchira. Leila tenta de la rafistoler avec des bouts de scotch, mais peine perdue, on finit par jeter la cassette à la poubelle.

Si l'été dont je parle ne ressemble à aucun autre, c'est parce que Danielle, notre mère adoptive, le passa à l'hôpital. Le séjour au camping du Grand-Bornand où l'on partait chaque année fut annulé. Pour Leila et moi, cela voulait dire renoncer aux randonnées et aux verts pâturages, aux fondues savoyardes et aux soirées dansantes dans la salle des fêtes du village. L'été dont je parle, on se contenta de l'horizon habituel, crénelé de cheminées d'usines et de fumée noire, et pour toute verdure l'herbe brûlée du stade voisin, les rives de la Seine peuplées de saules blancs.

Nous étions seuls et livrés à nous-mêmes. Dédé s'absentait tout le jour pour visiter sa femme à l'hôpital et quand il rentrait enfin, son chagrin lui faisait oublier notre présence. Quelquefois, nous le surprenions assis à la table de la cuisine, les yeux dans le vide. Il s'est mis à sentir mauvais, un mélange de merde et de houblon. Le matin, c'était une autre odeur. Tout son corps exhalait le poil grillé, comme s'il avait subi une électrocution dans la nuit. Il se plaignait aussi d'avoir la chiasse.

« Merde, disait-il, s'écroulant sur un tabouret de la cuisine. Je me suis encore vidé comme un lapin. »

Leila faisait cuire du riz. Dédé avalait deux bouchées, puis allait chercher une bière au frigo. La bière, il n'oubliait jamais d'en acheter, mais pour la nourriture, c'était une autre affaire. Du coup, on mangeait les restes, on improvisait nos repas avec ce qui se trouvait dans le frigo, les placards et chez les copains. Il arrivait que Dédé laissât un billet de cinquante francs sur la table du salon. Ma sœur et moi nous empressions de l'échanger à la supérette contre un sac de bonbons et tous les gosses de la cité nous collaient, pareils au sucre autour de nos bouches, en mendiant jusqu'à ce qu'il n'en reste plus un seul.

« Le cancer, c'est une maladie qui fait mourir », me souffla un jour Leila, ouvrant de grands yeux ronds. Je ne sais où elle avait entendu ce mot. Sur le moment, je n'y ai accordé aucune importance. Leila n'avait pas l'air très inquiète. J'avais dix ans à l'époque et ma sœur, deux ans de plus que moi. L'insouciance était notre guide. Les maladies et la souffrance semblaient des inventions d'adultes et des sources de tracas inutiles. Quand chaque jour est une promesse de joies nouvelles et de conquêtes insoupçonnées, l'idée de finitude paraît aussi lointaine qu'une galaxie inconnue et glisse comme des gouttelettes d'eau sur nos fronts huileux.

Nous habitions un appartement d'une cité HLM située à la pointe de L'Île-Saint-Denis, long et étroit filament de terre incrusté dans un méandre de la Seine. Notre quartier, bordé par le fleuve et en aval par une enfilade d'entrepôts, était un véritable cul-de-sac dont il n'existait que trois issues : les ponts, l'un menant à Gennevilliers, l'autre à Saint-Ouen, et une route unique, reliant la pointe de l'île à son autre extrémité, longue de plusieurs kilomètres sans commerces ni habitations. On racontait qu'une jeune fille qui s'était aventurée seule sur cette départementale avait été retrouvée la gorge tranchée, face contre terre au pied d'un talus. Pour se déplacer, il était préférable d'éviter le stop et d'attendre le bus. Vu que nous avions rarement l'argent pour payer notre ticket, nous nous déplacions à pied ou en patins. Accrochés au pare-chocs d'une voiture sur la D 20, on gagnait très vite le parc du château de Saint-Ouen. On connaissait ce quartier dans ses moindres recoins, mais on ne perdait pas pour autant l'illusion d'avoir de nouveaux territoires à conquérir. Leila n'était pas en reste pour trouver quelque chose à faire. Les rives du fleuve recelaient peut-être d'autres cadavres et, parmi les entrepôts abandonnés aux vitres crevées, il y avait toujours d'autres friches à explorer. Le stade était proche, juste derrière les tours Pagel. Matchs de foot et balles aux prisonniers s'y jouaient chaque jour. Quand les terrains étaient réquisitionnés par les plus grands, on se rabattait sur les parkings et la table de ping-pong. Les tournantes duraient des heures et ne s'arrêtaient qu'au carillon du marchand de glaces. Tee-shirts roulés autour du cou, les garçons faisaient glisser des tubes de glace sur leurs torses dénudés. Allongées sur le ciment froid de la table de ping-pong, nuques relevées par le petit muret faisant office de filet, les filles battaient des cils en contemplant leur peau brune et imberbe. Le soleil brûlait, semait autour de nous des milliers d'esquilles aussi réfléchissantes que d'infimes éclats de diamant, et la vie était cette bille de feu qui roulait dans nos veines.

Nous traînions toujours avec les mêmes têtes brûlées, gamins crâneurs et frénétiques que nous connaissions pour la plupart depuis nos années de maternelle. Parmi les plus assidus, les jeunes frères Belkacem arrivaient en tête : Rachid, tatouage sur l'avant-bras, et Fabrice, le visage en partie défiguré par une balafre dont on ignorait l'origine et qui, dans son jean à *pattes d'eph*, imitait John Travolta mieux que quiconque. Le tableau serait incomplet sans Kamel, un casse-cou de la pire espèce. Un jour qu'on le contemplait faire le mariole à la fenêtre de sa chambre, il dégringola de trois étages et, par miracle, s'en sortit avec quelques égratignures. L'incident ne lui mit pas de plomb dans la tête pour autant. La même semaine, il traversa la rue comme un écervelé et une mobylette le percuta de plein fouet. L'épaule broyée, une partie du cuir chevelu arrachée, il fut escorté à l'hôpital par les pompiers. Il revint, des broches partout sur le crâne. On aurait dit qu'une agrafeuse géante lui était passée dessus.

À nous cinq, nous formions le noyau dur de la bande, mais nous étions rarement sans d'autres compagnons de jeu. La fratrie Moutoussamy, Dany, Daniel, Daniella et Danielli, appelés plus commodément les Dan, grossissait régulièrement notre bataillon, ainsi que Hassan, un Pakistanais placide qui ne parlait pas un mot de français, Sophie, une jolie Gitane avec qui Leila m'avait marié en secret et dont la tante et les cousins vivaient dans le camp romanichel installé sur un terrain vague tout proche, Abdelghani, un grand échalas aux yeux bleus inexpressifs, plusieurs autres gamines, des Stéphanie et des Nathalie à la pelle. Il y avait aussi Dina, son frère Julio et Jimmy, le fumeur de Gauloises, qui s'amusait à faire claquer sa ceinture de cuir noir sur les cuisses des filles.

La rentrée, même pour moi, s'annonçait comme une délivrance, quelque chose qui calmerait nos sangs bouillonnants. Qui mettrait fin aux courses-poursuites en rollers dans les halls d'immeuble. Aux sauts vertigineux de Leila au-dessus des rampes d'escaliers. Aux grandes escapades de notre meute sur les berges de la Seine. Qui nous ferait atterrir, nous clouerait au sol pour un bon moment. Leila soignerait mes ampoules. On signerait une trêve avec les Gitans de derrière la cité Cachin qu'on avait canardés chaque jour de bouteilles et de canettes. « Pouce ! » j'avais eu envie de dire tout l'été. Mais la cassette était morte et quelque chose était bel et bien sur le point de finir.

La cassette était morte, et jamais plus on n'entendrait ce refrain.

Evil, runnin' through our brain
We and evil's about the same
Bad blood through our body flows
Where's the love nobody knows.

J'entrais en classe de CM 2, Leila en cinquième. Pour cette année encore, nous irions dans des établissements scolaires séparés.

« Comment tu vas faire sans moi ? » Elle me pinça les joues. « Pauvre petit Mehdi. Pauvre petit garçon. »

Je la repoussai et elle agrippa mon maillot. Je regardai ma sœur, ses épaules carrées, son cou épais, son sourire revêche, ses yeux qui en me fixant louchaient légèrement. Je détachai sa main de mon tee-shirt et nous restâmes encore quelques instants à nous jauger l'un l'autre.

Nous avions l'habitude de tout faire ensemble, et Leila s'imaginait que j'étais incapable de me passer d'elle. C'était elle, pourtant, qui me réclamait sans cesse à ses côtés. Elle qui m'avait encouragé à m'inscrire au club de natation de Saint-Ouen où elle s'entraînait depuis un an. Elle qui me prenait dans son équipe lorsque des matchs de foot s'organisaient avec les enfants du quartier. Elle qui, se glissant derrière moi, m'enroulait de ses bras, prenait mon épaule pour une mentonnière et poursuivait la discussion avec nos amis, mitraillant mon oreille de son rire tonitruant au risque de m'assourdir.

J'aimais ces journées sans Leila. J'aimais ne pas sentir son regard dans la cour de récréation. Loin d'elle, quelque chose en moi se reposait enfin.

Le jour de la rentrée, Leila joua à la maman. Elle tailla mes crayons, m'aida à trier le matériel et à ranger mon cartable, avant de m'accompagner jusqu'à la grille de l'école. Le cartable pendant en travers du dos, je titubais derrière elle, les yeux rivés au sol, taciturne et rêveur. Leila s'arrêta pour m'attendre. Elle constata que mes cheveux avaient poussé. Denses, ils alourdissaient ma tête et me dissimulaient les yeux. J'aurais dû aller chez le coiffeur depuis longtemps, mais Danielle était bien incapable de s'occuper de cela. Il n'y avait pas que mes cheveux qui avaient poussé. En enfilant un pantalon le matin même, je m'étais aperçu qu'il laissait voir mes chevilles. Trahi par mon propre corps qui grandissait et se métamorphosait, je me sentais gauche à présent.

« Comment va-t-elle ? demanda la directrice qui était accourue vers nous.

— Qui ça ? »

Je regardai ma sœur, bouche déformée, bras ballants.

« Danielle, ma chérie. Je n'ai pas osé l'appeler. Elle est sortie de l'hôpital ? »

Cela faisait une semaine que Danielle était rentrée à la maison. Un sein en moins. Ne se nourrissant plus que d'un mélange sirupeux qu'elle avalait avec une paille.

« Ouais, dit Leila. Elle est à la maison. »

Elle n'osa mentionner le sein manquant. Elle ne savait pas si c'était quelque chose qu'on disait.

« Comment va-t-elle ? »

Leila regarda de mon côté, voulant peut-être que je lui souffle la réponse. On ne parlait pas de ça chez nous. Que pouvait-elle raconter ? Qu'une infirmière venait chaque jour changer le pansement ? Que Danielle ne cessait de roter bruyamment et de rendre chacun de ses repas ? Qu'elle suivait un traitement contraignant, un vrai poison qui lui faisait tomber les cheveux par poignées ?

« Elle va bien, répondit Leila. Elle est juste fatiguée à cause de l'opération et tout ça. »

Leila aperçut au loin d'autres maîtresses se presser vers nous et regretta de m'avoir accompagné. Danielle était institutrice dans cette école depuis dix ans. Personne ne manquerait de venir prendre des nouvelles.

« Pardon, mais faudrait pas que je rate le car. À ce soir, me glissa Leila, et elle tourna les talons.

— Embrasse Danielle pour moi », lui cria la directrice.

Leila répondit d'un signe de la main, puis fit mine de regarder sa montre en hâtant ses pas. Je suis sûr qu'elle s'arrêta de courir aussitôt après avoir tourné au coin de la rue.

Le soir même, Leila parla à Danielle.

« Mehdi a besoin d'aller chez le coiffeur. Il a les cheveux dans la figure.

— Il l'a demandé ? »

Danielle était au lit, le dos relevé par d'épais coussins d'où émergeait son crâne complètement chauve.

« Je crois pas qu'il s'en rend compte. »

Elles échangèrent un sourire complice. J'avais la réputation d'avoir la tête dans la lune. Cela amusait Danielle, et Leila aimait le lui rappeler.

« Tu pourras l'emmener chez le coiffeur mercredi prochain. Tu sais où prendre l'argent ? »

Les yeux de Leila glissèrent vers la bibliothèque, attirés malgré elle par l'endroit où Danielle cachait ses économies.

« Il a besoin de nouveaux habits.

— J'appellerai Marie-Pascale. Elle a mis des vêtements de côté pour lui. »

Danielle saisit ses lunettes posées à côté d'elle sur un exemplaire de *L'Humanité* et les chaussa pour examiner plus en détail la jeune fille. Leila m'avait fait remarquer qu'elle ressemblait à un singe à cause des nombreux plis qui entouraient ses yeux et de la façon qu'elle nous scrutait, comme pour nous chercher des poux.

« Et toi, tu n'as besoin de rien ?

— Ça va. »

Danielle tourna légèrement la tête, porta sa main à sa bouche pour étouffer un rot.

« La barbe ! »

Prise de nausée, elle attendit que ça passe avant de revenir à Leila.

« Tu es sûre ? Moi je crois que tu as grand besoin de te laver les dents. »

Honteuse, Leila se cacha le visage et bondit hors du lit.

« Tu as les dents jaunes, ma fille. Tu crois que c'est le moment d'avoir des caries ? » cria-t-elle encore, tandis que Leila filait dans sa chambre.

Le mercredi suivant, Leila me coupa les cheveux dans la salle de bains des Belkacem et garda l'argent du coiffeur. Danielle trouva ma coupe impossible, ni faite ni à faire, blâma injustement le salon de coiffure et fit promettre à Dédé de ne plus jamais y mettre les pieds. Elle demanda à Leila d'aller chercher les ciseaux de la cuisine et, sans quitter son lit, tirant mon crâne à sa hauteur, elle coupa les mèches oubliées qui tombèrent sur une serviette-éponge étendue devant elle.

Bien qu'alitée, du jour où elle avait quitté l'hôpital, Danielle avait repris les rênes de la maisonnée comme avant, donnant des ordres depuis son lit, surveillant les devoirs du soir, s'assurant que les règles rudimentaires d'hygiène étaient respectées. Cela marchait plutôt bien. Dédé retourna sous la douche chaque jour et sa consommation de bière se limita aux heures des repas. Le dimanche matin, elle l'envoyait faire le marché à Saint-Ouen, avec une liste de courses qu'il suivait scrupuleusement. La présence de Danielle rassurait tout le monde et donnait l'apparence, après le tohu-bohu de l'été, que tout rentrerait dans l'ordre.

Dédé travaillait chez Citroën depuis huit ans. Cela nous faisait marrer qu'un homme qui n'avait jamais passé son permis de conduire pointât dans une usine qui fabriquait des voitures. Son travail n'avait rien d'exaltant, du moins c'est ce que nous supposions. Il n'en parlait jamais sauf quand il y avait des grèves, et, une autre fois, alors que la chaîne de fabrication avait été arrêtée plusieurs semaines à cause d'un mastic défectueux. De retour de l'usine, il passait à côté de nous tel un fantôme. Il ne se plaignait pas, soupirait seulement en franchissant le seuil et encore aujourd'hui, lorsque je suis dans un appartement et que j'entends la porte d'entrée s'ouvrir, je me rappelle le soupir de Dédé, ce soupir de fin de journée exprimant tout le labeur des heures qui avaient précédé. Une journée comme une éternité, qu'il cherchait à oublier très vite — une bière, son fauteuil, la télé qui gueulait très fort.

Pour Leila et moi, la natation reprit, deux fois par semaine, le mardi et le vendredi, à la piscine municipale. On s'y rendait en bus. Leila était la plus performante de tous les jeunes nageurs du club de Saint-Ouen, celle qu'on admirait et adorait, qu'on enviait et craignait, celle qui compensait le retard de ses coéquipières aux courses par équipes, celle qui chaque dimanche revenait les poches lourdes de médailles. Je la revois faire son entrée dans le hall d'une piscine en roulant les épaules, grande môme massive et masculine, les cheveux tirés en arrière, le corps épais et bandé dans son survêtement bleu électrique. En l'observant s'échauffer, à la brasse ou au papillon, se soulevant avec la vigueur d'un cachalot, la bouche grande ouverte prête à dévorer ce qui barrait sa route, majestueuse, si haute au-dessus de la surface juste avant qu'elle replongeât de tout son long pour disparaître, on se disait que si tant est qu'il fût possible d'établir sa généalogie, on lui découvrirait à coup sûr du sang de cétacé.

Ses temps en brasse et aux quatre nages faisaient de Leila la nageuse la plus prometteuse de l'équipe. Malgré ses douze ans, d'autres clubs de niveau national la convoitaient et à l'USMA on la cajolait pour lui couper l'envie d'aller voir ailleurs. Du reste, on ne l'adorait pas seulement pour ses talents de nageuse, c'était aussi la mascotte du club, celle qui, drôle, caustique, imaginative, mettait l'animation dans le car lors des déplacements, celle qui criait le plus fort dans les tribunes pour encourager ses coéquipiers. Le sport, la compétition, l'esprit d'équipe, elle avait ça pour elle, c'était sa vie, ce pour quoi elle était faite. Elle ne tenait jamais en place et semblait infatigable. On voyait bien qu'elle avait des facilités, qu'elle était agile et naturellement musclée. Vous pouviez lui mettre n'importe quoi entre les mains — ballon, raquette, batte, club de golf, javelot, que sais-je encore —, Leila pigeait le truc en moins de deux et donnait l'impression d'avoir fait ça toute sa vie. Ma sœur était une très bonne nageuse, mais elle aurait glané des médailles d'or dans n'importe quel autre sport.

Je dois me concentrer pour revoir Leila telle qu'elle nous paraissait à l'époque, forte et invincible, un roc férocement solide. Avec le temps, bien sûr, les certitudes se sont effritées et je vois autre chose. Je vois une pierre qui porte en elle le germe d'une moisissure qui s'étend en strates, la ronge de part en part. Un jour, sans qu'on n'ait rien vu venir, la pierre que l'on croyait robuste et incassable se fendille d'un coup sec. Cette révélation vous fait soudain découvrir le vide sous vos pieds. Vous tombez et tombez encore…

2

C'est au deuxième entraînement que la nouvelle fit son apparition. L'eau de la piscine semblait bien trop chlorée pour recueillir son corps à la peau glabre, trop glacée pour ne pas figer son cœur de moineau. Elle nageait mal et était venue la poitrine nue. Les enfants avaient ri. Quand toutes les filles portaient un maillot de bain une pièce, c'était drôle que la nouvelle débarque avec une mince culotte de garçon. Elle était maigre, tellement maigre — on voyait les os saillir sous sa peau finement tendue — que cela faisait mal de la regarder. On se disait que son corps fondrait au contact de l'eau. Pire, qu'il se briserait. Lorsqu'elle se percha en haut du plongeoir, se pencha en avant, puis se laissa choir comme au ralenti en basculant vers l'eau, on s'attendit à n'en plus trouver que des éclats, des confettis. Elle ne savait pas plonger. Ses cuisses heurtèrent de plein fouet la surface de l'eau et en sortirent toutes cramoisies. Je ne saisis pas son prénom. Elle était jolie, mais si maigre et fragile ! C'est idiot d'avoir pitié, j'ai pensé. C'est idiot de ne pas comprendre son prénom, et Leila souffla : « Mai, c'est comme le mois de mai. »

Je ne parvenais pas à détacher mes yeux de cet animal fantastique, cheveux châtain terne et raides, grand front pâle serti de veines minuscules, globe de l'œil rougi par le chlore, mince silhouette fragile et calme qui rappelait, avec sa tête penchée sur le côté, une poupée mal rafistolée.

« Arrête de la regarder, ordonna Leila. Tout le monde te voit. »

À la fin de l'entraînement, la nouvelle refusa de s'amuser et de faire la bombe avec les autres gamins. Assise au bord de la piscine, elle claquait des dents et battait l'eau de la pointe des pieds. J'ai pensé qu'elle ne reviendrait pas. Sa mère l'attendait dans les vestiaires, un peignoir flambant neuf posé sur le bras. Elle l'aida à le passer lorsque sa fille sortit des douches et frotta ses membres pour la réchauffer : « Ça s'est bien passé ? Et ton dos, tu n'as pas eu mal ? »

Mai revint le mardi suivant. Pour couper la chique aux moqueurs, elle avait entre-temps fait l'acquisition du maillot de bain du club. Un maillot une pièce, bleu roi orné d'un losange rouge. Il remontait sur son ventre et son torse. Elle n'avait aucune poitrine à cacher mais cela la distinguait désormais des garçons. Peut-être avait-elle pleuré tout le week-end, imploré les dieux du ciel pour qu'un avion s'écrasât sur la piscine de Saint-Ouen ou qu'une pluie torrentielle provoquât une crue équivalant à celle de 1910, et ne plus jamais avoir à remettre les pieds dans cet endroit. Nous n'en sûmes jamais rien et, bien évidemment, cela ne se produisit pas.

« Tu n'as pas le choix, lui assena sa mère à l'entrée de la piscine. Tu te souviens de ce que ton père a dit ? La natation est le meilleur moyen de muscler ton dos. »

Facile à dire, pas vrai ? Ce n'était pas sa mère qui aurait à supporter la vue d'un amas de cheveux étrangers arrimé à la grille d'évacuation de la douche, ou se gèlerait les miches sur le bord du bassin, la peau humide dans les courants d'air, avant de se glisser dans l'eau glacée et de chercher dans les bas-fonds de son âme une pensée douce et réconfortante pour que ces deux heures passent plus vite.

Il y avait deux groupes d'une vingtaine d'enfants à ce cours de natation. Leila et moi comptions parmi les plus forts. Notre entraîneur, Piotr, un grand blond vénitien aux yeux bleus, aux épaules immenses, arborait fièrement une moustache semblable à celle de son compatriote Lech Walesa, et si son charisme échappait à nos yeux juvéniles, il ne laissait pas indifférentes les mamans de nos camarades. Selon la légende, Piotr avait profité d'une compétition internationale pour fuir la Pologne, son pays natal, et selon la légende encore, épouse et enfant l'attendaient là-bas, ce qui ne décourageait en rien certaines mères assidûment juchées sur les gradins, toujours prêtes à confectionner tartes et gâteaux et promptes à nous suivre dans les déplacements.

Pas Danielle, bien sûr. Même avant sa maladie, elle n'avait jamais assisté à un entraînement. Communiste ardente, Danielle vouait tout son temps, en dehors de son métier d'institutrice, au Parti. Elle n'aurait jamais trouvé la disponibilité pour assister aux compétitions. Une chance pour nous. Si elle avait croisé une seule fois notre entraîneur, elle n'aurait pas manqué de lui reprocher avec véhémence sa fuite à l'Ouest.

Au début de l'entraînement, Piotr ne perdait pas de temps à expliquer aux anciens ce qu'il fallait faire. Il se contentait de jeter un coup d'œil à l'horloge et de frapper dans les mains, et nous étions partis pour un quart d'heure d'échauffement. On se plaçait en file indienne derrière les plongeoirs, les gravissant tour à tour, attendant que le précédent ait parcouru quelques mètres avant de s'élancer.

Dans la file, Leila remarqua la nouvelle qui, à l'écart, penchait la tête et tentait de la couvrir de son bonnet de bain. Elle quitta notre groupe pour s'en approcher.

« Il faut mettre du talc.

— Quoi ? demanda Mai.

— Pour pas que ça tire, il faut mettre du talc à l'intérieur. Mais je connais un autre truc… Donne, je vais te montrer. »

Leila prit le bonnet, s'agenouilla au bord de la piscine et le plongea dans l'eau. Elle revint vers Mai, tenant à bout de bras le bonnet rempli à ras bord.

« C'est froid, je te préviens. »

Leila retourna le bonnet sur la tête de la nouvelle et le plastique glissa sur ses cheveux sans les accrocher. Surprise par cette cascade d'eau glacée, Mai en eut le souffle coupé. Elle se retint pourtant de crier et demeura figée quelques instants, lèvres bleues et entrouvertes.

« Ça va ? interrogea Leila. Et comme Mai ne répondait toujours pas : Ohé, je te parle !

— Ça va... »

Tandis que du bout des doigts Mai faisait glisser sous les rebords du bonnet quelques mèches de ses cheveux, ma sœur resta près d'elle à l'observer.

« Leila ! »

J'ai crié. Tous les autres se trouvaient déjà dans l'eau. Seul au pied du plongeoir, je voulais que ma sœur passât devant moi. J'aimais la suivre en nageant, nous nous échauffions toujours ainsi. Mais Leila sembla hésiter. Elle regarda la nouvelle une fois encore, cligna des yeux d'une façon aussi assurée que si elle avait eu le pouvoir de la photographier. Cette image s'est gravée dans ma mémoire, comme si j'avais été à la place de Leila en cet instant. Je revois Mai, telle qu'elle lui était apparue, le sérieux de son visage, les longs cils bruns et humides, le regard perdu, ou intense, ou étincelant, ou toutes ces merveilles à la fois.

Un autre soir après l'entraînement. Le ciel était d'un gris opaque et si bas qu'il se confondait avec l'asphalte des trottoirs. Arrêtée au feu rouge, Mai regardait les essuie-glaces chasser la pluie quand nos têtes encapuchonnées passèrent devant elle, frôlant la tôle de la voiture.

« Qu'est-ce qu'ils font ? »

C'était la voix d'Annie, sa mère. Du revers de la main, elle essuya la buée du pare-brise. Nos deux silhouettes zigzaguaient entre les véhicules, filandres de couleur s'enfonçant dans la brume, coupant à travers la place de la Mairie pour atteindre la masse verte arrêtée au bout de l'avenue.

« Je crois qu'ils essaient d'attraper le bus. »

Le trafic reprit et la voiture avança. Annie fronça les sourcils, les mains crispées sur le volant. Elle suivait avec anxiété notre trajectoire sinueuse et irréfléchie.

« Ils sont complètement inconscients. Ils vont se faire écraser. »

Leila faillit atteindre l'arrière du bus, quand celui-ci se déporta sur la gauche et accéléra, nous laissant pantois, au milieu de la chaussée. On trouva refuge sous l'auvent vétuste d'une devanture. La voiture passa près de nous. Mai reconnut Leila.

« Je les connais, dit-elle. Ils font de la natation avec moi.

— J'espère que tu fais plus attention qu'eux quand tu es toute seule. »

Sous la capuche et la pluie battante, les traits de nos visages immobiles s'estompaient avec la distance, et pour ne pas nous perdre de vue, Mai se tordit le cou.

« On pourrait leur proposer de les raccompagner. »

Sa mère tourna la tête vers elle, regrettant de ne pas y avoir pensé plus tôt. Elle mit son clignotant et arrêta la voiture en double file.

« Tu sais où ils habitent ? »

Mai arracha sa ceinture et ouvrit la portière, laissant la pluie s'engouffrer à l'intérieur.

Annie se pencha pour crier : « Mai ! Ton manteau ! »

Pour toute réponse, elle entendit le battement des essuie-glaces et la voix suave et tranquille de la speakerine de la radio. Annie baissa le volume, détacha sa ceinture et s'avança vers le siège passager pour ramasser le manteau trempé.

Les pas de Mai se bousculaient sur le trottoir brillant de pluie. Elle courait et se demandait pourquoi elle était si heureuse de courir. Ses talons résonnaient sous ses pas. Elle pouvait voir le contour de son corps se réfléchir dans le miroir du sol inondé.

En apercevant Mai fondre vers nous, on leva le nez, le visage ruisselant de pluie.

« Qu'est-ce qu'elle veut ?

— Je ne sais pas », chuchota Leila.

Mai s'arrêta à quelques mètres. Elle nous sourit et nous lui rendîmes son sourire.

Les portières de la voiture s'ouvrirent.

« Bonjour, dit Leila en s'engouffrant à l'arrière.

— Bonsoir », ai-je corrigé en me glissant près d'elle.

Leila me fit signe d'ôter ma capuche et j'obéis. Mai retourna sur son siège à côté de sa mère.

« Vous habitez où ? demanda Annie.

— Cité Pagel. Vous voyez les trois tours moches à côté de l'île des Vannes ? » Annie hocha la tête. « Ben, c'est chez nous ! »

La voiture sentait le chien mouillé et le trajet jusqu'en bas de la cité se fit dans une humeur décontractée et joyeuse. Leila et moi étions si soulagés de ne pas avoir à marcher sous ce déluge que nous aurions trouvé n'importe quoi pour faire la conversation. Quant à Mai, ravie de rompre ce tête-à-tête avec sa mère, elle n'arrêtait pas de se tortiller pour jeter des coups d'œil vers l'arrière.

« J'adore les 4L, affirma Leila. Ça fait longtemps que vous l'avez ?

— Huit ans maintenant, répondit Annie, amusée.

— Nous, on n'a pas de voiture. Pourtant, Dédé travaille chez Citroën.

— Mais il n'a pas le permis, ajoutai-je.

— Et Danielle dit que si on a des jambes, c'est fait pour marcher. »

Mai tourna vers nous son visage radieux, mèches de cheveux plaquées sur les tempes.

« C'est qui Danielle ?

— La dame qui nous a adoptés. Notre vraie mère est morte.

— Et votre père ? demanda-t-elle encore.

— Lui ? » Leila me regarda et éclata de rire. « C'est le soldat inconnu. Aucune chance qu'on sache un jour qui c'est. »

La 4L s'arrêta au pied des tours. On remercia Annie avant de descendre, puis on courut vers les marches, les gravissant à toute allure. Mai suivait notre course des yeux, sans en perdre une miette. On lui paraissait tous deux si légers, affranchis de toute gravité, qu'elle avait l'impression qu'on s'envolerait bientôt.

3

Tout commença à la plage, nous raconterait Mai, un soir, peu après qu'on eut fait sa connaissance. Elle passait ses vacances sur la côte atlantique avec ses parents. Fille unique, Mai s'y ennuyait comme chaque année, mais cet été-là peut-être plus encore. Elle se trouvait près du rivage, penchée pour observer le dessin que la mer en se retirant avait gravé dans la vase, quand elle entendit son père l'appeler. Ce dessin ressemblait à un arbre, les sillons formaient des branches et des racines dont elle suivait le contour du bout des doigts, et elle dut l'abandonner à regret afin de rejoindre son père.

Pour l'avoir rencontré quelquefois, j'imagine assez peu ce médecin généraliste sur une plage. Il devait avoir toutes les peines du monde à se détendre, à penser à autre chose qu'à ses patients, au cabinet et aux quelques milliers de francs dissimulés au fisc. Il fumait une cigarette et avant ça, il avait dormi. Il se sentait un peu ivre, l'effet du soleil peut-être. Il observait au loin une enfant chétive qu'il ne reconnut pas tout de suite, aux genoux cagneux, aux omoplates proéminentes. Une enfant qui avait à peu près l'âge de sa fille. Elle lui tournait le dos, la tête inclinée, ce qui faisait saillir la colonne vertébrale dont la ligne semblait brisée, désaxée. Il pensa aussitôt à une scoliose, se demandant si, en sa qualité de médecin, il n'était pas de son devoir d'alerter les parents. Puis comme si le ciel venait de s'éclaircir, il comprit soudain qu'il scrutait sa propre fille, et il en resta stupéfait. Écrasant sa cigarette dans le sable, il jeta un œil à la serviette de Mai pour vérifier qu'il ne rêvait pas, qu'il ne s'agissait pas d'une illusion, mais la serviette était inoccupée. Il se leva, fit quelques pas vers le rivage et l'appela.

Mai se dépêcha de revenir vers son père, bravant les cailloux qui s'enfonçaient dans la plante des pieds et la piquaient comme des aiguilles. De fines gouttes tombées de sa natte glissaient le long de sa colonne vertébrale. Quand elle l'eut rejoint, il lui demanda de se tenir droite, puis de se pencher en avant tout en gardant les genoux bien tendus, les mains jointes entre les jambes. Il se glissa derrière elle, exhalant son haleine de tabac brun et la palpa, laissant filer le long de la colonne ses mains d'expert. Cette position fit indéniablement ressortir un renflement au niveau du rachis dorsal, signe distinctif d'une torsion de la colonne vertébrale.

« Michel ? Qu'est-ce qu'il y a ? demanda Annie qui s'était relevée, alertée par le comportement inhabituel de son mari.

— C'est ce qu'on appelle une attitude scoliotique, fit-il en caressant l'épaule de sa fille. Je ne crois pas qu'il s'agisse d'une vraie scoliose. Bien sûr, il faudrait faire une radio pour en être certain.

— C'est quoi ? demanda Mai.

— Ma puce… Tu as une petite déformation au niveau du dos, avoua-t-il en s'ébouriffant les cheveux. Elle pourrait s'aggraver si on ne faisait rien. Dans ton cas, je suis sûr que quelques séances de kiné suffiront à remettre tout ça en place. »

Il rougit en disant cela, et sa femme le regarda avec mépris.

Les jours suivants, la famille Toledano, de retour en région parisienne, se hâta de prendre rendez-vous chez un confrère orthopédiste. Michel le connaissait depuis ses années d'internat et c'est lui qui veilla au bon déroulement des radiographies. Dans un renfort exigu qui ressemblait à une cabine d'essayage, Mai se déshabilla, puis sans mot dire se laissa guider dans une étrange chorégraphie médicale, debout, de face, de profil, bras relevés, bras croisés, jambes légèrement écartées. Nu, perdu au milieu de tous ces appareils, séparé des adultes par une vitre plombée, son corps lui semblait d'un engourdissement et d'une vulnérabilité excitants. On la fit s'allonger sur une plaque en métal glacé et cela fut presque agréable. Elle scruta le plafond et remarqua que la peinture s'écaillait. Quand il lui sembla soudain que le plafond s'affaissait et allait bientôt l'ensevelir, elle ferma seulement les yeux.

Mai se rhabilla seule. Elle ne portait pas grand-chose, un short et un tee-shirt en coton rouge assorti. Nous n'étions qu'au début du mois de septembre, l'école n'avait pas encore repris. Tandis que son père et son confrère examinaient les clichés, Mai et sa mère patientaient dans la salle d'attente. La jeune fille lisait un vieux *Picsou Magazine*, Annie regardait droit devant elle, souhaitant sans doute percer le mur de ses yeux pour entendre ce qui se disait de l'autre côté. Elle fut appelée et Mai resta seule. Elle vit qu'elle avait oublié de lacer ses tennis. Elle remonta son genou et posa le pied sur la chaise. Elle prit conscience de son dos, là où pour elle une vie nouvelle commençait. Elle ne savait pas si cette vie serait mieux ou moins bien que celle qu'elle connaissait déjà. Elle savait seulement qu'elle serait différente.

Lorsqu'ils sortirent du centre médical, le ciel avait noirci. De grosses gouttes tombaient lentement sur la ville, charriant la poussière des trottoirs, soulevant des effluves de métal chauffé.

Bien que Mai ne fût plus en âge d'être portée, Michel la hissa sur son dos et courut vers la voiture. Enfin à l'abri, il vérifia qu'elle était attachée et se hâta de démarrer le moteur.

« Bon, j'ai une bonne et une mauvaise nouvelle, annonça-t-il, haussant la voix pour couvrir le martèlement de la pluie sur le toit de la voiture. La mauvaise, c'est que tu as une scoliose qu'il va falloir soigner. La bonne, c'est que cette année on va t'inscrire dans un club de natation. Tu vas apprendre à nager. La piscine, tu aimes ça, non ? »

L'intérieur de la 4L écœura soudain Mai. Les fauteuils empestaient le tabac froid. Jonchés de miettes de pain, ils démangeaient ses cuisses dénudées. Elle tourna la tête et observa, par-delà la vitre zébrée de fines gouttelettes, les passants qui en tenue légère, fouettés par la pluie, couraient pour s'abriter. Comme personne ne disait mot, Michel éleva encore la voix : « Pour l'instant, il n'y a aucune raison de s'inquiéter. C'est bien une scoliose, mais à un stade peu avancé. Tu n'auras même pas besoin de porter un corset. En plus, on sait que plus c'est diagnostiqué tôt, plus c'est facile à corriger. On va surveiller ton dos. Tout ira bien. »

Sous l'averse, tandis que, en marge des caniveaux, les mégots et les prospectus scintillaient pareils à des galets au fond de l'eau, les néons des commerces de la rue du Landy avaient pâli, les rues grises et sales semblaient de nacre, couvertes de gaze, l'inscription *Défense d'afficher, loi du 29 juillet 1881* donnait l'impression qu'elle bavait et disparaîtrait bientôt. Lorsqu'elle posa de nouveau les yeux sur le rétroviseur, Mai reconnut dans le regard égaré de son père qui se dérobait au sien une marque d'impuissance, et elle en éprouva un vif ressentiment. Ainsi celui qu'elle avait cru capable de la protéger de tous les dangers de l'existence, celui que l'on venait consulter parce qu'il connaissait ses manuels de médecine sur le bout des doigts, maîtrisait le langage des symptômes et des remèdes, s'effritait sous ses yeux à l'image de ces journaux battus par l'averse, transformés en plaques glissantes de papier mâché.

Le soir, elle chercha le mot « scoliose » dans le dictionnaire. Elle lut que ce mot venait du grec *skolios*, ce qui signifie « tortueux ». Après la douche, elle se regarda dans le miroir en pied de la salle de bains. Elle se contorsionna pour essayer de voir sa colonne vertébrale dans le miroir. Peut-être qu'une épaule supplantait l'autre, mais elle n'en était pas sûre. Le corps n'apparaît jamais tout à fait symétrique. Nous avons tous un pied plus grand que l'autre. À première vue, la scoliose n'avait pas l'air trop dégueulasse, ou alors c'était bien caché à l'intérieur. Des trucs dégueulasses, Mai en avait vu dans les livres de médecine de son père qu'elle regardait parfois en cachette. Souvent parés de jolis mots : « glaucome », « mycose », « lichen », « muguet », « vulvite », même si les photographies étaient à vomir. Dans le miroir, cependant, elle ne remarquait rien d'anormal.

« Papa, c'est quoi une scoliose exactement ? » interrogea Mai à table.

Michel alluma une cigarette et réfléchit à la manière la plus simple de l'expliquer. Il déchira le coin d'un journal et entreprit d'y griffonner quelque chose. Un morceau de cendre se détacha de sa cigarette et tomba sur le dessin. Mécontent, il froissa le tout et le jeta à la poubelle. Il regarda autour de lui, tout en réfléchissant intensément, et quand ses yeux tombèrent sur la boîte de sucre, ils s'illuminèrent soudain. Il la posa sur la table et, sous l'œil ahuri de sa femme et de sa fille, entreprit d'ériger une tour de sucres.

« Voilà. Imagine que c'est ta colonne vertébrale. Normalement, une colonne est courbée, un peu incurvée comme ça. » Du doigt, il traça cette ligne dans l'air devant le nez de Mai qui n'y comprenait rien. « Tout est normal, poursuivit-il, et un jour, on ne sait pas pourquoi, une toute petite perturbation se produit. Elle est tellement minuscule qu'on ne peut pas la voir au début. »

Michel saisit un des morceaux de sucre entre le pouce et l'index et le dévia de son axe de quelques millimètres, en le tournant légèrement.

« Quelque chose à peu près comme ça. » Il recula d'un pas. « Tu vois Mai ? Les morceaux d'en haut se sont décalés. Ce n'est plus droit comme avant. »

Annie, qui s'était glissée derrière sa fille, posa les mains sur ses épaules. Des mains lourdes et pesantes. Mai sentit que quelque chose en elle désirait que tout reste parfaitement identique, que rien ne change jamais.

« Au début, ça ne se voit pas. Mais plus la colonne grandit, plus la torsion s'aggrave. »

Mai regarda la main de son père empiler d'autres morceaux sur la tour de sucre.

« Imagine maintenant que mes doigts sont les vertèbres. »

Il plaça ses doigts ouverts comme des arêtes de part et d'autre de la colonne.

« Quand la colonne se tord, tu peux voir que cela entraîne également les vertèbres, et les côtes aggravent à leur tour le déséquilibre. »

Il retira les doigts et, de nouveau, fit pivoter quelques morceaux de sucre. La tour tangua doucement, donnant l'impression qu'elle allait bientôt s'écrouler, et Mai leva des yeux effrayés vers son père.

« Bien sûr, en réalité, les vertèbres sont attachées les unes aux autres. »

Il n'eut pas fini sa phrase que la tour s'effondrait, et il parut déçu comme s'il avait pu oublier un instant que devant lui, ce n'était seulement qu'un empilement de morceaux de sucre et rien d'autre.

« Ça ne va pas s'écrouler ? questionna Mai, inquiète, tandis qu'Annie regardait son mari avec colère.

— Mais non. Rien ne va s'écrouler.

— Comment on sait que ça ne va pas s'écrouler ?

— Parce que la colonne est une entité. Elle est faite de vertèbres collées les unes aux autres, pas comme ces bouts de sucre. Est-ce que je peux finir mes explications maintenant ? »

Mai hocha la tête. Il empila de nouveau les morceaux les uns sur les autres. La nouvelle tour était moins haute que la précédente et avait la forme d'un escalier en colimaçon.

« Le problème, expliqua-t-il encore, désignant du doigt chaque partie de cette colonne vertébrale qui semblait plus vivace dans son esprit que sur la table, c'est qu'on ne sait jamais comment ça évolue. Est-ce que la courbe s'aggravera dans ce sens ou bien dans l'autre ? Sera-t-elle seulement localisée à cet endroit ? Est-ce qu'une autre courbure ne va pas apparaître plus bas ? Ici, par exemple, au niveau des lombaires ? »

Il contempla quelques instants le tas de sucre devant lui.

« Et si la torsion doit s'aggraver, on ne sait pas non plus combien de temps ça prendra.

— Pourquoi ?

— On ne sait pas. C'est comme ça. On ne sait pas d'où ça vient. On ne sait pas où ça va. »

Une toute petite chose, un millimètre qui se déplace, et tout le périmètre s'en trouve bouleversé. C'est ce qu'Annie devait penser en cet instant, un voile de tristesse passant sur son visage.

« Il est possible qu'un jour on comprenne mieux comment ça arrive et qu'on soit capable de soigner les scolioses dès le diagnostic. On sait déjà que tout ça n'est pas le fruit du hasard. Ce n'est pas comme les numéros du loto, tu vois ? »

La nature n'est pas aussi lisse et ordonnée qu'on voudrait le croire. Elle porte parfois d'autres masques, se révèle déviante, rugueuse, tordue. C'était peut-être cela, la vie nouvelle de Mai. Une morphologie irrationnelle, chaotique. Dans quelques mois, dans quelques années, personne ne pouvait le prédire, la scoliose s'aggraverait. Mai connaîtrait l'inconfort et la difformité. Demain peut-être, tout ce qui aujourd'hui semblait possible ne le serait plus. Un médecin prescrirait le port d'un corset orthopédique et interdirait certaines activités. Demain peut-être, elle connaîtrait la douleur, des complications respiratoires ou nerveuses, une compression des nerfs et de la moelle épinière, des examens encore et toujours, des séances de kiné, des opérations, des semaines de convalescence clouée au lit suivies de longs mois de rééducation.

Cependant, lorsque Mai nous observait, Leila et moi, fouler le parvis étincelant de pluie, bondir au-dessus des flaques d'eau, grimper l'escalier avec souplesse avant de disparaître à l'angle du bâtiment, cette vie nouvelle prenait un tout autre visage.

La voiture stationnait en bas de la rue, feux et moteurs allumés. La pluie s'était arrêtée, chargeant l'atmosphère de vapeurs terreuses comme si tout l'humus tassé sous nos routes et nos parkings suintait à présent à la surface, comme si encore les nuages passant au-dessus des campagnes s'étaient gonflés d'eau autant que de limon avant de se déverser sur la ville.

Mai leva la tête, embrassa d'un seul regard les trois tours d'un blanc sale, les carrés lumineux des appartements, se demandant à quel étage nous habitions, à quelles fenêtres il nous arrivait de scruter l'horizon. Quand cette vie nouvelle se parait de deux visages absolument inédits, elle devenait aussi bien plus excitante que toutes ces perspectives orthopédiques et médicales. Tout devenait possible. Elle se figurait ce que grandir voulait dire. Elle s'imaginait filant tout droit vers ses meilleures années.

4

L'année 1985 s'acheva et, outre la maladie de Danielle et la rencontre avec Mai, d'autres événements survenus cette année-là se rappellent à moi : le violent tremblement de terre qui fit des milliers de morts au Mexique ; la découverte de l'épave rouillée du *Titanic* immergée à plus de trois mille mètres au large de Terre-Neuve, épave gorgée de squelettes, de vaisselle, de tableaux et de bijoux d'une valeur inestimable ; le drame du Heysel au cours duquel des hooligans anglais transformèrent les tribunes du stade en arrière-cour de l'Enfer causant la mort de trente-neuf supporters, piétinés, étouffés ; le rebondissement dans l'affaire Grégory après que Jean-Marie Villemin, le père de la victime, persuadé de la culpabilité de son cousin Bernard Laroche, l'eut abattu d'un coup de fusil de chasse ; les attentats perpétrés dans un cinéma parisien et dans les grands magasins du boulevard Haussmann ; la lente agonie de la petite Colombienne Omayra, prisonnière d'un torrent de boue, appelant sa maman jusqu'à son dernier souffle sous les caméras de journalistes impuissants.

Chaque jour, la radio et le journal du soir amenaient leur lot d'accidents, d'attentats et de catastrophes naturelles, et je réalisai qu'il en serait ainsi toute ma vie durant.

1985, l'année où Mikhaïl Gorbatchev fut élu secrétaire général du Parti communiste d'Union soviétique et où, en France, le taux de chômage passa la barre symbolique des 10 %. Les résultats électoraux du Parti communiste ne cessaient de baisser, ceux du Front national de progresser, et il s'en était fallu de peu que l'année d'avant, au scrutin européen, la liste du Front national ne devançât celle de Georges Marchais.

Le 25 juin, SOS Racisme organisa un concert sur la place de la Concorde qui rassembla 300 000 personnes. Danielle, qui ne pouvait s'y rendre, nous confia à une amie, une vieille fille qui, si elle n'avait pas été communiste aurait pu passer pour bigote, et quand je pense à ce concert aujourd'hui, je me souviens plus précisément des lèvres dures et du regard froid de cette femme derrière ses petites lunettes rondes, des mouvements de foule et du retour en métro où, entre passagers du même bord, nous échangions des sourires de communiants, que de la musique et des artistes qui passèrent sur scène.

Dès les premiers jours de janvier, Danielle, en voie de guérison, reprit ses activités de militante au sein du

Parti communiste. Elle se rendit comme avant aux réunions et on la vit à nouveau tracter à l'entrée du marché de Saint-Ouen, son crâne chauve dissimulé par un bandana rouge emprunté à Leila. Peu à peu, un duvet gris apparut sur la peau du crâne et elle laissa de côté le bandana. Son médecin l'autorisa à reprendre la classe après les vacances de Noël. Je retrouvai mon statut privilégié de fils d'institutrice. Nous allions ensemble à l'école une demi-heure avant l'ouverture des portes. Dans la salle des maîtres, j'avais le droit de tourner la manivelle de la machine à polycopier servant à reproduire les feuilles d'exercices qu'elle distribuait ensuite en classe. Elle en profitait pour imprimer en douce quelques tracts pour le Parti. Son cancer ne l'avait pas rendue moins inactive, bien au contraire. Pendant ces quelques mois passés alitée, un tel sentiment d'inutilité et de vacuité l'avait envahie qu'elle espérait compenser cette perte de temps en redoublant d'énergie. Danielle était une femme engagée que les événements politiques et les nouvelles du monde ne laissaient jamais indifférente. Si le devenir du Parti lui donnait de nombreux soucis, au point de se persuader que c'était cela qui l'avait rendue malade, sa hargne de militante communiste, sa foi en un monde plus juste, ne donnaient aucun signe d'essoufflement.

De mon côté, je pensais sans arrêt à Mai. Sa mère prit l'habitude de nous raccompagner après l'entraînement, et nous n'eûmes plus besoin de courir après le dernier bus. Cette routine contentait tout le monde.

Mai s'installait à côté de sa mère, tandis que Leila et moi nous engouffrions à l'arrière. Tout le long du trajet, Leila aimait converser avec Annie sur le temps qu'il faisait, les cours au collège et la politique. Annie lui demandait de rester au fond du siège, mais dès qu'un sujet l'excitait, Leila desserrait sa ceinture pour se pencher en avant et parler tout à son aise. Elle avait la tchatche, ma sœur. Et elle parlait fort. Je m'efforçais de prendre part à la conversation, en répétant avec mes propres mots ce qui venait d'être dit. Mai nous écoutait en silence, se contentant de nous jeter un coup d'œil de temps en temps. Puis la voiture s'arrêtait au bas des tours et nous nous dispersions pour une nouvelle semaine.

Je souhaitais que quelque chose se produisît tout en le redoutant. Je tremblais lorsque Mai passait près de moi. Je vacillais lorsque nos corps se frôlaient dans l'eau de la piscine et en montant dans la 4 L. Je tombais amoureux pour la première fois et cela me rendait stupide et maladroit.

Je ne savais pas encore ce que je pourrais lui donner et surtout ce qu'elle pourrait me donner. Ce que j'attendais, ce que j'espérais, je l'ignorais, au fond. Sa présence, juste sa présence, sa façon bien à elle d'être près de moi, en faisant semblant que cela n'avait aucune signification, ce qui était faux, bien sûr, car l'innocence n'existe pas, par-delà même la différence des sexes qui, j'en suis convaincu, était encore ce qui nous caractérisait le mieux, eh bien, cette présence, cette respiration, cette apparente innocence qui cachait nos motivations secrètes, l'excitation, le désir, ce truchement de l'air autour de moi, me comblaient et suffisaient à me faire sentir vivant. Suffisaient à me rappeler ce dont j'avais été privé. Car avec le désir au fond du ventre, c'était aussi le vide, l'idée du vide qui naissait en moi et grandissait, désolante tornade mettant mes organes sens dessus dessous, fluide épais et bouillant, ratissant, pareil à du limon, chaque parcelle de chair.

Leila le savait. Malgré tous mes efforts pour dissimuler mes sentiments, elle s'en rendait compte. Elle riait de mon silence, jalouse et moqueuse, et quelquefois aussi, elle savait se montrer compatissante.

« Je pourrais lui parler, si tu veux ?

— Tais-toi, surtout ne dis rien. »

Je me mettais en colère, tout en espérant qu'elle lui parlerait bientôt.

« Est-ce que tu pourrais m'inviter chez toi ? » demanda un jour Leila dans les douches de la piscine. Mai parut inquiète et réfléchit quelques instants.

« Il faut d'abord que je demande à ma mère.

— Je l'aime bien, ta mère, déclara Leila. Tu lui demanderas si Mehdi peut venir aussi ? »

C'était au printemps. À force d'insistance, nous avions fini par obtenir une invitation. La veille, à l'entraînement, Mai nous avait donné un plan du quartier avec toutes les indications. En descendant du bus, nous les suivîmes à la lettre et trouvâmes sans difficulté sa rue, bordée de petits jardins et de maisons. Jamais nous n'aurions soupçonné qu'il existait, au cœur de ces grands ensembles, un quartier pavillonnaire. Je m'arrêtai devant le portail en fer et levai les yeux. C'était un vieux pavillon aux murs en pierre de taille couverts de lierre. À l'une des fenêtres, Mai, qui devait nous guetter, fit un petit signe de la main. Elle s'éclipsa aussitôt et réapparut quelques instants après dans l'embrasure de la porte d'entrée. Le gravier grinçait sous ses pas tandis qu'elle se dirigeait vers le portail pour l'ouvrir.

« Vous n'avez pas eu de mal à trouver ?

— Oh non, ton plan était très clair », répondit Leila.

On la suivit dans l'allée bordée de rosiers, passant sous une glycine en fleur. C'était le printemps et ce mot, dans ce jardin verdoyant et parfumé, prenait soudain tout son sens.

Mai poussa la porte d'entrée et nous invita à passer devant elle. C'était presque une blague cette maison. Un couloir immense décoré d'une tenture rouge s'ouvrait sur plusieurs pièces et, à son extrémité, un escalier en bois menait aux étages supérieurs. Une exquise odeur embaumait l'atmosphère et je m'empressai de le faire remarquer.

« Ma mère a fait un gâteau », confirma Mai.

Nous nous sommes engagés dans le couloir. D'anciennes photographies décoraient les murs. Des portraits encadrés d'aïeuls probablement disparus. J'ai senti ma gorge se serrer. Ces gens appartenaient au passé, à ce qui avait été et n'était plus. Au moment où le photographe avait appuyé sur le déclencheur, ces personnes se trouvaient aussi réelles que nous en cet instant, aussi vraies que la crasse sous nos ongles, que la salive dans le creux de nos bouches, que les effluves de chocolat fondu et, comme nous, leurs cœurs regorgeaient de rêves inassouvis, de promesses et d'espoirs. Où s'en étaient-ils allés ces rêves et ces espoirs ?

« Avancez, dit Mai. N'ayez pas peur. »

Leila me poussa dans le dos et je manquai bousculer Mai.

« Mon frère a un cadeau pour toi », annonça Leila.

Je l'avais complètement oublié. J'ouvris la fermeture éclair de mon sac à dos, y glissai la main, tâtant l'intérieur de la poche, et en sortis une cassette que je lui tendis.

« Je t'ai enregistré des chansons », chuchotai-je.

La cassette, c'était l'idée de Leila. Mais nous avions convenu que je la lui donnerais. Mai prit la cassette et l'examina : « C'est très gentil, mais fallait pas. » Ses joues se colorèrent, et je vis battre une petite veine au coin de sa tempe tandis qu'elle faisait tourner la cassette dans sa main.

« J'ai autre chose. » Je fouillai de nouveau dans mon sac.

La veille, après la classe, je m'étais rendu seul chez le marchand de journaux de Saint-Ouen. J'avais posé mon argent sur le comptoir et acheté, sur les conseils du commerçant, un carnet à la couverture rose et rigide qui avait du succès auprès des petites filles. À la maison, j'avais emballé mon cadeau tant bien que mal avec du vieux papier que Danielle conservait dans un placard du salon. Maintenant, Leila avait l'air surprise, presque fâchée, que j'aie agi dans mon coin sans lui en parler. Les lèvres de Mai tremblaient légèrement lorsqu'elle détacha le papier pour l'ouvrir. Elle découvrit le carnet à la couverture rose bonbon, fermé par une serrure, un ruban y était accroché au bout duquel pendait une petite clé. Mai me regarda sans comprendre, puis elle feuilleta le carnet, faisant défiler les pages blanches entre ses doigts longs et fins.

« Drôle d'idée ! s'exclama Leila. Pour quoi faire ?

— C'est un journal intime ? » demanda Mai.

Je hochai la tête. Leila désigna le crochet et la petite serrure : « Et ça, c'est quoi ?

— C'est pour le fermer à clé, expliquai-je. Mais t'es pas obligée.

— Tu vas pouvoir écrire des cochonneries, suggéra Leila. Et des gros mots. T'as qu'à écrire " trou du cul ". »

Leila éclata de rire. Mai s'efforça de sourire, mais on voyait bien qu'elle était gênée. Elle souleva la cassette qu'elle tenait dans l'autre main et dit : « Merci, je suis très touchée. »

Mai parlait toujours de façon posée et polie. Elle employait parfois des tournures d'adultes que nous n'avions pas l'habitude d'entendre dans la bouche des gosses que nous fréquentions. Elle disait : « Mais c'est vrai, je vous assure », « Si vous en êtes d'accord », « Je n'en ai pas la moindre idée... » et « Ma foi, si tu le dis ».

Elle nous devança et se dirigea vers l'escalier, hissant la cassette au-dessus d'elle.

« On n'a qu'à aller dans ma chambre pour l'écouter. »

Nous la suivîmes. Leila jeta un œil à chaque pièce, les comptant machinalement dans sa tête. C'est donc ça être riche, pensa-t-elle, avoir une maison avec tellement de pièces qu'on ne peut pas les voir d'un seul coup d'œil.

« Et ta mère, elle n'est pas là ?

— Elle est dans son bureau. Désignant une porte close : là, elle travaille.

— Qu'est-ce qu'elle fait comme travail ?

— Elle étudie des textes anciens. »

Mai posa un pied sur l'escalier, s'immobilisa puis se tourna vers nous.

« Elle dit qu'on peut passer sa vie à étudier une seule ligne d'un texte, poursuivit Mai, tout en montant les escaliers à reculons. Elle m'a parlé d'une phrase de la Bible qui a causé plein de disputes. Des centaines de livres ont été écrits, mais personne ne s'est mis d'accord.

— Et qu'est-ce qu'elle dit cette phrase ?

— Justement, on ne sait pas. Elle dit ce qu'elle dit mais elle peut vouloir dire autre chose. C'est pour ça qu'on écrit d'autres livres. Pour continuer d'y réfléchir. »

Elle était sur le point de faire demi-tour quand je l'interrompis : « Mais si dans ces livres il y a encore d'autres phrases qu'on ne comprend pas, alors ça ne finit jamais ?

— La vache, c'est vrai ça, renchérit Leila. C'est infini ! »

Mai nous sourit, gravit les marches et au sommet de l'escalier tourna sur elle-même : « Voilà, c'est ma chambre. »

Elle a poussé une porte et nous sommes entrés à sa suite, le parquet craquant sous nos pas. La chambre semblait immense. Les murs étaient nus, à l'exception de deux fenêtres donnant sur le jardin. Je reconnus celle à laquelle Mai était apparue quelques minutes auparavant pour nous saluer. Il y avait peu de meubles, un lit deux places, une minichaîne dotée d'un tourne-disque, une petite commode basse avec quelques livres et un bureau où était posé, ouvert, un classeur de cours. Mai se baissa, introduisit la cassette dans la minichaîne et enclencha la lecture. Je vins m'asseoir sur le lit juste à côté d'elle.

Leila resta debout, le regard balayant la pièce, cherchant d'autres vues que le papier peint décrépi et jaunâtre. Elle avait du mal à cacher sa déception. Elle s'attendait à une chambre décorée avec soin. Elle espérait y découvrir quelque chose qu'on ne trouvait pas ailleurs, une télévision ou un vélo d'appartement. À quoi cela servait d'avoir une chambre aussi grande si c'était pour la garder vide ?

On entendit les premières notes d'une chanson.

« Tu connais ? » J'ai demandé. « C'est Michael Jackson.

— Évidemment que je connais. Elle écouta et réfléchit avant de reconnaître : Enfin, celle-ci, on dirait bien que je ne la connais pas.

— Je voulais t'écrire les titres sur un papier, mais je n'ai pas eu le temps.

— Tu me le donneras à l'entraînement. C'est pas grave. »

On écouta la première chanson sans échanger un mot. Morte d'ennui, Leila se pencha vers la fenêtre entrouverte, les yeux mi-clos, offrant sa peau à la caresse d'un frais filet d'air. Quand la deuxième chanson commença, elle demanda où étaient les toilettes. Mai se leva et la guida jusqu'à la salle de bains.

« Et vous n'êtes que trois à habiter dans cette maison, fit remarquer Leila, tandis qu'elles longeaient toutes deux le couloir.

— La maison appartient à ma grand-mère et l'hiver, elle habite avec nous. Mais sinon il n'y a que mon père, ma mère et moi. »

Mai ouvrit une porte. Leila découvrit une pièce claire, vaste et dotée d'une large baignoire dont l'émail brillait de propreté. Comme dans une salle de bains d'hôtel, il y avait un savon neuf posé dans un coin du lavabo et une serviette blanche et propre accrochée au porte-serviettes.

« Elle est où ta grand-mère en ce moment ? interrogea Leila.

— Dans son autre maison. Au bord de la mer.

— Vous avez beaucoup de maisons, dis donc. » Mai fronça les sourcils et la regarda fixement. « Ça te gêne si je pisse devant toi ? demanda Leila tandis qu'elle détachait les boutons de son jean et s'asseyait sur la lunette des w.-c. Si je comprends bien, vous êtes des vrais bourges. »

Frappant la paroi de la cuvette, le jet de pisse résonna dans toute la pièce.

« Quoi ? balbutia Mai.

— Des bourgeois. Des propriétaires. Des salauds de capitalistes... Ceux qui se font leur blé sur le dos de la classe ouvrière ? »

Mai se redressa, choquée, la bouche entrouverte, la lèvre inférieure pendante.

« C'est même pas notre maison, se défendit-elle d'une voix toute frêle. C'est celle de la mère de mon père.

— C'est pareil, non ? Un jour, elle sera à vous. » Du regard, elle fit le tour de la pièce. « Et ici, je crois bien qu'on pourrait loger trois familles. T'y penses, des fois ? »

Leila ne la lâchait plus des yeux, un sourire espiègle que je connais par cœur, fiché au coin des lèvres. À cet instant, Mai tourna la tête vers la porte. Elle souhaita sans doute que quelqu'un en surgît et donnât la réplique à Leila. Mais personne ne vint. Elle était seule pour affronter la jeune fille et elle s'en voulut d'avoir commis cette erreur de jugement en l'invitant. Elle s'en voulut de l'avoir laissée entrer dans sa chambre, dans son intimité et, affolée, désemparée, elle s'enfuit de la pièce sans un mot.

Leila devait regretter ses paroles. Il était si facile de vexer Mai que ce n'était pas drôle.

« Je rigole, cria-t-elle pour rattraper le coup. Mai ? Je disais ça pour déconner. Je suis pas communiste. J'en ai rien à battre de la politique ! »

Ne trouvant pas de papier toilette, elle tendit le bras pour attraper une serviette avec laquelle elle essuya la fente de son sexe, puis elle reposa la serviette sur son anneau en métal argenté, remonta son jean et se reboutonna tout en s'observant dans le miroir. Des mèches s'échappaient de sa queue-de-cheval. Elle lécha le bout de ses doigts puis, les mains à plat sur son crâne, tira ces mèches en arrière. Qui voyait-elle ? Que se disait-elle ? Rougissait-elle en se regardant dans le miroir ? Ou était-elle fière, victorieuse comme jamais ?

Au début, seul mon regard sur la nouvelle venue avait attiré l'attention de Leila, il renfermait la possibilité que je lui échappe bientôt. Elle avait seulement tourné la tête dans la direction que je lui avais indiquée, comme dans une salle de cinéma, lorsque, cherchant la source de lumière projetée sur l'écran, nous quittons celui-ci des yeux, remontons le faisceau lumineux jusqu'à la cabine de projection. C'était derrière soi qu'il fallait regarder. Mais une fois entrée dans la vie de Mai, Leila percevait ce qu'elle n'était pas et ne serait jamais. Une existence douce et paisible dans un pavillon du centre-ville. Des parents à votre image. Une vie confortable et inaccessible. Leila voulait goûter à cette vie. Elle voulait la croquer. La faire sienne. Si elle avait pu voler la vie de Mai, son nom, elle l'aurait fait. Elle décida de devenir son amie. Peut-être qu'elle le décida à cet instant précis. Elle ne savait pas encore comment s'y prendre, mais pour arriver à ses fins, elle devait changer d'attitude.

« Elle est méchante ta sœur », me murmura Mai.

Elle se tenait assise sur son lit, à distance, les yeux tristes.

« Je ne l'inviterai plus.

— Je suis désolé.

— C'est quoi son problème ?

— Elle est en colère.

— Contre quoi ? »

J'ai vu Dédé enlever ses vêtements de mon lit, déplacer la télévision de leur chambre dans le salon. J'ai vu Leila défaire les draps et ranger le matelas. Danielle allait mieux et la vie reprenait son cours comme avant. Confusément, je savais que cela avait quelque chose à voir avec la colère de ma sœur. Je crois que je l'avais compris, mais il n'y avait rien à en dire.

« En plus, c'est un vrai garçon manqué. »

Cette réplique, j'avais dû l'entendre des centaines de fois. Pourtant, je ne voyais pas ma sœur ainsi. Pour moi, Leila était hors catégorie, intensément garçon, intensément fille.

« Elle est plus que ça.

— Quoi ?

— Ma sœur est plus forte que beaucoup de garçons que je connais. Tu as vu comment elle nage ?

— C'est vrai… »

On entendit du bruit dans le couloir et on se tut aussitôt. Leila entra dans la chambre. Je sentis mes traits s'affaisser et une vague de torpeur m'envahir.

« Vous voulez pas faire un jeu, proposa-t-elle.

— Quel genre de jeu ?

— T'as quoi ? »

Mai se leva et ouvrit la porte d'un placard enchâssé dans un mur de la chambre que je n'avais pas remarqué auparavant. C'était là qu'elle rangeait ses affaires. Une douzaine de boîtes de jeux de société s'entassaient sur les étagères. Leila examina la tranche de chaque boîte, puis se tourna vers Mai :

« Et un jeu de cartes, t'as pas ? »

Ma sœur et moi, nous raffolions d'un jeu qui s'appelait *les kilos de merde*. Quand il pleuvait, nous y jouions parfois avec nos amis dans la cage d'escalier de l'immeuble. Mai ne le connaissait pas et on lui expliqua les règles. La partie dura plus d'une heure et la morosité fit place à une excitation enfantine, puis à une franche rigolade. Dès qu'on avait une poignée de cartes semblables, il fallait frapper le paquet situé au milieu de nous trois. Si je parvenais à le frapper en premier, la main de Leila s'écrasait sur la mienne et me broyait les os. La douleur était telle qu'après plusieurs tours, je n'osai plus tendre la main. Je ne fis plus que perdre après ça, accumulant avec honte *les kilos de merde*. Leila faisait semblant de humer l'air autour de moi : « Putain, c'est quoi cette odeur ? Ma parole, t'as fait dans ton ben Mehdi ou quoi ? » Mai exultait en m'observant sauter sur ma sœur pour l'asperger de salive. On roulait alors sur le tapis, se tortillant comme deux gros vers, Mai riant toujours à gorge déployée, et on se chamaillait encore et encore pour que ce rire ne s'arrête jamais.

Au milieu de l'après-midi, Annie vint nous apporter des parts de gâteau qu'on engloutit aussi sec. On déménagea ensuite dans la pièce télé pour regarder une vidéo. Je n'avais jamais vu de magnétoscope. Tandis que ma sœur et moi, on s'enfonçait dans un canapé moelleux, Mai nous distribua des lunettes 3 D en carton et on regarda un film des années 50, *L'Étrange Créature du lac noir*. Ce film avait été diffusé dans l'émission *La Dernière Séance* et afin d'apprécier cette version en relief, les téléspectateurs avaient dû se procurer ces lunettes spéciales en achetant le magazine *Télé 7 Jours*. Ce qui s'annonçait comme la télévision du futur déçut bon nombre de téléspectateurs et l'expérience ne fut jamais reconduite. Je me rappelle que Dédé avait éteint le poste dix minutes après le début du film en maugréant. Il faut dire aussi que sans les lunettes à double filtre bleu et rouge qu'il n'avait pas pris la peine de se procurer, on n'y voyait rien du tout.

Le film raconte l'histoire d'une expédition scientifique qui, en bordure du fleuve Amazone, se retrouve nez à nez avec une créature marine inconnue, à la silhouette humaine, munie de doigts palmés et de branchies, sorte de chaînon manquant entre le poisson et l'homme. Un jour, tapi dans les fonds marins, le monstre aperçoit la fiancée d'un des scientifiques barboter innocemment à la surface du lagon. Il en tombe amoureux et n'a plus qu'une idée en tête, la kidnapper pour l'emporter dans sa grotte secrète. En découvrant ce film, je ne pus m'empêcher de m'identifier à cette créature monstrueuse, alors que je regardais Mai d'un même œil torve et avide, et tentais d'attirer son attention par des commentaires maladroits et des blagues ridicules.

Quand les mots *The end* apparurent sur l'écran, il fut l'heure de rentrer. Annie emballa les restes du gâteau qu'elle nous offrit et proposa de nous raccompagner.

« Je peux monter à l'avant ? demanda aussitôt Leila.

— Si tu veux. »

Elle attacha sa ceinture, démarra le moteur et alluma l'autoradio sur une station de jazz.

Assis à l'arrière, je tenais sur mes genoux les parts de gâteau enveloppées de papier d'aluminium. Mai était à côté de moi et je profitais de chaque virage pour valser vers elle et m'en approcher. J'étais déçu que la journée soit passée si vite et je craignais que Mai, après ce qu'elle m'avait dit, ne nous invite plus jamais. La voiture filait sur l'unique route de l'île, et je regardais d'un air maussade ce no man's land industriel défiler derrière le carreau.

« C'est quoi cette musique ? demanda tout à coup Leila.

— Du jazz.

— Et ça s'appelle comment ?

— Ce morceau, je crois bien que c'est Artie Shaw... »

Leila s'esclaffa : « Quoi ? Artichaut ? » Elle se tourna vers nous : « Vous avez entendu ça ? Artichaut ! » On éclata de rire. Amusée, Annie secoua la tête : « A-r-t-i-e S-h-a-w ! C'est un clarinettiste.

— Clarinettiste ou pas, c'est quand même un drôle de nom, s'écria Leila. Salut, comment tu t'appelles ? Moi, c'est artichaut. Et toi ? Moi, c'est chou-fleur.

— Tiens, voilà courgette qui arrive », enchaînai-je.

À son tour, Annie rit de bon cœur et comme Leila et moi ne nous arrêtions plus, elle fut bientôt hilare, essuyant les larmes qui sourdaient au coin des yeux.

En voyant le corps de sa mère secoué de rire, Mai s'avança sur son siège et je l'entendis lui souffler à l'oreille :

« Maman ? On pourra les inviter à dormir à la maison la prochaine fois ? S'il te plaît ? »

Leila recula au fond du siège, tourna la tête vers moi et me fit un clin d'œil.

Le soir venu, Mai ne parvint pas à s'endormir. Elle se releva pour feuilleter le carnet que je lui avais offert. Les pages étaient belles ainsi, vierges. Tout restait à écrire et à inventer. Tout semblait possible et le premier mot indiquerait une direction qui exclurait les autres.

Elle se dit que si elle écrivait maintenant quelque chose et refermait le carnet sans jamais plus le regarder, elle pourrait plus tard, devenue une femme âgée, revenir à ce qu'elle avait écrit.

Elle découvrirait les pensées secrètes d'une autre gamine. Celle qu'elle n'était pas. Celle qu'elle aurait pu être. Celle qu'elle ne serait jamais.

Mai écrivit un seul mot, puis ferma le journal.

5

Une année entière s'était écoulée depuis cette première visite dans la maison de Mai. Nous avions délaissé nos copains des cités Cachin et Pagel pour passer la plupart des mercredis après-midi chez elle, nous y rendant dès la fin des cours. On déjeunait, puis on écoutait de la musique en lisant des bandes dessinées, on discutait, on regardait des films en vidéo. Nous passions et repassions des scènes en boucle, de sorte que nous connaissions par cœur certains dialogues et pouvions ainsi les rejouer dans le salon ou le jardin de Mai. Je revois ma sœur sauter sur la table basse, parodiant le sourcil relevé et le sourire espiègle d'Errol Flynn dans *Les Aventures de Robin des Bois*. Pour figurer un cerf, elle portait sur chaque épaule un épais coussin du canapé qu'elle lançait à travers la pièce après avoir déclamé : « Salut à vous, Altesse ! Vous devriez apprendre à Gisbourne les lois de l'hospitalité. J'avais à peine franchi la porte du château avec cette pièce de gibier que ses serviteurs affamés ont voulu me l'arracher. Vous devriez les nourrir, Gisbourne, ils travailleraient mieux. Avec les compliments de votre royal frère Richard et que Dieu le protège ! »

Nous faisions aussi nos devoirs ensemble. Leila était en quatrième, Mai en cinquième et moi en sixième. Il m'arrivait de leur faire réviser des sujets auxquels je ne comprenais rien, mais nous faisions semblant que cela fût possible. Cette amitié étonnait beaucoup de gens et, avec le recul, j'en suis le premier surpris. Ma sœur et moi étions très différents de Mai, mais c'est parce que nous étions différents que nous lui plaisions. Elle avait des amis dans son collège parisien, mais ils vivaient loin pour la plupart et il n'était pas facile de les fréquenter en dehors des heures de cours. Certes, Leila et moi habitions à l'autre bout de l'île, mais c'était toujours la même île, et, avec une volonté indéfectible, nous n'hésitions jamais à prendre le bus pour lui rendre visite. Afin de consolider notre amitié, ma sœur n'hésitait pas entretenir Mai d'idées étranges, à lui conter des fables où des âmes liées par le destin se rencontraient malgré tout ce qui les opposait dans le monde matériel et mouraient enlacées au cœur d'un entrelacs de racines. De telles fadaises devaient favorablement résonner dans son cœur de jeune fille esseulée. Très vite, Mai fut persuadée que nous étions ses seuls amis, des amis qui ne l'abandonneraient jamais et sur lesquels elle pourrait compter toute sa vie. À son tour, elle se prit au jeu de réécrire l'histoire, la romançant pour qu'elle sonnât plus féerique, plus magique, si bien que nous finîmes tous par croire obstinément au mythe de notre rencontre, mythe qui, à la lumière des événements ultérieurs, devait revêtir une signification si particulière.

Nous continuions de nous rendre à la piscine deux fois par semaine et ma sœur, toujours plus performante, battait de nouveaux records. Elle semblait avoir conclu un étrange pacte avec l'eau, s'y mêlant si intimement qu'elle était parvenue à percer certains mystères, décelant des plissements et des poches d'air qui la propulsaient vers l'avant sans qu'elle donnât l'impression du moindre effort. À chaque brasse coulée, elle déplaçait de tous ses membres des blocs pour fendre l'eau, repoussant de part et d'autre des volutes de liquide avant de se glisser dans chaque fissure nouvellement tracée, volant quelques mètres supplémentaires à ses concurrentes.

Quant à Mai, bien qu'elle fût venue à la natation par contrainte et que, les premiers temps, l'eau l'eût intimidée, elle attendait désormais les entraînements avec impatience. Elle progressa et rejoignit le groupe des meilleurs nageurs. Son corps restait frêle, mais ses épaules s'étaient développées. Elle avait appris à plonger, à pousser sur les pointes et à onduler dans l'eau pour gagner de la distance.

L'entraîneur la fit changer de groupe et lui proposa de participer à la dernière compétition de l'année, mais cette journée se révéla un désastre et l'expérience ne fut plus jamais reconduite.

Dès le trajet en car, Mai, frissonnante, se plaignit de maux de cœur et refusa de se joindre à nous à l'arrière. C'était pourtant là qu'on s'amusait le plus : on y chantait les hits du moment et on échangeait des histoires drôles. Leila tenta en vain de lui décrocher un sourire et finalement, lassée, partit retrouver ses camarades. Je suis resté à côté de Mai et elle m'a proposé d'écouter de la musique. Elle a mis son casque sur les oreilles et je me suis blotti contre elle pour entendre. D'une main, elle tenait fermement son Walkman, de l'autre, elle serrait son col contre sa gorge de sorte que l'air qui s'exhalait de ses narines était dévié par le tissu de l'anorak et caressait mon visage. J'ai détaché les doigts de sa main cramponnée au Walkman et je l'ai tirée vers moi. Elle n'a rien dit. J'ai senti qu'elle tremblait et, d'un geste assuré, j'ai commencé à dessiner des lettres dans le creux de sa paume. Ensuite, Mai m'a pris la main et a fait la même chose. Quand la cassette s'est arrêtée, faute de batterie, j'ai relevé la tête, l'oreille si brûlante qu'elle donnait l'impression d'avoir fondu dans son épaule. Je remarquai ses lèvres blanches et sèches comme de la craie.

« Tu as peur de quoi ? demandai-je.

— De tout, répondit-elle aussitôt. Mais aujourd'hui, j'ai surtout peur d'arriver dernière. »

Soudain, j'eus peur moi aussi. De son cœur qui battait si fort dans sa poitrine. De sa vulnérabilité et de sa franchise. Et de ma propre hardiesse qui m'avait permis d'obtenir bien plus que tout ce qu'elle m'avait donné jusqu'à présent.

À la descente du car, Mai aperçut les longues files de nageurs vêtus d'un survêtement uniforme converger en traînant leur gros sac vers l'entrée du complexe sportif, et elle se réfugia entre deux véhicules pour vomir. Leila arriva derrière elle et lui frotta lentement le dos.

« Tu verras. Au début, c'est impressionnant. Mais quand tu seras dans l'eau, tu ne te souviendras même plus que tous ces bouffons sont en train de te regarder. Dans l'eau, on est tout seul. On n'entend rien et on n'a aucun moyen de savoir si les autres sont devant ou derrière. »

Mai sortit un mouchoir de sa poche pour s'essuyer la bouche, puis releva des yeux inquiets vers Leila.

« Fais comme moi. Fonce autant que tu peux. Tu verras bien le classement à l'arrivée.

— C'est facile à dire. Toi, tu gagnes toutes les courses.

— À l'entraînement, tu as fait de très bons temps. Je suis sûre qu'ils seront encore meilleurs tout à l'heure. »

En regardant Mai monter sur le plongeoir, toute raide, le visage blafard, on comprit qu'elle ne battrait aucun record aujourd'hui et que cela tiendrait du miracle si elle allait jusqu'au bout de sa course. Leila siffla entre ses doigts et cria pour l'encourager. Mai gardait les yeux rivés sur le fond de la piscine, emplis de terreur, comme si avant d'atteindre l'eau, il lui fallait fendre un bloc de béton. Le coup de sifflet retentit. Toute tremblante, Mai tarda à réagir puis, voyant ses adversaires qui s'élançaient, se jeta à son tour. Les jambes sans force, elle bascula, recroquevillée en position fœtale. Son corps claqua la surface de l'eau et disparut entièrement sous un drap d'écume blanche. Une vague de silence déferla sur les tribunes. Suspendus au sort de Mai, les spectateurs s'étaient arrêtés de crier. On n'entendait que le clapotage des autres nageuses qui, ignorant le plongeon lamentable et l'épisode tragique qui se jouait à quelques mètres d'elles, poursuivaient leur course. La mousse se dissipa et le dos de Mai, parfaitement immobile, réapparut. J'ai craint un instant qu'elle se fût cognée en plongeant et qu'elle eût perdu connaissance, mais elle s'agita soudain et parvint à sortir la tête hors de l'eau pour reprendre de l'air. J'espérais qu'elle allait enfin se mettre à nager, au lieu de quoi elle coula à pic de nouveau. Seul le sommet de son bonnet émergeait de l'eau maintenant et, en dessous, tout son corps se tortillait et se débattait d'une façon si désordonnée qu'il ne faisait plus de doute qu'elle ne parviendrait jamais à regagner toute seule le bord du bassin.

Je restai dans les tribunes, figé et perplexe. Voilà bientôt deux ans que Mai se rendait chaque semaine à la piscine : elle y avait appris la brasse, le dos, le crawl et le papillon, elle y avait appris à plonger et à virer sous l'eau. Elle s'entraînait dans notre groupe depuis plusieurs mois et, à plusieurs reprises, avait fait preuve d'une belle endurance. Comment avait-elle pu oublier ce qui avait été répété des milliers de fois ? Comment était-il possible qu'elle coulât à présent sous nos yeux ? Je n'y comprenais rien.

Je m'approchai de Leila. « Elle va se noyer. »

Ma sœur secoua la tête et se mit aussitôt à dévaler les gradins. Faisant voler ses claquettes, elle s'apprêta à plonger quand une main se posa sur son épaule pour la retenir : « Reste là Leila. Je m'en occupe. »

Piotr ôta son tee-shirt, dévoilant ses abdominaux, son torse en entonnoir. À pas de géant, il se dirigea vers le bassin, et tous les regards se braquèrent sur son plongeon magnifique et sa silhouette sombre qui rasait le fond de la piscine et filait sous les lignes de flottaison pour rejoindre le couloir de Mai. Il empoigna le corps de la jeune adolescente et la tira vers la surface. Tandis qu'il la tractait vers le bord, le bras enroulé sous sa poitrine, on distinguait le visage de la noyée, rouge et bouffi. D'autres bras musclés les attendaient près de l'échelle et aidèrent notre entraîneur à hisser Mai sur le rebord. On lui arracha son bonnet et ses lunettes, découvrant des yeux écarquillés. Elle toussa plusieurs fois, mais ne cracha pas d'eau.

« Tu peux respirer ? » demanda Piotr.

Mai secoua la tête.

« C'est bon, elle va bien », cria-t-il à l'arbitre et aux organisateurs.

Il attrapa une serviette qu'on lui tendait et entoura Mai qui tremblait encore. Il l'aida à se relever et la soutint jusqu'aux gradins. Assise sur une marche, elle baissa les yeux et Piotr attrapa son poignet pour lui prendre le pouls.

« Il en fait pas un peu trop, Big Jim ? »

La mâchoire fermée, faisant grincer ses dents, ma sœur fixait la scène avec une pointe de colère. Mai releva la tête, sentant les yeux des spectateurs braqués sur elle. Elle nous aperçut et sourit, d'un sourire étrange et las. Elle paraissait calme malgré ses yeux rougis, fuyants, et les larmes qui coulaient sur ses joues.

Quelques minutes plus tard, on retrouva Mai assise sur un banc des vestiaires, la tête inclinée, cachant son regard sombre, les lèvres bleuies par le froid, les bras croisés serrant sa poitrine, un élastique qui avait glissé de ses cheveux humides les retenant lâchement à la pointe. On s'assit, de part et d'autre, Leila et moi, au moment même où Mai remontait un pan du peignoir pour cacher la partie basse de son visage :

« Ça ne pouvait pas être pire.

— Tu crois ? Tu aurais pu perdre ton maillot de bain », a ironisé Leila.

Je me suis insurgé en pointant Mai qui avait l'air accablé. « Franchement ! C'est le moment de faire des blagues ? »

Nous avons senti un courant d'air pénétrer la pièce, glacer nos mollets, et Leila s'est levée pour fermer la porte.

« Qu'est-ce qui s'est passé ? a-t-elle demandé tandis qu'elle se rasseyait.

— J'ai paniqué. Je ne voyais plus rien.

— C'est bizarre quand même.

— J'avais l'impression que l'eau allait me dévorer. C'était lourd comme de la boue. Je n'avais plus de force. J'ai cru mourir.

— Ce n'était qu'une course. »

Sur cette parole, Mai s'est redressée, resserrant la ceinture en éponge autour de sa taille.

« Je n'ai jamais rien raté de ma vie. »

Je me remémorais son plongeon pathétique sous les cris assourdissants des spectateurs. La claque de l'eau sur ses cuisses. La panique qui l'avait aussitôt submergée, ses ébats vains et pitoyables. Elle s'était sentie happée par le fond, dévorée par une eau lourde et boueuse. Dense, compact, aveuglant, le liquide avait paralysé ses membres, pénétré ses orifices, plombé son corps, la privant de ses forces. Mai s'était vue mourir de la façon la plus stupide qui soit, à quelques mètres du bord, sous les yeux de nageurs aguerris et de son entraîneur. Je me repassais l'intervention de Piotr, l'humiliation publique, et j'avais si honte pour elle que j'entrevoyais ce que ce serait de ne plus l'aimer.

Leila colla son front contre celui de Mai, passa un doigt le long de sa tempe pour écarter une mèche de cheveux, sortit sa langue et lécha sa joue, de la naissance de l'oreille jusqu'au coin de l'œil. Mai entrouvrit légèrement la bouche, et j'entendis un craquement, comme un élastique qui lâche, monter du fond de sa gorge. Pouvait-elle sentir, tout comme moi quand Leila se pressait contre ma poitrine, cette rivière enfouie au fond du ventre, cette rivière gorgée de menaces prête à grossir et à déborder ?

« C'est salé, dit Leila.

— C'est parce qu'elle a pleuré. »

Mai tourna vers moi des yeux vannés et d'une nudité à faire peur. Elle cherchait un regard complice, mais ce que venait de faire ma sœur ne m'étonnait nullement. Moi aussi, j'avais envie de la dévorer.

« Je sais que c'est parce qu'elle a pleuré, rétorqua Leila et elle se leva : Ça va bientôt être ma course. Tu veux que Mehdi reste avec toi ? »

Mai secoua la tête et dit d'une voix fluette, à peine perceptible : « Je veux te voir nager. »

Leila gagna trois courses ce jour-là et moi, deux autres. Mai passa le reste de la journée dans les gradins. Parfois, elle devait sentir les regards insistants et moqueurs se poser sur elle et elle faisait mine de les ignorer. Son sauvetage ayant gêné deux des nageuses engagées, la course fut annulée et reportée. Notre entraîneur insista pour qu'elle se représente sur la ligne de départ. Tenter sa chance le jour même constituait le seul moyen de surmonter la défaite avec fierté. Mais la jeune fille ne voulut rien entendre.

Sur le trajet du retour, Mai s'assit à l'arrière du car et fit semblant de s'amuser avec nous tous. Je voyais bien qu'elle était préoccupée, elle devait se passer en boucle l'incident de la journée, chercher en son for intérieur une justification. Elle devait se demander comment elle parviendrait à surmonter et à oublier un jour une telle humiliation.

Derrière elle, à travers les vitres du car, je distinguais quelques strates de ciel bleu s'étirer dans un épais lit de nuages, les champs blonds à l'infini, les fils électriques portés de mât en mât couraient comme de jeunes enfants pleins de malice et de défi, montaient avec grâce et détermination vers le ciel et, au moment de l'atteindre, obliquaient soudain en sens inverse, redescendaient en direction du sol que, dans un soubresaut ultime et admirable, ils parvenaient à fuir de nouveau.

Soudain le paysage disparut et je vis mon visage se refléter dans la vitre du car, je le vis comme s'il n'avait pas été le mien. Je vis mes yeux, pas clairs ces yeux, fourbes, impétueux, colériques, et j'eus l'idée qu'ils étaient bien plus conquérants et déterminés et fous que tout ce que j'avais imaginé jusqu'à ce jour.

6

En novembre 1987, Danielle fut admise à l'hôpital Bichat pour une nouvelle opération. Le mal l'avait prise aux poumons. Une petite toux rauque, pareille à un rire, l'agitait depuis plusieurs semaines. À l'annonce de cette nouvelle hospitalisation, je ne fus pas inquiet. Danielle avait déjà guéri une fois. Je l'avais vue partir à l'hôpital, en revenir après son ablation du sein. Je l'avais vue vomir, maigrir, jaunir, perdre sourcils et cheveux, souffrir puis guérir. Tout avait été différent et puis, du jour au lendemain, tout avait été comme avant.

Mais en incisant l'antre de sa patiente, ce que le chirurgien découvrit était effrayant. Il ne connaissait même pas de mot pour désigner cette chose. Il pensa à une peinture, une peinture qui n'avait plus rien à voir avec la vie. Et il referma aussitôt.

Toute la journée, le chirurgien tenta de joindre le mari sans y parvenir. Il aurait préféré que la femme ne fût pas seule au moment où il lui apprendrait la nouvelle. Mais à présent, elle perdait patience et voulait savoir pourquoi l'opération avait été écourtée.

« Je n'ai pas pu vous opérer. Le cancer est déjà trop étendu. Je suis désolé.

— Je vais rentrer chez moi ? Je veux dire vous n'allez pas me garder ici s'il n'y a rien à faire ? »

Le chirurgien fut tellement surpris par cette réaction, il s'attendait à des cris et des larmes, et voilà qu'elle prenait sur elle, résignée à faire peur, stoïque jusqu'au bout des ongles, qu'il se tourna, décontenancé, vers l'infirmière qui l'accompagnait.

« Vous avez bien assez de malades comme ça, ajouta sèchement Danielle. Ce n'est pas la peine de prendre le lit de quelqu'un qui pourrait guérir, vous ne croyez pas ? »

À l'époque, peu d'hôpitaux disposaient d'un service de soins palliatifs. Les malades condamnés n'avaient d'autres choix que de mourir chez eux. Manifestement, c'était le souhait de cette patiente et le cancérologue quitta la chambre tout penaud, tel un enfant qui vient de se faire remonter les bretelles. Quelques minutes plus tard, une infirmière revint avec une petite brochure expliquant la procédure à suivre une fois rentré à la maison. Elle y joignit une ordonnance de deux pages, une liste d'infirmières libérales et de kinésithérapeutes.

Dès que l'infirmière fut sortie, Danielle ignora les points de suture et l'anesthésie de la veille pour se rendre dans une cabine téléphonique. Elle appela Dédé, retint ses sanglots en lui annonçant la nouvelle, le supplia d'être courageux, de ne pas pleurer, ni maintenant ni devant nous. Après avoir raccroché, elle retourna dans sa chambre. Elle ouvrit le robinet d'eau froide du cabinet de toilette et contempla quelques instants le filet d'eau. Elle ôta ses lunettes et s'aspergea le visage. Elle se lava aussi les aisselles. Il n'y avait pas de miroir dans cette salle de bains et c'était aussi bien ainsi. Elle aurait souhaité ne plus jamais voir son reflet. Ses jambes se mirent à trembler. Elle s'appuya contre le lavabo et fermant les yeux, attendit calmement que cela passe avant de regagner son lit.

Quand plus tard, Leila et moi avons débarqué dans la chambre, elle était allongée en chien de fusil, dos à la porte. Sa tête a pivoté vers nous et elle a laissé s'écouler plusieurs secondes avant de demander :

« Dédé n'est pas avec vous ?

— Il parle avec un docteur », a répondu Leila.

Danielle s'est détournée et nous sommes passés de l'autre côté du lit pour lui faire face. J'ai vu alors un visage que je ne lui avais jamais connu auparavant, même lorsqu'elle avait été malade la première fois, un visage aux traits durs et creusés. Je ne savais comment la nommer, mais cette chose flottait autour de nous et je pouvais la sentir partout. Dans les particules de poussière incandescentes. Dans le cri du vent frappant les vitres de la chambre. Dans la vision de ses doigts cramponnés aux draps rêches de l'hôpital.

Je me laissai tomber dans un fauteuil sous la fenêtre. Leila s'assit au pied du lit, puis glissa tout doucement le long de la bosse que le corps de Danielle formait sous la couverture. Danielle s'obligea à rester immobile, mains accrochées à l'oreiller. On aurait dit qu'elle cherchait à se rendre aussi mince qu'une feuille de papier à cigarette.

« Tu vas reprendre les médicaments qui font tomber les cheveux ? demanda Leila.

— Pas cette fois, répondit Danielle. Ce ne sera pas nécessaire. »

Leila attrapa le coude de Danielle, puis sa main, une main rigide, presque pétrifiée, la tira vers elle pour la poser sur sa chevelure épaisse qu'elle avait enroulée à l'aide d'un élastique.

« Caresse-moi la tête, Dada. »

Danielle venait de fêter ses quarante-deux ans lorsque, des années auparavant, elle nous avait aperçus dans le préau de l'école pour la première fois, nos bouches pleines et roses, nos yeux noirs et chatoyants bordés de longs cils bruns, nos boucles légères. Elle n'avait jamais eu d'enfant à elle, bien qu'elle se fût beaucoup occupée de ses neveux, et, en tant qu'institutrice, de ses élèves. Leila et moi avions quatre ans et deux ans à l'époque. Celle qui nous avait déposés devant la grille de l'école et qui avait sonné à la loge de la gardienne pour donner l'alerte avait couru, couru de toutes ses faibles forces, avant de disparaître au coin de la rue. Elle s'appelait Djamila, et nous ne l'avons plus jamais revue après ce jour.

C'est ainsi du moins que l'histoire nous avait été contée et nous aimions, convaincus de sa dimension mythique, que Danielle nous la contât encore et encore. Nous ignorions à l'époque qu'il faudrait plusieurs années avant de coller ensemble tous les morceaux du puzzle et de comprendre ce qui s'était réellement passé. Mais ce que nous savions déjà, à l'aube de notre adolescence, même si le mot n'a jamais été prononcé devant nous, c'est que Djamila était héroïnomane. Quand, avec fermeté, Danielle nous faisait promettre de ne toucher à aucune drogue, de ne jamais en faire l'expérience — car on ne savait pas ce que cette femme avait fait pendant ses grossesses, on n'était pas sûr que cela n'éveille en nous quelque dépendance, comme un poison tapi dans nos entrailles et nos cerveaux n'attendant que le signal pour se répandre —, nul besoin d'être très malin pour en déduire que notre mère était une camée qui avait dû finir ses jours dans une cage d'immeuble ou un parking, une injection mortelle dans le sang.

Djamila, donc, nous avait abandonnés là, devant la grille de ce qui deviendrait notre école, et avait couru, couru à en perdre haleine, elle avait une bonne raison de courir, et sans forces elle s'était écroulée quelques pas plus loin, puis traînée derrière des containers pour échapper aux regards.

Dans l'une de nos poches, une lettre avait été trouvée. Elle s'adressait à Danielle, et c'est la raison pour laquelle elle fut appelée au petit matin par la directrice de l'école et l'agent de police qui venait de débarquer dans son bureau.

« Madame Guérin,

vous êtes la plus gentil dame que je connaise. je vous demande de prendre mes enfant chez vous parce que moi je suis trop jeune et trop pauvre pour m'en ocuper. et je ne veux pas c'on les mêtes à l'orphelina, c'est ques que mes parents ferai et moi je ne veux pas.

ma fille s'apelle Leila et mon bébé, c'est Mehdi. merci pour votre aide. Djamila »

Je n'ai aucun souvenir de Djamila. Longtemps, il ne m'est resté d'elle que ce bout de papier déchiré et un visage de petite fille sur une photo de classe en noir et blanc, prise dans une cour d'école alors qu'elle était l'élève de Danielle. Ce visage-là, son expression cueillie à cet instant précis dans cette infinité d'expressions possibles, je les ai si bien gravés en moi que je peux les invoquer dès que je le souhaite. Je connais aussi par cœur les visages des camarades qui l'entourent. Djamila a peut-être huit ou neuf ans sur cette photographie. Elle se tient au centre du deuxième rang, le port altier et décidé. Comme ses camarades, elle porte une blouse, la sienne est à carreaux. L'épaisse tresse qu'elle a ramenée sur sa poitrine disparaît, cachée par la tête de la fillette assise devant elle. Elle croise les bras avec fierté, en jouant des coudes on dirait, se démarquant de ses camarades qui gardent les leurs le long du corps. Elle sourit, laissant voir des dents larges et éclatantes. Sa silhouette est fine, musculeuse malgré son jeune âge et son teint foncé. Elle n'est pas la seule Maghrébine de la classe pourtant, il y en a peut-être deux ou trois autres. Et puis il y a ses yeux, brillants, couleur de jais, d'une malice et d'une vivacité troublantes. Je les fixe, je les dévore, je les absorbe. Si je n'ai pas connu ma mère, je connais ce regard, intense, profond. Le regard de ma sœur dans lequel je me suis perdu tant de fois, le regard de Leila.

Danielle se tient au bout du rang, les mains derrière le dos. Elle porte un pull à col roulé clair, bouffant sur une jupe foncée. Elle croise les jambes. Elle semble sans âge, même si elle a l'air plus jeune, le regard durci par des lunettes à large monture noire. Sa coupe de cheveux ne diffère pas tellement de celle que nous lui avons toujours connue, une coupe courte, cheveux bruns tirés en arrière, crêpés comme c'était la mode à l'époque. Elle se tient à l'écart et ne sourit pas. La bouche entrouverte, elle semble plutôt surprise d'être là.

Je les observe toutes deux dans cette cour d'école, l'institutrice et son élève, elles ont l'air d'appartenir à une autre époque, à une autre vie et, sans doute, c'est une autre époque et une autre vie. Elles ne savent pas à ce moment-là que, dans quelques années, elles seront liées d'une tout autre façon. Non, elles ne peuvent l'imaginer. Mais moi, qui constitue avec Leila la pièce manquante de ce tableau improbable, je sais qu'elles auront été, chacune à sa manière, une mère pour moi, l'une dans la vie, l'autre dans la mort. Je suis l'enfant de ces deux femmes et savoir cela, malgré le mystère qui les entoure, me réconforte.

J'ignore si en nous examinant dans le préau de l'école, en découvrant la lettre de Djamila, Danielle s'était remémoré la petite fille au large sourire, sa grande natte fouettant les reins. Se rappelait-elle tous les enfants qu'elle avait eus en classe ? Avait-elle eu besoin de chercher loin, très loin dans sa mémoire, ou Djamila était-elle réapparue aussitôt à sa conscience, celle qu'elle nous décrivait comme une gosse dissipée, préférant s'amuser plutôt que travailler, attachante néanmoins. Celle qui, même après avoir quitté l'établissement, avait continué de venir à la sortie de l'école pour lui donner des nouvelles. Celle qui, tout en faisant part de ses impressions sur son nouveau bahut, avait du mal à cacher son maquillage, ses oreilles percées de grands anneaux, ses jupes chaque fois plus courtes.

« On voyait bien qu'elle allait mal tourner, nous racontait Danielle. Ce n'était pas une façon correcte de s'habiller pour une fille de son âge. Et malheureusement, je ne me suis pas trompée. Chaque fois qu'on me parlait d'elle, un voisin ou un parent d'élève, j'entendais dire qu'elle avait de mauvaises fréquentations et qu'elle avait encore fugué. »

Quelques années plus tard, Danielle et Dédé avaient déménagé à L'Île-Saint-Denis, où elle venait d'obtenir sa mutation. Un matin de novembre 1977, la directrice de l'école l'avait appelée pour lui demander de la rejoindre au plus vite. Elle nous avait vus, perdus, hagards dans le préau, moi pleurant, éperdument accroché à ma sœur. Elle avait lu la lettre, réfléchi quelque instant avant d'appeler Dédé et de prendre sa décision.

« Je crois, expliquait Danielle, qu'à ce moment-là cette fille était dans une telle détresse que ne sachant vers qui se tourner, elle a pensé à moi. Peut-être qu'elle savait que je n'avais pas d'enfant et que ce serait plus facile pour moi d'accepter. Elle avait dû me trouver gentille quand j'étais sa maîtresse, c'est ce qu'elle a écrit dans cette lettre truffée de fautes d'orthographe. C'était très naïf de sa part, mais elle n'avait sans doute pas d'autre choix, la pauvre. »

Je me disais que nous aurions pu finir dans un orphelinat, ma sœur et moi, et que nous avions eu de la chance, en fin de compte. J'admirais Djamila pour ce bon choix, ce choix judicieux. Nous avions un toit, nous étions nourris et nous allions à l'école comme tous les gosses de notre âge. Le couple qui s'occupait de nous ne se montrait jamais très affectueux, mais Dédé et Danielle avaient toujours fait en sorte que nous ne manquions de rien et, chez eux, je me sentais en sécurité.

« Je ne pensais pas que ce serait pour toujours, bien sûr, expliquait Danielle. Je pensais qu'elle se soignerait, arrêterait ses bêtises et finirait par revenir vous chercher quelques mois plus tard. Je suis sûre que c'est ce qu'elle voulait aussi. Quand nous avons appris qu'elle était morte, j'ai remué ciel et terre pour retrouver des membres de sa famille. Mais malheureusement, tous ceux qui l'avaient rejetée avant sa mort ne voulaient pas entendre parler de ses gosses. Pour vous garder avec nous, j'ai dû convaincre Dédé de vous prendre sous tutelle. Ensuite, je me suis lancée dans cette procédure d'adoption qui a duré plus de trois ans. »

Longtemps nous l'avons crue. J'étais certain qu'il n'y avait plus rien à découvrir, que tout avait été dit et j'évitais de poser des questions, mais Leila a toujours été plus curieuse.

On ne parlait pas de Djamila à la maison, nous ne savions même pas quel nom lui donner — Djamila ? Maman ? Notre mère biologique ? Notre vraie mère ? — et nous mettions cela sur le compte de sa vie chaotique. Une junkie qui avait traîné sa carcasse dans tous les endroits glauques des quartiers nord. Une fille facile, qui s'était laissé engrosser deux fois. Fugueuse, voleuse, putain. Sans plus de dignité. Prête à tout pour une piquouse. Très loin d'un modèle de vie pour des enfants, on comprenait qu'elle eût endossé à elle seule toute la honte de nos origines et que Danielle rechignât à aborder le sujet, même quand Leila la harcelait de questions. « Qu'est-ce que vous voulez que je vous dise, répondait-elle, irritée. Il n'y a rien à en dire. Ce n'était pas une bonne façon de vivre sa vie et on peut se demander, avec toutes les bêtises qu'elle a faites, comment elle a pu donner naissance à deux bébés en bonne santé. C'est un miracle que vous soyez là, croyez-moi. »

Lorsqu'il s'agissait de raconter les mois qui avaient suivi notre arrivée chez les Guérin, Danielle devenait intarissable, mais dès que nous essayions de lui faire parler davantage de Djamila, elle s'agaçait. Nous mettions cela sur le compte de la jalousie. Peut-être nous trouvait-elle ingrats de chercher à en savoir davantage sur celle qui nous avait mis au monde alors qu'elle s'occupait de nous au quotidien. Mais ce qui nous semblait étrange, c'était que, malgré cette rivalité patente, elle n'ait jamais eu envers nous le moindre geste de tendresse. Le soir, avant de dormir, elle ne venait jamais nous embrasser. Elle ne faisait pas de câlins ni de caresses lorsque, enfants, nous nous réfugions dans ses bras. La tendresse devait lui sembler un luxe, ainsi que la paresse ou l'ennui, une mauvaise habitude qu'il était préférable d'éliminer dès le plus jeune âge. Parfois, je me disais aussi que si Danielle avait été autorisée à nous aimer dès le début, elle aurait pu nous considérer et nous élever comme ses propres enfants. Mais elle avait dû craindre qu'on lui fût très vite ôtés, ainsi qu'elle l'avait expliqué, et pour s'épargner les affres d'une déception si un jour nous devions sortir de sa vie, elle avait appris à se contenir, à réprimer ses élans de tendresse, tant et si bien que par la suite, elle fut incapable de modifier ce lien ourdi de pudeur et de réserve.

« Caresse-moi la tête, répéta Leila. S'il te plaît ? »

Danielle retira tout à coup la main de la chevelure de Leila comme après un choc électrique et, avec un air à la fois dégoûté et indigné, elle roula sur le dos pour se cacher de nous. Elle était certes peu encline aux caresses, mais n'avait jamais paru rebutée à ce point. Danielle se racla la gorge et commença à tousser. Elle se redressa alors, obligeant Leila à se relever également.

« Je manque d'air », dit-elle entre deux quintes de toux.

J'ouvris la fenêtre derrière moi. Un vent glacial et humide pénétra dans la chambre par rafales et, une fois que sa toux fut calmée, je me hâtai de la refermer. Danielle s'immobilisa et nous considéra tour à tour.

« Venez vous asseoir à côté de moi », et elle tapota le lit de chaque côté de ses jambes.

Nous nous sommes assis tout près, chacun au bord du lit. Leila regardait fixement Danielle, tandis que je baissais les yeux. Elle prit une grande inspiration, et j'eus l'impression qu'elle allait nous dire quelque chose d'important, quelque chose qu'elle n'avait jamais dit. En fait, Danielle ne parla pas tout de suite. Elle prit seulement nos mains, les serra entre ses doigts et quand je relevai la tête, je vis que ses yeux s'étaient remplis d'une expression nouvelle, tendre et vacillante.

« Je veux que vous sachiez que s'il m'arrivait quelque chose, dit-elle à voix basse, Dédé s'occupera de vous.

— Mais Dada, objecta Leila, tout va bien, pourquoi tu dis ça ?

— Je vais rentrer à la maison et je serai bientôt trop fatiguée pour m'occuper de beaucoup de choses. Mais il ne faut pas avoir peur. Il y a André, et c'est à lui que vous devez vous adresser à partir de maintenant si vous avez besoin de quoi que ce soit, c'est compris ? »

La porte s'ouvrit. C'était Dédé. Nous étions venus avec lui à l'hôpital, mais je vis que ça l'embêtait de nous trouver dans la chambre. Pour nous éloigner, il annonça que des ambulanciers allaient bientôt venir chercher Danielle et nous demanda d'aller attendre dans le couloir pendant qu'elle se changeait et rangeait ses affaires. Nous avons obéi et sommes sortis de la chambre.

Leila a disparu à l'extrémité du couloir et je demeurai seul devant la porte close, suçant la cordelette de mon sweat-shirt, observant le lacet défait d'une de mes baskets sans faire l'effort de me baisser pour le refaire.

Quelques minutes plus tard, un infirmier a ouvert la porte, poussant un fauteuil roulant, et malgré la répugnance de Danielle l'a obligée à s'y asseoir.

J'observais sa nuque, brinquebalée, tremblante, devinant sa colère, sa fierté blessée à se voir ainsi transporter en chaise roulante dans un couloir d'hôpital. Dédé était tout près de moi, sa sacoche à la main. Leila ouvrait la marche d'un pas assuré semblant connaître les lieux par cœur. Elle s'arrêta un instant, se plaqua contre le mur pour laisser passer une infirmière et tourna la tête vers nous. Elle s'efforça de sourire, sans entrouvrir les lèvres. Je savais ce que cela voulait dire et Danielle devait le savoir aussi : Leila préparait un mauvais coup.

Tandis que nous approchions de l'ambulance qui attendait dehors pour reconduire Danielle à la maison, un autre infirmier nous devança pour ouvrir les portes et installer la rampe. Après avoir tiré le fauteuil à l'intérieur du véhicule, ils soulevèrent Danielle pour la déplacer jusqu'à son siège. Elle protesta de nouveau, mais les infirmiers n'y prêtèrent pas attention. Avant qu'on ne refermât les portes, Danielle eut tout le temps de nous observer. Elle regarda d'abord Dédé, son allure nonchalante, indifférent à notre présence. Elle examina ensuite Leila, se demandant ce qu'elle était en train de manigancer. Ma sœur sautillait sur place, se balançant d'un pied sur l'autre pour lutter contre le froid, mains enfouies dans les poches de son blouson qu'elle serrait contre elle. Elle ignorait que Danielle l'étudiait au même moment, et, avec un air de défi, scrutait l'horizon de chaque côté du bâtiment. Un infirmier s'approcha de Dédé pour lui remettre des papiers et Leila en profita pour se tourner vers moi. Faisant glisser la fermeture de son blouson, elle me montra les compotes et les sachets de biscuits qu'elle avait chapardés sur les chariots de l'hôpital. J'écarquillai les yeux et ouvris une bouche toute ronde.

Mes yeux croisèrent ceux de Danielle qui, depuis l'intérieur de l'ambulance, n'avait rien manqué de la scène et semblait abasourdie. Dédé, qui n'avait rien vu, nous appela. Leila remonta aussi sec sa fermeture Éclair. Un infirmier ferma les portières et le moteur de l'ambulance démarra.

Dédé, Leila et moi, on resta quelques minutes sur le trottoir, ne sachant pas dans quelle direction aller, et j'eus le sentiment que toute notre vie ressemblerait à cet instant, trois pantins perdus au milieu du monde.

Car bientôt, nous ne serions plus que tous les trois, n'était-ce pas de cela que Danielle avait voulu nous avertir ? Sans plus personne pour nous dire quoi faire. Dédé était un étranger pour moi. Je ne savais rien de lui. Nous cohabitions depuis des années mais nous ne faisions jamais rien ensemble, nous n'avions pas de conversations. Nous ne formions pas une famille. Danielle était le mortier, sans elle tout s'écroulerait. Elle nous avait recueillis dans sa maison, puis donné le nom de son mari. Elle nous avait acheté vêtements et jouets. Avait lavé notre linge, changé nos draps, fait les courses et préparé nos repas. Soigné nos plaies, averti des dangers, appris à traverser et à se faire à manger. Lu les albums du Père Castor, surveillé nos devoirs, porté nos cartables. Elle nous avait donné la main pour aller à l'école, et aussi dans les défilés, dans les cortèges des manifestations, à la Fête de l'Huma, aux retraites aux flambeaux et aux feux d'artifice du 14 Juillet. Elle avait chanté avec nous en chœur : « *On n'est pas là pour se faire engueuler. On est là pour voir le défilé.* »

C'est alors que comme une ombre passant sur moi, comme une main arrachant un morceau de mon cœur, je ressentis un grand vide. J'eus envie de crier pour retenir l'ambulance. Crier quelque chose pour l'empêcher de partir. Crier quoi ? Je ne le savais pas encore. Le cri était au fond de ma gorge, je pouvais le sentir vibrer, mais il ne sortait pas. Je voulais dire : « Je crie. Je crie. Danielle, entends-tu ce cri ? » Mais rien ne sortit de moi ce jour-là. J'ai regardé l'ambulance partir.

Emmène-nous.

Protège-nous.

Danielle, ne nous laisse pas seuls.

7

Danielle ne guérirait pas. Cette phrase ne fut jamais prononcée, mais elle semblait écrite quelque part sur un des murs de l'appartement, un tag barbouillant le papier peint.

Elle s'affaiblit très vite, ce qui l'obligea à garder le lit toute la journée et au bout de quelques jours, Dédé lui installa le poste de télévision dans la chambre. Lui-même souffrait d'insomnies et, craignant de déranger sa femme, il me demanda de lui laisser ma chambre comme deux ans auparavant. Je déménageai une partie de mes affaires dans celle de Leila et tirai un matelas de dessous le lit. Je regardai quelques instants ce matelas posé à même le sol. Vieux matelas poussiéreux, taché d'auréoles brunes.

Quand arriva décembre, ma sœur ne pensa plus qu'à la fête déguisée du club. Dans le hall de la piscine où Piotr nous avait rassemblés pour nous expliquer comment ça allait se passer, elle arracha de sa chemise cartonnée une fiche d'inscription et la prit dans sa bouche afin de libérer ses mains pour se coiffer. Un élastique au poignet, elle brossait avec fureur son épaisse tignasse pour l'aplatir. Quand plus une seule mèche n'en échappa, elle continua de plaquer ses cheveux en arrière avec la paume de la main, les tint ensemble pour les nouer en queue-de-cheval. Elle examina ensuite la feuille qu'elle avait gardée tout ce temps entre ses lèvres, la plia et la rangea dans sa poche. Elle se glissa derrière Mai et je l'entendis chuchoter : « Tout à l'heure, je te ferai signe par la fenêtre pour que tu saches où on habite. Tu m'attendras, d'accord ? » Mai secoua la tête et enfila son bonnet de laine.

On salua Piotr avant de quitter le hall de la piscine. Ma sœur n'avait pas pris la peine d'enfiler ses baskets, et avançait, les talons en équilibre sur le rebord de ses chaussures. Derrière elle, Mai portait son sac. Les yeux cernés par la trace des lunettes de piscine, elle mangeait une barre chocolatée. Je lui fis signe de m'en donner un bout et, pour toute réponse, elle se hâta de mettre le restant dans sa bouche.

Les cheveux humides fouettés par un vent glacial, on se hâta de monter dans la 4 L et aujourd'hui, je me rappelle surtout des soirs comme celui-là, quand je me sentais à l'abri et au chaud à l'intérieur de la voiture d'Annie. Je revois Mai se tourner vers nous et sourire à pleines dents, le regard balayé par les phares des voitures.

« Vous savez en quoi vous déguiser ? » demanda Mai.

Engourdi par la chaleur et le ronron du moteur, je laissai Leila répondre à ma place. Le front posé contre la vitre gelée, j'observai, filtrées par la buée, les rues poussiéreuses de Saint-Ouen et, dans la nébuleuse des couleurs déteintes, l'ombre furtive des passants. C'était un triste spectacle, mais je me sentais bien, à l'abri de la 4L. C'était mieux que l'endroit d'où je venais. Mieux que celui où j'irais jamais.

« J'ai pas encore d'idée. Mais je vais trouver quelque chose, affirma Leila, tout excitée par cette perspective. Et toi ? »

Je regardais la ville où j'avais grandi, ses austères façades, ses artères brisées, l'ossature des blocs de béton et je me disais en moi-même : c'est ici que je vis, est-ce qu'un jour quelqu'un d'autre que moi verra cet endroit comme je le vois ? L'endroit précis où le monde cesse d'être monde.

« Tu pourrais prendre ma robe de tsigane », suggéra Annie. On oubliait souvent sa présence et c'était toujours une surprise quand elle prenait part à la conversation. « Elle doit être à ta taille maintenant.

— Oh non ! Pitié, rétorqua Mai. Pas cette vieille robe qui puc.

— Comme tu veux… Mais compte pas sur moi pour te trouver quelque chose. »

Je n'avais pas envie de descendre de la 4L. Je voulais que la voiture nous mène loin, très loin, et ne s'arrête pas avant le lever du jour. Qu'elle s'élance sur le pont, grille les feux et dépasse la cité sans s'arrêter.

Qu'elle suive le fil de la Seine, sinueux, serpentant, tours et détours, et nous propulse jusqu'à la mer.

« Mehdi ?

— Hein ?

— Deux, se moqua Leila. On est arrivés. Tu veux passer la nuit dans la voiture ? »

J'avais été tiré de mes rêveries, tout hébété, et je m'apprêtai à descendre quand Leila me repoussa en s'esclaffant : « Ton sac, abruti ! »

J'empoignai mon sac, descendis de voiture et passai devant Mai, remarquant les mèches échappées de son bonnet, son corps tanguant au souffle du vent, comme à la proue d'un voilier.

« Dépêche-toi de fermer ta portière, dit Annie. Il fait si froid. »

Mais sa fille n'en tint pas compte et resta sur le bord de la route à nous regarder. En courant jusqu'à l'entrée de notre immeuble, nous pouvions sentir ses yeux rivés sur nos silhouettes. Même quand nous avons obliqué en haut des marches pour filer le long du bâtiment et disparaître définitivement de sa vue, je la voyais encore, tournée dans notre direction, les yeux levés sur notre tour comme s'il était possible de suivre la trajectoire de l'ascenseur jusqu'au neuvième étage, traverser le palier, ouvrir la porte, pénétrer avec nous dans l'appartement sombre des Guérin.

Pourtant, Mai n'était jamais venue chez nous. Elle savait que nous habitions la troisième tour, celle de droite, au neuvième étage, mais du reste, elle ignorait tout. Elle ignorait que de là-haut on pouvait voir les usines Citroën, les toits des entrepôts du Printemps et des docks de Saint-Ouen, le chantier de la nouvelle usine d'incinération, la tour Pleyel, les silos en tôle de la semoulerie Bellevue-Panzani, les bras de Seine aux reflets tantôt bleu et ocre, tantôt vert-de-gris. Elle ignorait que, vue du ciel, la Grande Nef de l'Île-des-Vannes ressemblait à une baleine blanche et que l'été pointait parfois à l'horizon l'extrémité opposée de l'île. Je lui avais dit que par temps clair, on apercevait Montmartre et la tour Eiffel aussi, mais de ça, elle n'était pas certaine. Pour tout le monde, Paris semblait si loin.

« Paris, c'est là qu'il faut aller, déclara Leila tandis qu'elle scrutait son visage dans le miroir de l'ascenseur.

— Pour quoi faire ?

— Trouver un déguisement. »

Repérant un bouton sur son front, elle le pinça entre ses deux index, si fort qu'un petit serpentin en sortit.

« Ça doit coûter un max.

— T'inquiète… On s'arrangera… »

Leila se regarda une dernière fois dans le miroir et au moment où les portes de l'ascenseur s'ouvraient, elle me retint par la manche de mon anorak.

« Je veux qu'on ait les plus beaux déguisements. J'ai décidé. »

Mai avait dû compter les étages jusqu'au neuvième et fixer les fenêtres éclairées dans l'attente qu'une silhouette passât derrière l'une d'elles et lui fît signe.

Mais elle n'en vit aucune et quand sa mère s'impatienta, à contrecœur elle fit demi-tour pour remonter dans la voiture.

Annie tendit la main et tâta les cheveux qui tombaient de son bonnet.

« Avec les cheveux mouillés en plus. »

Mai eut envie de se boucher les oreilles pour ne plus entendre sa voix et cette satanée musique qui émanait de l'autoradio. De se boucher les narines pour ne plus sentir le parfum de sa mère, son haleine, le tissu grillé des sièges.

« Demain, on a rendez-vous pour faire de nouvelles radios.

— Tu l'as déjà dit. »

Elle remonta le col de son pull, et, fermant les yeux, respira les bouffées de chlore que sa peau exhalait. Elle souhaitait être dans sa chambre, dans son lit, là où rien ne viendrait distraire son esprit, là où elle serait libre de penser à la fête du club, à Leila, à moi, aux seules choses qui comptaient pour elle. Elle rouvrit les yeux. La voiture filait le long de la Seine et, derrière les arbres, clignant par intermittence, l'étendue noire du fleuve paraissait aussi immobile et impénétrable qu'un bloc de lave.

Leila ouvrit la porte. L'appartement était plongé dans l'obscurité. L'ampoule de l'entrée que Dédé devait remplacer depuis des semaines était grillée et il nous fallut avancer à tâtons jusqu'à la salle à manger pour trouver une lumière. Des voix provenant de la télévision murmuraient du bout du couloir. Cette semaine, Dédé était de l'équipe du soir et ne rentrerait pas avant minuit.

Ma sœur alla à la fenêtre du salon, regarda la rue en bas de chez nous. Elle s'apprêta à lever la main pour faire signe mais la 4 L avait déjà disparu. Agacée, elle fit claquer sa langue.

Elle me suivit dans la chambre à l'autre bout du couloir. Danielle était endormie et j'observai son visage grimaçant à la lueur bleutée de la télévision. Leila éteignit le poste. En silence, nous allâmes à la cuisine pour manger un bout de saucisson avec du pain sec. Leila gardait la tête basse, grave et silencieuse. À la maison, ma sœur ne ressemblait pas à la jeune fille qu'on connaissait dehors. J'avais encore faim et j'ouvris la porte du frigidaire, mais il n'y avait rien qui me donnât envie.

Depuis que Dédé s'occupait à nouveau des courses, les yaourts et le fromage avaient disparu de notre frigidaire, les paquets de gâteaux des placards de notre cuisine. Ignorant nos goûts et nos besoins, il ne faisait même pas le détour par le rayon des produits frais, chargeant le Caddie de bières uniquement, de paquets de café et de conserves faciles à réchauffer. Toujours des conserves, jamais de surgelés. Quinze ans auparavant, il avait été licencié pour des raisons obscures d'une fabrique d'emballages en carton pour pommes de terre rissolées et poissons panés. Après cet incident, mortifié par une longue période de chômage, il avait décidé de les boycotter. La seule vue de ces emballages le mettait hors de lui. Le dimanche, il achetait un saucisson et des biftecks qu'il servait avec des haricots ou des petits pois en boîte. La viande était nerveuse, caoutchouteuse, trop cuite. Chacun mâchouillait dans son coin, les yeux rivés sur son assiette et le morceau de viande qu'il lui restait à avaler. Dédé allait en proposer un bout à Danielle qui le refusait et il le mangeait à sa place.

Comparée à la cuisine de Dédé, la cantine du collège nous paraissait délicieuse et il n'était pas rare que nous remplissions nos poches de quignons de pain et de fruits qui traînaient sur les tables après le départ des élèves. Mais ce soir-là je ne trouvai rien, ni dans mes poches ni dans le frigo et je refermai la porte, dépité. Je nettoyai les miettes du revers de la main et déposai sur la table deux bols pour le café du lendemain.

De retour dans la chambre, je vis Leila étendue sur son lit, les rideaux tirés. La petite pièce, de la même taille que ma chambre, semblait plus étroite encore avec le matelas en travers du sol et le désordre de mes affaires. L'atmosphère y était douceâtre et étouffante. Je remarquai que Leila ne s'était pas déshabillée.

« Tu commences à quelle heure ? demanda-t-elle.

— À neuf heures.

— Comme moi. »

Elle régla le réveil. J'ôtai simplement mon pantalon et me glissai dans les draps. J'entendis ma sœur feuilleter quelque chose, sans la voir car je lui tournais le dos. Au bout de quelques minutes, elle éteignit sa lampe.

Je me rendis compte que j'avais gardé les yeux ouverts et je sentis mon pouls s'accélérer. Je compris que j'attendais et que je ne parviendrais pas à m'endormir tant que je serais dans cet état d'expectation. J'essayai de me l'interdire, me remémorant toutes les raisons que j'avais de préférer le sommeil. Cela ne fit que stimuler davantage mon esprit. Pour me convaincre que tout s'arrêterait bientôt, je remontai alors le drap sur moi, regrettant aussitôt ce bruissement qui révélait à ma sœur que je ne dormais pas encore.

Mes mains se soulevèrent pour couvrir mon visage. J'avais envie de me cacher, j'avais envie de fuir et, en moi-même, je ne cessais de répéter cette prière muette : « Je dois dormir. Je dois dormir très vite. »

Cela avait commencé par la première maladie de Danielle. Je dormais sur ce même matelas dans la chambre de Leila. Certains soirs, je l'entendais se débattre dans son lit. On aurait dit qu'elle y avait caché quelque bête affamée ou combattu des monstres et, sur le moment, je n'avais pas compris ce qui se passait. Je savais seulement que le bruit de sa respiration, sifflante et accélérant sans cesse, m'était désagréable. Je posais l'oreiller sur ma tête pour ne plus l'entendre, mais ça ne marchait jamais tout à fait, et je continuais de l'entendre gémir jusqu'à ce que cette bête en elle abdiquât ou mourût, et que le silence emplît de nouveau la pièce.

Une nuit, Leila s'était glissée dans mon lit, tout habillée, dans son jogging. Elle avait posé ses doigts sur ma joue : « Tu vois comme elles sont froides mes mains. Donne-moi les tiennes. » Elle m'avait attrapé le poignet : « Toi, tu as toujours chaud. » Son haleine m'irritait les yeux telles des vapeurs d'alcool, c'était une sensation étrange, je pensai à une tempête de sable car j'avais la gorge sèche. « J'en ai envie mon chéri, avait-elle chuchoté. J'en ai tellement envie. » Me tenant toujours fermement par le poignet, elle avait fait descendre ma main sous le tissu du survêtement, puis sous l'élastique du slip, son corps comme une mappemonde, avec une précision de cartographe, elle avait invoqué et dicté mes gestes.

Leila revint dans mon lit les nuits suivantes, vêtue de son jogging, les mains toujours glacées. Quelquefois, lorsqu'elle n'était pas totalement repue et épuisée, elle décidait de s'occuper de moi, mais cela m'était aussi pénible et douloureux que de l'aider à satisfaire son seul plaisir. Une fois, j'avais crié de douleur. « Excuse-moi », avait-elle dit toute piteuse et, choquée, elle s'était réfugiée dans son lit.

Puis Danielle avait guéri. Dédé avait repris sa place dans le lit auprès de sa femme, et j'avais retrouvé ma chambre. De ces moments-là, nous n'avions jamais parlé. Peut-être n'avaient-ils pas réellement existé. Cela faisait deux ans maintenant.

Quand le second cancer de Danielle fut déclaré et qu'à nouveau on déménagea mes affaires, qu'à nouveau on tira le matelas de dessous le lit de Leila, je me souvins que c'était arrivé. Je l'avais presque oublié. Je me disais : « Nous ne le ferons plus, nous sommes trop grands pour ça », et j'étais résolu à ne pas faire le premier pas. Si Leila venait me rejoindre, alors, dans ce cas, je verrais. Mais il m'arrivait de le redouter et de le désirer avec une force tout à fait équivalente. Et je savais que le vouloir, c'était comme vouloir la vie et la mort en même temps, aimer et haïr tout autant.

Ce soir de décembre, Leila vint dans mon lit avec de nouvelles exigences. Elle ne se contenta pas que je la touche, que je mette mes doigts en elle, elle ôta son bas cette nuit-là et réclama que je le fasse avec la langue, n'hésitant pas à se fâcher lorsque je protestai. J'eus la sensation de me perdre dans ce dédale de chair. Son sexe me parut vorace et insatiable et je me demandai si toutes les femmes étaient ainsi. Sa récente pilosité m'indisposa. Un goût entêtant de pomme sure me donna des haut-le-cœur.

Quand ce fut fini et qu'elle s'endormit, je me levai et allai à la salle de bains laver mon visage. Je m'assurai que la porte était fermée à clé, je m'assis sur le rebord de la baignoire et me branlai à mon tour. Avec rage. Sans penser à rien.

J'admirais trop Leila pour la juger. Je l'aimais, pas de cette façon-là bien sûr, mais je l'aimais tout de même. Je n'étais pas assez naïf pour me leurrer sur mon implication, ni même assez fourbe pour me donner des excuses, bien qu'à l'époque j'eusse aimé croire en mon innocence et invoquer notre différence d'âge. J'étais le plus jeune des deux, mais cela n'y changeait rien. Après tout, je n'avais jamais dit non. Nous étions deux pour le faire, nous étions tous les deux coupables.

8

« Tu sais, dit Leila, Mehdi n'a jamais embrassé de fille et je crois qu'il aimerait bien essayer avec toi. »

Mai gravit l'escalier de la maison en tirant sur le fil du téléphone de sorte que sa mère n'entendît pas leur conversation.

« Pourquoi est-ce qu'il ne le demande pas lui-même ? »

Sa voix tremblait. Elle se dépêcha d'entrer dans sa chambre et ferma la porte derrière elle. Beaucoup de choses avaient changé depuis notre première visite. Des posters de groupes anglais envahissaient les murs, et malgré les bacs près de la chaîne et des enceintes, des pochettes de disques traînaient en vrac au milieu de livres de cours et de vêtements sales. Le combiné coincé entre l'oreille et l'épaule, Mai tournait en rond dans la pièce, pieds nus sur le parquet, en évitant les 33 tours et les cassettes éparpillés au sol.

« Il attend la fête du club pour te demander de sortir avec lui, ça t'embête que je t'en parle ? »

Mai se demanda ce qu'il se passerait si elle acceptait de devenir ma petite amie : est-ce qu'elle serait obligée de me voir plus souvent que Leila ? Elle n'avait pas envie que cela change.

« Qu'est-ce que tu en penses toi ?

— Moi ? s'esclaffa-t-elle. Je pense que vous faites un très beau couple ! En plus, on pourrait se voir plus souvent.

— Tu n'as pas peur de tenir la chandelle ? »

Leila éclata de rire : « Non, mais tu m'as vue ? Tu crois que j'ai une tête à tenir la chandelle ? »

Mai réfléchit un instant. Peut-être que Leila cherchait à se débarrasser d'elle. Elle se rassura cependant. Si Leila lui demandait de sortir avec moi, c'est parce qu'elle savait que ce serait mieux ainsi, voilà tout.

« S'il me le demande lui-même, peut-être que je dirai oui. Mais tu ne lui répètes pas, implora Mai.

— Tu me connais ! Au fait ? T'as demandé à ta mère pour ce soir ?

— Elle trouve que ça fait trop tard pour prendre le métro. Elle me gave. »

Mai tendit le pied et souleva la courtepointe de son lit sous lequel était caché son nouveau corset orthopédique.

« J'ai trouvé un déguisement de toute façon.

— Ah ouais, c'est quoi ?

— Tu verras. C'est une surprise. »

Elle entendit des pas dans l'escalier et interrompit la conversation.

« Je dois te laisser, Leila. Bisous. »

Mai raccrocha et examina de nouveau le corset. À quoi bon traverser tout Paris à la recherche d'un déguisement pour la fête du club ? Celui qu'elle avait sous la main était parfait.

Une semaine plus tôt, Mai avait été hospitalisée pour subir des examens approfondis. On avait de nouveau calculé l'angle de Cobb, qui permet d'évaluer le degré de torsion de la colonne vertébrale et, de cette façon, l'évolution d'une scoliose. Après six mois stables, celle-ci avait brusquement progressé de plusieurs degrés. Cette évolution soudaine et imprévisible révélait l'inefficacité du traitement prescrit jusqu'à présent et il fut décidé de recourir à des méthodes plus adaptées mais aussi plus contraignantes, telles que porter un corset orthopédique jour et nuit.

L'appareillage posé sur le lit de Mai portait le nom de *corset de Milwaukee*. Il était constitué d'une ceinture en plastique destinée à emprisonner le pelvis, de trois tuteurs métalliques qui devaient remonter le long du torse, d'un collier pour encadrer les cervicales, et Mai imaginait avec peine la raideur que cela donnerait à sa silhouette. Elle doutait même de pouvoir enfiler un pantalon par-dessus la coque en plastique. Quant au collier qui enserrait sa gorge, aucun vêtement ne parviendrait à le dissimuler.

Je l'imagine. De profil, penchée sur le corset. Fine silhouette dans le carré rougeoyant de la fenêtre. Petite fille au bord du gouffre. Un pas de plus et…

… Me voilà au-dessus des toits baignés d'une lumière cuivrée, rasant la cime des arbres. Je m'envole parce que je suis libre désormais. Rien ne peut entraver cette liberté jaillissante. Je suis libre d'aller où bon me semble, de prendre de la hauteur pour observer l'île où j'ai grandi, cette langue de terre incrustée dans un méandre de la Seine qui, selon l'angle que je me choisis, ressemble tantôt à une bouche souriante, tantôt à la moue dédaigneuse d'un flamant rose.

Quand j'étais enfant, on nous racontait que moins d'un siècle auparavant, cette île avait été un très bel endroit. Des peintres impressionnistes, dont celui qui donnerait son nom à notre collège, s'en étaient inspirés pour leurs toiles, immortalisant des paysages et des palettes de couleurs à jamais disparus. Ici, on pouvait apercevoir une écluse, des ducs-d'albe et de petites barques en bois. Plus loin, une guinguette et des arceaux de verdure. Qui aujourd'hui a envie de célébrer un tel endroit et de fixer pour toujours ces bâtiments jaune pisseux, ces hangars, ces cimenteries, ces petites fabriques et leurs cheminées crachoirs ? Sans doute, tout ce que je décris paraîtra une vilaine peinture à certains, mais c'est ma seule jeunesse, et il n'y a rien qui me tient plus à cœur. Je rentre chez moi, comme chaque soir de ces années-là, attiré malgré tout par les trois tours, sinistres et blanchâtres. Je fonce sur celle de droite, compte machinalement jusqu'au neuvième étage, cherchant la chambre de Danielle. Je regarde à l'intérieur de la pièce à l'instant précis où Leila ouvre la porte. La télévision est éteinte.

Une lampe de chevet éclaire d'une lumière douce le visage de Danielle. L'infirmière est venue lui faire sa piqûre et elle s'est aussitôt endormie. Mes yeux balaient la pièce et se fixent sur Leila tandis qu'elle avance sur la pointe des pieds, comme une danseuse.

En silence, Leila tira d'une rangée de livres l'ouvrage de Marx où Danielle cachait ses économies. Leila prit la liasse de billets, jeta un œil à la figure vide de la femme alitée, arracha un billet de cinq cents francs et le glissa dans la poche de son jean. Elle replaça la liasse entre deux pages du livre, rangea celui-ci à sa place et courut jusqu'à la porte.

« On est bon, chuchota-t-elle. Tu peux mettre tes grolles.

— On n'attend pas Mai ?

— Sa mère ne l'a pas laissée sortir. »

Dans l'ascenseur, on appuya ensemble sur le bouton du rez-de-chaussée, notre petit jeu depuis l'enfance. Quand les portes de l'ascenseur s'ouvrirent, Leila me devança, quitta le hall sans me tenir la porte, et dévala les marches. La nuit commençait à gagner les rues. Je vis Leila bondir vers le trottoir opposé, se faufilant entre les voitures arrêtées au feu. Elle se planta devant la déchetterie et je courus la rejoindre pour tambouriner à la porte métallique. J'ignore à quoi servait cet endroit. Je sais seulement qu'il y avait de temps en temps des arrivages de tissu et de vêtements usagés que Georges, le gars qui y habitait, triait et empilait en colossaux paquets bien tassés avant qu'un autre camion vînt pour les emporter ailleurs.

Georges ouvrit la porte, souriant, heureux de nous voir. C'était un homme un peu simplet, connu de tous les enfants du coin pour distribuer généreusement bonbons et sucettes à ceux qui lui rendaient visite. On entra dans la cour. Sous l'avant-toit, des cubes de vêtements et de tissu sanglés s'entassaient telles des bottes de foin. Georges triait un nouvel arrivage. Leila se précipita sur l'un des tas, cherchant des vêtements à nos tailles. Tandis qu'elle les remuait, libérant des nuages de poussière, elle éternua plusieurs fois. Georges rit, découvrant ses dents noires et cariées. Un pantalon et un pull miteux atterrirent à mes pieds sur le sol pavé. Je les regardai sans comprendre.

« Change-toi ! ordonna Leila.

— Quoi ?

— Enlève tes affaires et mets celles-là ! »

J'interrogeai Georges du regard qui haussa les épaules, en se grattant la nuque. Il devait choper des puces et des poux à travailler dans ce hangar à fripes. Je m'empressai de revêtir les vêtements choisis par Leila. Elle continua de fouiller dans le tas et tira un vieux survêtement en acrylique. Elle se débarrassa de ses habits, sans paraître gênée de se trouver en sous-vêtements devant le chiffonnier qui fixait ses seins et ses fesses, et enfila un survêtement souillé et élimé.

« On reviendra les chercher tout à l'heure, dit-elle, désignant nos affaires. Tu les perds pas ? » Il acquiesça puis se baissa pour récolter nos vêtements.

On reprit notre route. Direction : Paris.

Ma sœur estima qu'on perdrait du temps si on attendait le bus et on franchit le pont à petites foulées. Quand on arriva à la station de métro, devant la mairie de Saint-Ouen, le crépuscule s'était fait nuit. Nous avions des allures de pestiférés, je le compris en montant dans la rame. Les passagers, effarés, s'écartaient en évitant de nous regarder. J'entendis une dame soupirer : « Il y a vraiment des gens pauvres aujourd'hui. » On changea de métro à Miromesnil, mais station après station, jusqu'à Strasbourg-Saint-Denis, notre destination finale, la consternation des voyageurs restait inchangée.

« Leila, tu vas m'expliquer ce qu'on fout, bredouillai-je, tandis qu'on descendait le boulevard de Strasbourg dans nos tenues d'épouvantails.

— Regarde. Tu vois pas ? »

Devant la vitrine du magasin de farces et attrapes, j'eus aussitôt les yeux happés par tous ces trésors de carnaval, les costumes d'Arlequin, de cow-boy, de gorille, de bonne sœur, les capes de vampire, les barbes de Raspoutine et de père Noël, les loups et masques vénitiens, les perruques de Mozart, d'Elvis, de Marilyn, les chevelures bleues, lamées argent ou rose fluo. Leila entra dans la boutique et je la suivis sans discuter. Un vendeur vint à notre rencontre et, méfiant, nous détailla des pieds à la tête.

« Je peux vous aider ?

— On cherche des déguisements, répondit Leila.

— Vous avez de quoi payer au moins ? »

De sa culotte, elle tira le billet de cinq cents francs qu'elle agita sous le nez du vendeur. Il pensa sans doute que nous l'avions volé, mais nous laissa entrer.

« Si vous voulez essayer, demandez-moi pour les tailles. »

Leila examina quelques tenues accrochées à un portant, puis elle indiqua au vendeur la photo d'un costume de diable rouge accrochée derrière la caisse. Je désignai à mon tour une combinaison noire sur laquelle était dessiné un squelette.

« Celui-là, il est vraiment extra. Tu verras ça brille même dans le noir. »

Le vendeur disparut dans l'arrière-boutique avant de revenir avec les déguisements demandés. Dans la cabine d'essayage, nous ôtâmes nos vieilles nippes malodorantes pour les revêtir.

« On les prend », déclara Leila en découvrant nos reflets dans le miroir. Elle fit mine de se diriger vers la caisse. « Je peux regarder d'autres trucs ? demanda-t-elle, désignant les mille trésors de la boutique.

— Bien sûr, répondit le vendeur. »

Je m'apprêtais à rejoindre la cabine d'essayage pour enlever mon costume quand Leila me tira par le bras et m'entraîna au fond d'une allée.

« À mon signal, on décampe, chuchota-t-elle.

— Quoi ?

— Fais ce que je te dis. »

Elle traîna parmi les rayonnages, tâtant quelques objets ici et là, un dentier sauteur, un savon salissant, des bonbons bouche bleue, et je l'imitai, examinant à mon tour une poche de faux sang.

Leila siffla, c'était son signal, je lâchai la poche qui en tombant éclaboussa d'un rouge vif le plancher. Ma sœur était déjà sur le pas de la porte et en me précipitant pour la rejoindre, je glissai sur la flaque. Je me relevai tant bien que mal, tandis que du fond de la boutique, alerté par le brouhaha, le vendeur se lançait à notre poursuite. Je me cognai en sortant et me mis à courir.

Tiré par ma sœur comme par une corde, il me sembla que je courais prodigieusement vite. Les affiches de théâtre, les rideaux des cinémas pornos frappaient mon champ de vision avec la fugacité d'étoiles filantes. Les têtes de poupée, les longues chevelures des vitrines des coiffeurs africains filaient à toute allure, semant sur ma rétine une traînée de poudre colorée. Comme dans les films d'action, les passants s'écartaient à notre passage et se retournaient pour nous regarder : le diable en tête, couronné de petites cornes rouges, suivi du squelette phosphorescent.

On courut pendant cinq cents mètres sur le trottoir du boulevard de Strasbourg, exhalant une vapeur blanche. Puis on coupa par le passage Brady, faisant voler quelques chaises, virant au coin de la rue du Faubourg-Saint-Denis. À l'approche de la bouche de métro, Leila ralentit et se retourna, effectuant quelques pas à reculons pour s'assurer que personne n'était à nos trousses.

Il fit froid soudain. Le mince tissu de mon costume porté à même la peau ne suffisait pas. Leila passa le bras autour de mes épaules pour m'attirer vers elle et me réchauffer. En même temps, elle glissa sa main libre dans le creux de ses reins, cherchant sa queue de diable qu'elle craignait avoir perdue dans sa course. Elle la trouva, douce et raidie. Se figea d'un coup.

« Merde ! Il est là. »

Toujours à l'affût, la tête chauve du vendeur bondissait au-dessus de celles des passants. On se rua dans les escaliers, dégringolant les marches à toute berzingue.

Sur le quai, la sonnerie du métro retentissait déjà. Je m'engouffrai dans la rame pour empêcher les portes de se refermer. Leila sauta à son tour et posa la main sur mon épaule pour reprendre son souffle. Quand elle releva la tête, elle vit mes yeux pointés sur elle, et ensemble nous partîmes dans un grand éclat de rire.

« T'es folle, Leila !

— On a réussi, non ? »

Je ne l'avais jamais vue si fière. Notre bonne humeur contamina la rame de métro et d'autres passagers, amusés par nos déguisements, se mirent à rire. Nous étions venus pauvres affolant la population. Nous repartions monstres épatant la galerie.

Une heure plus tard, on avait récupéré les vêtements confiés à Georges. Les costumes étaient cachés dans l'armoire de la chambre, soigneusement pliés, le billet de cinq cents francs compressé entre deux pages de Marx. À table, nous mangions des pâtes en faisant nos devoirs. La peur et l'adrénaline m'avaient épuisé. Vidé, fourbu, je bâillais à m'en décrocher la mâchoire.

« Viens, on va se coucher », dit Leila.

9

Cette nuit-là, Danielle entra sans frapper. Je ne fus pas surpris. Je savais que cela arriverait un jour. Nous n'avions rien fait pour l'en empêcher. La porte de la chambre n'était pas fermée à clé. Elle ne l'avait jamais été.

Danielle claqua l'interrupteur inondant de lumière la couverture boursouflée, les draps en boule au pied du lit. Elle comprit aussitôt. Peut-être avait-elle compris avant même de faire irruption dans la chambre, lorsque passant dans le couloir pour se rendre aux toilettes, elle avait entendu chuchoter. Elle avait senti palpiter, s'enflammer et rugir derrière cette porte, et son premier mouvement avait été de l'ouvrir.

D'un bond, Danielle arracha la couverture puis m'attrapa par le bras pour m'extirper du matelas, me traînant au milieu de la pièce, le caleçon aux genoux.

« Sale bête », hurla-t-elle.

Jamais elle ne nous avait crié dessus, jamais aucune insulte n'était sortie de sa bouche. Après toutes ces semaines passées au lit, je me demandai d'où elle tirait une telle force. Cette colère soudaine et inédite ne lui ressemblait pas. Même à l'école, elle ne s'emportait pas de la sorte. Danielle se pencha sur moi et me gifla plusieurs fois. Je m'arc-boutai, les coudes serrés contre mes tempes déjà en feu, mais Danielle ne s'arrêta pas pour autant. Elle serra les poings et une cascade de coups s'abattit sur mon dos. Je criais. Cela ressemblait aux jappements d'un chiot, aigus, saccadés. J'aurais continué si je n'avais entendu Leila la supplier d'arrêter, l'implorant à s'en casser la voix.

Danielle recula, les yeux exorbités, le poing fermé et contracté, les jointures des doigts écorchées. J'avais tout encaissé, j'avais mal partout, le corps me brûlait, un torrent de larmes s'échappait de mes yeux, et c'est là que j'ai dit, tout bas, avec lâcheté et le regrettant aussitôt : « Ce n'est pas moi, c'est elle qui vient dans mon lit. Moi, je ne veux pas. »

Le regard de Danielle glissa vers Leila. Son instinct l'avait conduite vers le mâle. Le prédateur. Mais Leila n'était pas dans son lit, preuve que c'était elle qui se glissait dans mes draps.

Danielle ne manifesta aucune surprise. Elle le savait, depuis longtemps peut-être. Elle le savait soudain et c'était pareil. Elle détailla le visage de ma sœur, ses pupilles en forme de têtes d'épingle, deux flammèches brillantes d'excitation. Ses cheveux collaient et tailladaient son visage. De la bave, semblable à une liqueur, coulait de la commissure des lèvres. Elle était nue. Ses seins, menus et écartés, pointaient leurs tétons rosés. Depuis quand ne l'avait-elle pas vue nue ? Ce corps n'était plus celui d'une enfant. L'arc de ses hanches, le triangle de son pubis le lui rappelaient avec obstination et évidence. Cette jeunesse, cette beauté, lui tenaient tête, l'injuriaient et creusaient sa tombe.

Quelque chose bascula. Dans son thorax. Dans ses poumons. Dans son cœur, quelque chose serait perdu à jamais, l'émerveillement et l'amour, et ce vide paraissait s'emplir, à chaque respiration, de davantage de dégoût et de rage.

« Pouilleuse ! Cochonne ! Traînée ! » brailla-t-elle, et se ruant aussitôt sur ma sœur, elle l'empoigna par les cheveux et la tira loin de moi, à l'autre bout de la pièce. Une mèche brune s'accrochait à ses doigts lorsqu'elle souleva la main en l'air, très haut, avant de l'abattre de nouveau sur le crâne de Leila.

« Qu'est-ce que vous avez dans le sang tous les deux ? C'est du poison qui coule dans vos veines ! De la pourriture ! »

Leila n'essaya pas de fuir, elle se colla au mur, encaissant impassiblement. Sa tête rebondissait contre la cloison à chaque coup porté par Danielle qui frappait encore et encore. J'avais l'impression que ça ne s'arrêterait jamais, qu'elle la battrait jusqu'au petit matin, jusqu'à tomber d'épuisement. Mais le souffle court, les yeux révulsés, elle se recroquevilla soudain et, la main agrippée au tissu de sa robe de chambre, s'effondra le long du mur.

Leila en profita pour s'écarter, se traînant sur les coudes, le cul nu toujours au sol. Un filet de sang perlait de sa lèvre. J'enfouis ma figure dans le creux de mon bras pour ne pas croiser son regard, honteux de ma trahison. Je m'entendais geindre, de la façon la plus pathétique qui soit. De la bave et des larmes tombaient en filaments sur la moquette.

Quand je relevai la tête, Danielle se tenait debout et semblait respirer à nouveau calmement. Elle tourna vers moi un visage de vieillard, blême, les traits étonnamment creusés, tout empreints de souffrance ; puis, d'une voix faible, éraillée, souffla : « Qu'est-ce qui se passera quand je serai plus là ? Qui sait ce que vous fabriquerez encore ensemble ? »

Elle inspira bruyamment, s'avança vers le lit pour attraper un tas de vêtements qu'elle jeta à la figure de Leila : « Cache-toi avant que je te fasse rentrer ça dans la gorge ! »

Leila enfila un maillot et tira sur le tissu pour cacher ses hanches et son sexe.

Poussant du pied le matelas vers moi, Danielle cria : « Aide-moi. Je vais dire à Dédé que je ne veux plus que tu dormes dans la chambre de ta sœur ! »

Elle s'inclina pour saisir le matelas à deux mains. Je me hâtai de soulever le côté opposé. On le porta ainsi jusqu'au salon. Leila nous suivit, traînant avec elle les draps et une couverture, fixant sur moi des yeux pleins de colère. La fureur et la honte la rendaient si belle en cet instant que je ne parvenais pas à détacher mon regard du sien.

La porte de l'appartement s'ouvrit. Dédé entra, surpris par tout ce remue-ménage.

« Qu'est-ce qui se passe ici ? »

Personne ne prit la peine de lui répondre. Il dégrafa sa gabardine et s'avança dans le salon.

« C'est quoi ce bordel ? demanda-t-il encore à la vue du matelas.

— Je ne veux plus qu'ils dorment dans la même chambre, tu comprends ? Tu comprends ce que ça veut dire ? »

Le silence envahit la pièce. Un silence ciselé, fêlé, martelé d'à-coups et d'entrechocs.

Sourcils froncés, Dédé regarda Leila qui tirait encore sur son tee-shirt pour cacher sa nudité. Danielle fixait Dédé avec l'air de vouloir le blâmer, comme pour lui faire avouer sa faute, et cette pensée me troubla. Je ne comprenais pas pourquoi la fureur de Danielle s'exerçait à présent contre son mari, pourquoi elle le regardait avec tant de reproches et d'animosité. Ça n'avait pas de sens et, en y réfléchissant bien, la possibilité qu'il y eût un sens à tout cela, la possibilité d'un mystère que je ne parvenais pas à percer, me donnait le vertige.

Je calai le lit sous la fenêtre, arrangeai les draps et la couverture.

Danielle fit quelques pas en arrière sans quitter le matelas des yeux. Quand elle eut assez de recul pour nous soutenir tour à tour du regard, elle dit :

« Voilà comment je partirai : sans regret. Et pour moi vous ne serez jamais plus qu'un mauvais souvenir. »

Ces paroles, qui paraissaient s'adresser à Dédé autant qu'à nous, n'avaient pas été prononcées sous le coup de la colère. Le timbre de sa voix était calme, limpide, presque doux. Lorsqu'elle nous tourna le dos, faisant voler le voile orangé de sa chemise de nuit, et disparut dans le couloir, ses paroles énigmatiques continuèrent de résonner dans le silence de nos têtes vides.

Leila courut aussitôt pour regagner sa chambre. Je restai avec Dédé, au milieu de la pièce. Il secoua la tête.

« J'ai toujours su que c'était pas une bonne idée. »

Je m'écriai soudain : « De quoi tu parles, putain ?

— Tu vas fermer ton clapet, oui ! »

Il tira sur l'encolure de son pull pour l'ôter et le frottement de l'acrylique contre son crâne lui fit hérisser les cheveux. C'est ainsi qu'il quitta la pièce, la tête hirsute, les épaules basses.

« Je ne laisserai personne me parler sur ce ton. Encore moins un morbac ! »

En passant devant l'abat-jour, il ferma l'interrupteur et ce fut le noir complet. Je cherchai à tâtons le matelas sous moi, me glissant dans ces draps encore chauds, et tandis que j'aurais dû me trouver soulagé après cet incident, soulagé que Danielle m'ait tiré de la chambre de Leila, m'ait sorti de ses griffes, ou de son appétence, appelez ça comme vous voulez, dont j'étais victime et complice chaque nuit, ce qui me mettait en miettes, je me sentis ignoble.

J'avais trahi ma sœur. Je connaissais sa fureur, je connaissais son orgueil, je le savais, Leila n'en resterait pas là. Dans son lit, elle devait fomenter quelque vengeance.

Ce n'était pas la seule raison qui me faisait redouter les prochains jours. Danielle devait envisager mille punitions. Je songeai à la fête du club, je craignais qu'elle nous punisse et nous interdise d'y aller.

Le dos endolori des coups portés par Danielle, me tournant sans cesse, je mis longtemps à trouver le sommeil cette nuit-là, et mon réveil ressembla à l'ascension d'un puits dont il me fallait gravir la paroi pour trouver la lumière.

Les jours suivants, je continuais de dormir dans le salon et manquais les entraînements pour n'avoir pas à m'expliquer sur mon dos couvert de bleus. Personne, ni Leila, ni Danielle, ni Dédé, ne reparla de ce qui s'était passé ce soir de décembre 1987. Contre toute attente, il n'y eut jamais de sanction. Leila et moi avons pu nous rendre à la fête du club sans que Danielle nous interdît quoique ce soit. Soulagé, j'en oubliai le cœur sec et jaloux de ma sœur, j'en oubliai sa rancune et j'abordai cette soirée plein de confiance et de candeur.

Le soir de la fête, on dissimula nos costumes de squelette et de diablotin sous de longs manteaux. On ne voulait pas arriver les premiers, alors pour tuer le temps on alla se promener sur les berges. Pour y accéder, il fallait contourner le stade et escalader un grillage. Leila dévala la pente qui débouchait sur la rive, tachetée de papiers et d'emballages décolorés, de sacs plastique parfois accrochés aux herbes hautes et aux arbustes. Elle ramassa quelques cailloux et, en équilibre sur un ponton, visa par-dessus le fleuve la berge opposée sans jamais l'atteindre. Je m'assis sur la terre humide. Levant les yeux vers le ciel, je cherchai une étoile. Il n'y en avait aucune dans ce ciel-là. Il n'y en aurait sans doute jamais. La lune seule, plombée, lourde dans cette obscurité cendrée, absorbait de sa lumière morne une partie du ciel. Leila revint vers moi et fit glisser son pied le long de ma manche.

« Il n'a pas menti le vendeur, il brille ton squelette. »

Je me suis levé pour lui emboîter le pas. Comme chaque fois, sans cesse sur les talons de ma sœur. Je pouvais deviner sur le sol boueux les traces de ses baskets. Sa queue de diable dépassait de la fente du manteau, se balançant devant moi avec le mouvement régulier d'un pendule.

« Waouh ! Ils sont *classe* vos déguisements », a lancé, plein d'admiration, un camarade qui guettait notre arrivée depuis l'escalier.

Il s'est laissé glisser le long de la rambarde et a atterri devant nous : « Il y a cette fille bizarre qui vous demande.

— Qui ça ? Mai ?

— Elle est dans la salle de judo. C'est là qu'elle se cache. »

Il n'avait pas fini sa phrase que nous grimpions déjà les marches de l'escalier. On a passé le premier étage où se trouvaient les rings de boxe, avec cette odeur très caractéristique de cuir et de transpiration, et on a continué jusqu'au deuxième. La porte de la salle de judo était entrouverte. Guidés par les quelques rais de lumière que laissaient filtrer les grandes baies vitrées, nous nous sommes avancés sur le sol couvert de tatamis. Après quelques instants, j'ai fini par m'habituer à l'obscurité. La pointe blanche d'un chausson de danse dépassait d'un rideau qui tremblotait. Je l'ai montré à Leila. Elle a fait un pas et écarté le rideau.

Mai était tapie dans l'ombre, accroupie contre le mur. L'éclat d'un lampadaire se reflétait dans ses mèches claires qui tombaient par petits paquets sur ses épaules. Son torse disparaissait sous une sorte de caisson surmonté de baguettes en métal semblables aux barreaux d'une cage et, en dessous, elle portait seulement un sous-pull et un collant blanc. Elle avait l'air d'une tourterelle traquée, piégée dans un collet de la taille de son abdomen. Le visage incliné, sans aucune émotion, la mâchoire pendante dans la mentonnière du corset, elle nous guettait, tandis que nous nous penchions au-dessus d'elle.

« T'es déguisée en quoi ? »

Mai regarda ses chaussons qu'elle ramena l'un contre l'autre.

« Ça, expliqua-t-elle, c'est la dernière trouvaille des médecins. Et vous savez quoi ? Je dois le porter tous les jours, et la nuit aussi. Ravissant corset, n'est-ce pas ?

— Ça te fait quoi ?

— On dirait qu'on m'a cousu une équerre dans le dos.

— C'est toujours mieux qu'un balai dans le cul ! » balança Leila.

J'explosai de rire, mais remarquant que Mai ne riait pas du tout, je tâchai de me contenir. On ne s'habitue jamais à l'humour de Leila, ai-je pensé. Ma sœur tendit la main à Mai pour l'aider à se lever et l'inciter à faire un tour sur elle-même. Dans son dos, des ailes d'ange étaient fixées aux tiges postérieures. Des plumes blanches grossièrement collées sur du carton.

« Et les ailes, ça sert à quoi ?

— À rien. C'est une idée de ma mère pour faire joli. »

Quelques secondes s'écoulèrent. Mai nous regardait, ses yeux brillaient dans la lumière tamisée. Leila passa calmement la main sur la paroi du corset.

« Tu sens quelque chose ?

— Non, chuchota Mai.

— Ça fait mal ?

— Non, répéta-t-elle. C'est juste que j'ai tout le temps envie de me gratter.

— Touche ! » m'ordonna Leila, et je tendis la main. La matière que j'effleurai du bout des doigts ne ressemblait à rien de ce que je connaissais déjà, mais je fis en sorte de cacher ma surprise.

« Je me disais qu'en le mettant ce soir, ce serait plus facile pour le montrer aux autres. Mais j'ai peur maintenant. J'ai vraiment peur. »

Je restai immobile, attendant une réaction de ma sœur

« Mais nous, on est là.

— Tout le monde va se moquer.

— Personne ne se moquera de toi », promit Leila, avant d'ouvrir son manteau et de s'écrier d'une voix tonitruante : « Et nos déguisements, tu les trouves comment ?

— On dirait des vrais », souffla Mai.

Bras dessus, bras dessous, nous sommes entrés dans la salle des fêtes et tous les visages se sont tournés vers nous lorsqu'on a traversé comme des rois la piste de danse. De nombreux enfants ont afflué pour toucher nos déguisements et nous acclamer. Ainsi que l'avait prédit Leila, personne n'a fait de plaisanterie sur la tenue de Mai.

Nous prîmes place à une table dont on ne bougea plus jusqu'au dessert, nous levant seulement pour charger nos assiettes au buffet. Leila remplit une bouteille de Coca-Cola de vin rouge avant d'en distribuer à toute la tablée sans qu'aucun adulte remarquât quoi que ce soit. Très vite, sous l'effet de l'alcool conjugué aux blagues salaces de Leila, nos esprits s'échauffèrent et notre table se fit remarquer comme la plus animée et aussi la plus bruyante de toute la soirée. D'autres gosses vinrent se joindre à nous. Mai ne quittait pas Leila des yeux, si fière d'être à sa table, d'être l'amie de celle qui parlait fort et faisait rire tout le monde.

Quand la boule disco s'alluma, dispersant ses fragments de lumière pâle sur le parquet, des enfants, parfois accompagnés de leurs parents, rejoignirent la piste. Le DJ passa quelques musettes, des vieux tubes de rock, des chansons populaires aux paroles colorées. On se leva pour observer les danseurs d'un œil grave et défiant, soucieux de notre attitude, comme si les projecteurs et les caméras du *Vingt heures* étaient braqués sur nous. Le coude posé sur mon épaule, Leila observait la piste d'un air maussade.

« Quelle bande de ringards », souffla-t-elle à mon oreille.

Quelqu'un lança une farandole. Leila se radoucit et nous encouragea, Mai et moi, à y prendre part. La chaîne fit plusieurs fois le tour de la salle, embarqua jusqu'au dernier d'entre nous, puis s'aventura dans les escaliers, se coula hors du bâtiment, déroulant ses articulations sur les pelouses alentour, brisant le flot incessant des voies sur berges de cette nuit glacée de décembre par ses rires, ses exclamations, ses chants. La chenille était si longue que lorsque sa tête chercha à faire demi-tour, elle s'en trouva empêchée par son propre corps. Certains levèrent les bras pour lui ouvrir le passage. Quelques maillons s'y emmêlèrent, la file se désarticula et je vis mon diable de sœur tendre la jambe pour faire un croche-pied. Un enfant tomba, suivi d'un autre, entraînant dans leur chute l'ensemble du cortège.

Ce fut un étrange spectacle que l'amas de ces corps pantelants, agglutinés les uns aux autres. On aurait dit un troupeau d'éléphants de mer, tant la maladresse de chacun pour se dégager et se relever avait quelque chose de primitif, mais aussi de doucement mélancolique. La dégringolade, pourtant prévisible, annonçait en même temps la fin de la fête, la fin de quelque chose de plus indéfinissable encore, la fin d'une époque et d'un monde qui au matin ne serait plus tout à fait pareil. Chacun se voyait à présent pour ce qu'il était : pâle, frileux et à jamais vulnérable.

Après quoi, tout le monde rentra se réchauffer. Les amateurs de ska noircirent la piste au son de *One Step Beyond.* Sur une chanson de Cure, quelques jeunes poussèrent chaises et tables en dansant le pogo. Les aînés se fâchèrent un peu. On se réconcilia sur *Marcia Baila* avant d'enchaîner avec *Un autre monde*. Furieuse et ivre, Leila alla gueuler sur le DJ, remuant inlassablement ses 33-tours à la recherche d'un disque de funk, si bien que, ne sachant plus comment s'en débarrasser, il promit qu'il passerait une chanson des Kool and The Gang juste après les slows. Satisfaite, Leila revint vers moi, glissa qu'il était temps d'inviter Mai à danser et disparut.

Dans la cohue qui avait suivi la farandole, Mai avait perdu une de ses ailes. L'autre ne tenait plus qu'à un fil. J'attrapai son poignet pour l'entraîner sur la piste. J'hésitai à poser mes mains sur elle, arrêté par le corset dont la coque en plastique et les tiges d'acier rendaient la taille et les épaules inaccessibles. Je la tins finalement du bout des doigts, peinant à bouger avec elle en rythme. Je détestai le slow qui passait, mais en découvrant quelques perles de sueur sourdre à la pointe du front de Mai, couler sur ses tempes, j'en oubliai la musique et la voix criarde du chanteur. La vie semblait jaillir de ce corps, de ce corps autre que moi-même, autre que celui de ma sœur et cela suffisait à emplir mon cœur de joie, à me figurer l'infini. Je fermai les yeux et approchai mon visage du sien, de sa peau brûlante et humide, son haleine, douce et sucrée, subrepticement avinée, affleurait mes narines, stimulait mes sens, éveillait une acuité insoupçonnée et m'abreuvait d'espoir. J'étais tout proche de sa peau, de ses lèvres, et comme dans mes rêves les plus chers, elle ne me fuyait pas. Si souvent j'avais rêvé de ce petit corps tiède, fragile. Dans mes draps, recouvrant ma bouche du tissu tendu, j'avais imaginé que cela pouvait être les lèvres de Mai, et aussi dans la piscine, toute cette eau passant sous moi, mouillant ma peau, portait dans mon imaginaire la trace de la jeune fille. J'aimais croire que c'était la matière même de Mai, une vague gigantesque qui m'immergeait entièrement et me transportait.

« Viens. »

J'ouvris les yeux. Leila était là, entre nous deux, un sourire de hyène défigurant son visage. Elle nous avait pris la main et dit « viens », comme si Mai et moi ne faisions qu'un. En réalité, ce n'était pas tout à fait ça, elle avait saisi nos poignets, d'un côté puis de l'autre, et nous tirait à présent derrière elle. Pourquoi sourit-elle ? me demandai-je, tandis qu'elle nous traînait dans les escaliers.

On retourna dans la salle de judo. Un matelas en mousse que je n'avais pas remarqué plus tôt trônait dans un angle de la pièce. Leila nous poussa, et on s'y laissa tomber sans protester. Nous étions côte à côte, ivres de la chaleur de nos propres corps. Mes doigts effleuraient ceux de Mai et je m'aperçus qu'elle tremblait.

« Qu'est-ce que vous attendez tous les deux ? On n'a pas toute la nuit. »

J'eus peur soudain, peur de ma sœur, de son tempérament imprévisible fait d'ordres et d'injonctions, de ses désirs secs et égoïstes. Devinant cette frayeur dans mes yeux, elle ajouta : « Vous ne savez pas comment faire ? Suffit de demander. »

Leila attrapa la nuque de Mai et tandis qu'elle l'attirait vers elle, ses lèvres épaisses se collèrent aux siennes. Perplexe, Mai se raidit et garda les yeux ouverts, fixant un point derrière elle. J'imaginai qu'elle allait repousser Leila, se fâcher au point de ne plus jamais lui adresser la parole. À ma grande stupeur, Mai ferma les paupières et, les traits relâchés, elle entrouvrit les lèvres. Je compris que, dans cette profondeur nouvelle, leurs langues s'étaient trouvées et dansaient ensemble.

Mon ventre se contracta, on aurait dit qu'une entaille s'était ouverte à l'intérieur de moi. J'avais l'impression que si je continuais de les regarder, cette blessure allait grandir et me sectionner de haut jusqu'en bas. De toutes mes forces, j'espérais que Mai la repousserait. Au contraire, je la vis entourer Leila de son bras et resserrer son étreinte pour l'embrasser longuement.

J'ai détourné la tête mais trop tard. Ce que Leila me volait ce soir-là, rien ni personne ne pourrait jamais me le restituer.

J'étais déjà au bas des escaliers. Je n'avais aucun souvenir d'en avoir descendu les marches, ni des visages que j'avais pu croiser. La musique coupée, on commençait à ranger les tables. J'ai pensé, mais cela ne me consolait en rien, que Leila n'aurait pas les chansons qu'elle avait demandées, ni *Bad Girls,* de Donna Summer, ni *Get Down Tonight,* de KC & The Sunshine Band, ni *I Want your Love* de Chic. Pour Leila aussi, la fête était finie.

J'avais oublié mon manteau et dans l'air glacial, mon costume de squelette imprégné de sueur me fit l'effet d'une peau de givre. Je marchais vite dans une direction qui m'éloignait de la salle des fêtes et de la maison, mais j'aurais voulu que ce fût plus encore, plus que tourner le dos aux rectangles lumineux des immeubles, plus qu'une bouderie puérile, et je décidai de courir jusqu'à ce que la Seine barrât ma route. D'une main, j'écartai les branches, me frayant un chemin dans les broussailles, attentif au crépitement du tapis de feuilles qui, tels des copeaux de verre, craquaient sous mes pas.

J'escaladai le grillage, mais en me réceptionnant sur le sol, surpris par la terre dure et gelée, je trébuchai. Je dévalai la pente sur une vingtaine de mètres, sans m'arrêter, fesses et dos rebondissant à toute vitesse sur les pierres qui semblaient taillées pour me rosser et me transpercer là où j'avais déjà été battu par Danielle. Je me suis alors souvenu de ma trahison, et des yeux vengeurs de Leila. Elle avait tout manigancé, je le comprenais enfin. Ce fut ma dernière pensée, après quoi, je perdis connaissance.

Lorsque je revins à moi, les yeux fixés sur le ciel, la lune, percée de lumière dans un épais lit de nuages, me parut immense.

Je me relevai, la peau des fesses et des cuisses tout endolorie. J'étais à la pointe de l'île, et le fleuve si calme, clair et étincelant à certains endroits, semblait une route de cendre s'ouvrant devant moi. Je me traînai sur les coudes et m'agenouillai au bord. Une ombre comme un vêtement tendu au-dessus de moi glissa sur l'eau. Je plongeai la main dans la Seine. De cette eau, j'aurais voulu tirer la pièce manquante à mon costume de squelette, le poser sur mon visage et disparaître tout entier. J'aurais voulu m'y cacher, m'y enfoncer, tirer vers moi, comme une couverture, cette eau sombre, épaisse et visqueuse.

Un soupir s'échappa de moi. Quelque chose finissait en cet instant. Je la voyais seulement, cette chose, maintenant qu'il fallait y renoncer. Je ne serai jamais le petit ami de Mai. Leila était venue me la prendre, au creux de mes bras. Maintenant qu'elle l'avait toute à elle, elle ne la lâcherait plus.

Je vis cette ombre encore, onduler à la surface de l'eau. Elle avait toujours été là. Elle serait là pour l'éternité. Ombre plissée sur mon cœur. Au-dessus de mon pupitre de classe. Ombre stagnante entre les lignes, les organes et les cahiers. Dans mon sommeil. Au coup de sifflet. Scindant le visage de celle dont j'étais amoureux.

« Montre-moi », dit Leila.

J'étais sorti. Les filles étaient seules, Leila prit ma place, cette place chaude et humide que je lui avais abandonnée. La pièce leur parut rétrécir après mon départ, et aussi s'assombrir comme si quelqu'un, quelque part, avait éteint une lumière.

« Montre-moi ton dos », exigea-t-elle encore.

Mai lui désigna la sangle à dénouer. Leila s'exécuta, libérant l'abdomen de Mai. La bosse lui apparut aussitôt.

« Je n'avais jamais remarqué, c'est quoi ? »

Et Mai de répondre : « Ce sont mes os qui se tordent sur eux-mêmes. Ils grandissent sans prendre le bon chemin. »

Elle tâta d'abord du bout des doigts avant d'y poser la main tout entière, puis la boursouflure vint se nicher dans le creux de sa paume. Leila ferma les yeux, se concentrant sur cette anomalie. C'était comme tenir dans le creux de la main un moineau, un tout petit moineau venu d'un autre temps, d'autres contrées, os minuscules, tête et ailes repliées. Il lui sembla également sentir le battement du cœur de l'oiseau, mais ce n'était rien d'autre que son propre pouls qu'elle ressentait au bout des doigts.

10

Quelquefois, je cours au milieu de grandes tours. Leurs façades ont disparu, je n'en perçois que les contours et leurs vertigineuses hauteurs. Je cours depuis un bon moment déjà, essoufflé, ne sachant où mes pas m'entraînent. J'aperçois un bus et malgré la distance, ce bus est une évidence, une possibilité qui exclut toutes les autres. Je me souviens que si je ne me dépêche pas, j'arriverai en retard au collège. J'agrippe mon sac et je m'élance à travers le carrefour où des voitures vont et viennent à toute vitesse. À chaque foulée, je vois la pointe de mes pieds se bousculer devant moi, deux membres coupés de mon corps. Je me faufile entre les raies phosphorescentes, je transperce les fils de lumière tendus entre les phares. Le bus au loin me nargue et continue de m'échapper. Je m'aperçois que je cours encore, que rien ne peut l'empêcher : je suis condamné à courir sans plus jamais m'arrêter.

J'entends une explosion. Dans mon propre crâne. Matière molle lancée sur moi à pleine vitesse. Je pense à un animal, un guépard peut-être. La douleur jaillit, volcanique, vibrante. L'élan en moi ne se brise pas pour autant et j'ai l'impression de courir encore. De courir avec ce qu'il me reste de corps. Puis je comprends que cette sensation, la sensation du bitume grinçant et filant sous moi, de gravillons et d'éclats de phares giclant de mon crâne, vient de ce que le fauve indomptable continue de me charrier sur la chaussée. Il s'immobilise. Le silence, tel un vent glacé, me saisit soudain, et, pour la première fois depuis le début de ce rêve, je suis envahi de terreur.

Voilà qu'à présent le fauve me parle : « Tu ne bougeras plus. » Je me vois, alors, prisonnier sous le capot d'une voiture après qu'elle m'a traîné sur plusieurs mètres. Plus loin, une partie arrachée de mon cuir chevelu gît dans le caniveau. Une main la ramasse et la dépose dans un seau avec d'autres lambeaux de chair. Des passants affluent et s'agitent autour de moi. J'essaie de bouger la jambe, en vain. Un bras, c'est tout aussi impossible. Je m'abandonne à ces gens qui sont venus à mon secours et s'occupent de moi avec un soin inhabituel. On me soulève. On me transporte. Je sens le froid, mais je ne grelotte pas, et sous moi, une béance vaste et aride qui m'enveloppe pour toujours.

Dans ce rêve, je suis un enfant et lorsque je me réveille, je suis de nouveau adulte. Je suis un adulte et l'enfant qui était en moi est mort. C'est peut-être le sens de ce rêve où je me suis vu mourir tant de fois. Je ne sais pas.

Je suis adulte aujourd'hui. De ça, je suis certain. Je regarde la pointe de mes pieds dépassant du drap, si loin qu'elle paraît appartenir à un autre corps. Je vois mes jambes, les poils bruns qui couvrent ma peau. Je regarde mes mains, mes larges phalanges, les articulations noueuses, les ongles jaunis.

D'avoir trop couru, l'enfant est mort. Moi, je suis en vie. Et je dois vivre pour lui.

J'avais quitté la salle de judo tandis qu'elles s'embrassaient et j'ignorais ce qui s'était passé après mon départ.

Leila me le raconterait plus tard, bien des mois après, mais sur le moment je préférais ne pas le savoir. Il s'était passé quelque chose, je pouvais le deviner, quelque chose qui allait bien au-delà du mauvais tour qu'elle avait voulu me jouer, car après cela ma sœur a fui ma présence et organisé sa vie sans moi.

Quand vinrent les vacances de Noël, les filles se voyaient tous les après-midi et organisaient des sorties auxquelles je n'étais pas convié. Elles allaient au cinéma et aux puces de Saint-Ouen. Mai s'acheta une parka en toile imperméable, un treillis et une paire de Dr Martens en cuir noir. Elle se procura de nouveaux disques et en offrit un à Leila. C'était un groupe anglais au nom imprononçable dont les mélodies et la voix du chanteur filaient le bourdon. Leila l'écouta une fois, puis jamais plus.

Durant ces vacances, je quittais très peu la maison. Le plus souvent, je lisais des bandes dessinées que j'avais empruntées à la bibliothèque de Saint-Ouen, allongé en travers du canapé. De temps en temps, je descendais rejoindre les copains du quartier. Un petit transistor en musique de fond, on s'asseyait sur les marches d'un d'escalier en attendant la tombée de la nuit. Parfois, une vanne fusait, l'un de nous se levait et faisait le tour du groupe pour se dégourdir les jambes ou bien se hissait sur une rampe métallique, pirouettait autour de la barre avant de se renverser entièrement, pendu par les jambes, la tête venant gratter le sol au-dessous de lui. Comment avons-nous pu passer toutes ces heures à ne rien faire ? On se serait cru dans la cour d'une prison, pourtant il n'y avait personne pour entraver notre liberté de mouvement. Nous ne savions même pas regarder au-delà des murs de la cité. Nos têtes semblaient vidées, et lorsque, un jour, certains d'entre nous trouveraient enfin à s'occuper, ils mettraient des années à se libérer de ces habitudes.

Quand je regagnais l'appartement, j'entendais la voix affaiblie de Danielle qui m'appelait depuis son lit.

« C'est toi Mehdi ? » Je m'adossais au mur de la chambre et la saluais d'un bref signe de la main. « Et ta sœur, elle n'est pas avec toi ? » Je secouais la tête. « Elle ne fait pas de bêtises au moins ?

— Qu'est-ce que j'en sais ? »

Je m'asseyais au bord du lit pour regarder la télévision avec elle. *Des chiffres et des lettres.* Ou bien je lui lisais des poèmes dans des recueils qu'elle m'envoyait chercher sur les étagères de la bibliothèque. Éluard, Aragon, Apollinaire.

« Encore, chuchotait-elle. Je voudrais tant entendre ce poème encore une fois. »

Je m'appliquais du mieux que je pouvais, même si, de temps en temps, je butais sur un mot inconnu. Danielle ne me reprenait pas, se contentant de fixer le plafond et d'écouter attentivement.

« Il faut croire en quelque chose, déclara-t-elle un jour, à la fin d'une de ces lectures. Sinon nous sommes perdus. Moi, je crois au partage et à l'égalité. Et toi, à quoi croiras-tu ? »

Je fermai les yeux, sentant tout le poids du livre sur mon torse, les mots que je venais de lire à voix haute résonnaient dans la pièce, pénétraient mes veines, épaississaient mon sang. Ces mots murmuraient à mon oreille et, d'une façon que je ne parvenais pas à m'expliquer, me consolaient.

Je devinai que Danielle, à côté de moi, s'était assoupie. Un léger ronflement s'échappait de sa bouche. J'ouvris les yeux et tournai la tête vers elle. Je scrutai sa poitrine, repensant au sein qui lui avait été ôté, au vide sous la chemise de nuit, aux cicatrices des opérations. Ses lèvres entrouvertes étaient pâles et desséchées. Je me levai et me dirigeai vers le salon. J'ouvris la fenêtre et l'enjambai. Assis sur le rebord, je restai quelques minutes les pieds dans le vide.

Combien de mètres ?

Juste pour voir.

Je battais des pieds.

Les gens tout petits en bas.

Juste pour voir.

J'avais laissé ma place auprès de Mai à Leila, et j'avais perdu l'une et l'autre. Je n'étais pas jaloux, n'éprouvais aucune colère. Pas encore. La colère viendrait un jour, je le savais.

Leila et Mai connaissaient les deux mondes désormais. Elles ne feraient pas le grand écart pour revenir en arrière. Elles voulaient rester là où le sable brûlait plus intensément, là où la lumière irradiait les organes. Je ne leur étais d'aucune utilité et je n'y pouvais rien.

Lorsque Leila réapparaissait le soir, je continuais ce que j'étais en train de faire, c'est-à-dire pas grand-chose. Le plus souvent, allongé dans le salon, je feuilletais le magazine télé en écoutant un disque. Je ne posais pas de questions parce que je ne voulais pas qu'elle s'imaginât que je m'intéressais à sa manière d'occuper les journées. Elle m'en posait parfois.

« Qu'est-ce que tu as fait aujourd'hui ? Tu es descendu en bas ? Y avait qui ? Vous avez parlé de moi ? Ils ont pas demandé où j'étais ? »

Sans détacher les yeux de mon magazine, je répondais brièvement, par oui ou par non. Lassée, elle partait s'enfermer dans la chambre.

Je m'étais promis de ne pas me mêler de leurs affaires, de feindre l'indifférence, et je tins ces bonnes résolutions toutes les vacances, mais quand les entraînements reprirent, dès que je me trouvai en leur présence, j'en oubliai mes belles promesses. Un soir à la fin de l'entraînement, tandis qu'un match de water-polo s'était engagé, je me surpris à les chercher du regard et quand je les vis filer à quelques mètres de moi, rapides comme des sirènes, j'abandonnai le match pour nager à leur poursuite, persuadé que, dans cette grande boîte fermée, elles n'arriveraient pas à m'échapper. Je les aperçus au fond du bassin. Leila avait baissé son maillot de bain pour dévoiler ses seins. Une myriade de bulles s'échappaient de sa bouche parce qu'elle riait. Mai riait également. Elles tendirent les bras pour s'attraper les mains, comme les parachutistes qu'on voyait en chute libre à la télévision. La douleur dans mes tympans m'obligea à remonter à la surface. J'y retrouvai les braillements du monde, les éclats, les épines, et quand je plongeai de plusieurs mètres sous l'eau, elles avaient de nouveau disparu.

J'étais dans le monde des corps sans tête, s'agitant maladroitement à la surface, au cœur d'auréoles blanches. Ce monde dans lequel elles ne reviendraient pas. Et je n'arrivais pas à passer de l'autre côté pour les rejoindre.

Ce soir-là, après la douche, j'attendais, assis sur un banc du hall de la piscine, la tête appuyée contre le mur. Comme souvent, Leila et Mai tardaient à sortir des vestiaires. Piotr s'impatientait.

« Va dire aux filles de se dépêcher. On va avoir des problèmes avec le gardien si elles ne sortent pas. »

Les lumières du hall s'éteignirent au même moment et on se retrouva dans le noir.

« C'est bien ce que je pensais. »

Je poussai les portes battantes et m'aventurai dans les vestiaires des filles. J'avançais à tâtons dans le corridor sombre, les mains dressées devant moi, appelant Leila plusieurs fois. Je pouvais sentir sous la semelle le sol humide et glissant, ainsi que les aspérités du carrelage, et alors que je me trouvais là quelques minutes auparavant, les effluves de chlore me prirent à la gorge. Éclairé par le faible néon de la porte de secours, je passai la tête dans chacune des cabines situées de part et d'autre et m'inclinai pour regarder par en dessous. J'entendis le clapotement d'un pied nu sur le sol mouillé, puis un rire chuchoté. Je les sentais toutes proches, brûlantes. La cabine suivante était grande ouverte. À la lueur du néon, je reconnus le profil de ma sœur adossée à la paroi de la cabine. Devant elle, Mai était agenouillée, cheveux emmêlés et poitrine nue.

Leila tourna les yeux vers moi. Ils étaient calmes, presque vides. J'ignorais si elle pouvait voir les miens et, si elle le pouvait, ce qu'ils lui inspirèrent.

J'aurais voulu protéger Mai de ma sœur qui allait bientôt la démolir. J'en fus pourtant incapable et restai sans bouger, anéanti par ma lâcheté et mon impuissance.

La main de Leila se resserra sur la nuque de Mai, dont le visage demeurait dans l'ombre, et, tout en la maintenant prisonnière de son entrejambe, elle se caressa les seins.

Je l'entendis souffler, inspirer, gémir.

Je connaissais cela pour l'avoir entendu de nombreuses fois.

Ma vision se brouilla. Je reculai. Plusieurs fois, mon coude heurta les battants des cabines entrouvertes.

Tac, tac, tac.

La douleur irradia toute la longueur du bras. Je sentis la colère jaillir de ma poitrine, me pénétrer par bouffées, s'immisçant entre les os et la peau du visage, puis me broyant l'orbite de chaque œil comme si un pieu y était enfoncé. J'avais l'impression d'avoir de la fièvre. De fortes palpitations dans la poitrine m'abrutissaient et me terrifiaient. J'accélérai le pas en direction de la sortie, cherchant aveuglément mon chemin dans ce labyrinthe obscur.

Je n'y peux rien, pensai-je. Et en moi-même, je m'imaginais parler à Danielle. « Elle a recommencé. Il faut faire quelque chose. Tu m'entends ? Leila a remis ça. »

En sortant de la piscine, j'ai frôlé la voiture d'Annie sans la voir, poursuivant ma course comme si toute ma vie en dépendait, bien décidé à couper à travers la place pour prendre le bus à revers.

11

Un cri de cinglé chassa tous les autres. Une flèche de son transperçant toute la matière du monde pour m'atteindre moi, quelque part à la tête, entre le lobe frontal et le lobe temporal. Un cri vif qui semblait sortir de ma propre poitrine, aussi puissant que si toutes les espèces animales avaient hurlé à l'unisson. De quelle gorge était-il sorti, ce lasso lancé sur moi, coupant mes jambes, m'arrêtant net ?

Au bord de la chaussée, le souffle du va-et-vient des voitures sur mon visage, je réalisai que si je ne m'étais pas arrêté de courir, je serais vraisemblablement sous l'une d'elles à cet instant, et il y aurait mon sang sur le pavé.

Annie arriva derrière moi, blême, serrant les pans de son manteau contre sa poitrine, une cigarette au bout des doigts. Des mèches s'échappaient de son chignon.

« C'est pas vrai, Mehdi. J'ai eu si peur. Qu'est-ce qui t'as pris de courir comme ça ? »

Je me taisais, j'avais mal au cœur.

« Tu ne rentres pas avec nous ? demanda Annie, puis tournant la tête vers la piscine : Qu'est-ce qu'elles font les filles ? Pourquoi elles sont si longues ? Mehdi, qu'est-ce que tu as ? Dis quelque chose ! »

Je regardai cette femme. Pour la première fois peut-être. Et je me disais qu'elle était une idiote. Elle venait certainement de me sauver la vie, mais je trouvais stupide d'attendre ainsi sa fille dans le froid. Je pensai à Mai et Leila, à l'abri de cette cabine, le visage de l'une enfoui dans le sexe de l'autre, leurs doigts et cheveux mêlés, leurs langues de petits animaux se lapant mutuellement.

« Viens vite dans la voiture te réchauffer. » Elle jeta sa cigarette et l'écrasa sous son talon.

Je sentis un jet acide me remonter dans la gorge, et j'eus à peine le temps de me plier en deux. Les yeux mi-clos, je vomis plusieurs fois sur l'arête du trottoir, une main en appui contre la voiture, l'autre bras en travers du ventre qui me brûlait.

J'entendais Annie chuchoter derrière moi sans parvenir à distinguer ses paroles, puis elle partit vers la voiture. Quand elle revint, elle me frotta le dos. Je relevai la tête pour humer le vent glacé au-dessus de moi. Je cherchai de quoi m'essuyer les lèvres, et elle me tendit un mouchoir. Après cela, elle m'écarta les cheveux du bout des doigts et me tapota le front avec un mouchoir propre. Ses yeux tendres plongés dans les miens, elle me souriait tristement, promenant de sa main légère le tissu du mouchoir sur mon visage. Je regardais ses sourcils bien peignés, son nez à la ligne régulière, sa peau lisse couverte d'une fine poudre claire qui brillait à la lueur du réverbère. Il commença à neiger. Des flocons, aussi délicats et éphémères que des pétales de lumière, volaient et virevoltaient autour de son visage.

« Tu te sens mieux ? » demanda Annie, de la vapeur blanche s'échappait de ses lèvres.

J'ai secoué la tête et remonté le zip de mon anorak.

« C'est peut-être une gastro. Tu devrais passer au cabinet demain. Michel te prendra entre deux rendez-vous. »

J'acquiesçai tout en sachant que je n'étais pas malade, qu'il était inutile de me rendre au cabinet de son mari, mais je n'avais pas envie de parler. Je n'avais pas envie d'ouvrir la bouche à cause du mauvais goût que j'avais sur la langue.

Je m'installai dans la voiture, recroquevillé sur la banquette arrière. Quand les filles sont arrivées, elles se sont fait tellement engueuler par Annie qu'elles n'ont pas pipé mot du trajet. Pour éviter de croiser leur regard, je gardais la tête enfouie sous la manche de mon anorak et quand la voiture s'est arrêtée en bas des tours, j'ai remercié Annie et je me suis dépêché de descendre.

« Tu boudes, mon bébé », s'est moquée Leila, tandis que nous attendions l'ascenseur.

Elle a souri et m'a percé de ses yeux victorieux. Aussitôt les portes de l'ascenseur se sont ouvertes et elle a fait mine de trébucher en m'agrippant le bras.

« Dégage ! » j'ai gueulé.

Je la laissai passer et dès qu'elle eut tourné le dos, je la poussai violemment du plat de la main. Leila perdit l'équilibre et son visage heurta de plein fouet le miroir de l'ascenseur devant elle. Les portes se refermèrent. Leila me fixait sans se rendre compte qu'elle saignait du nez. Mais à la vue du sang sur ses baskets, sa fureur éclata et elle se jeta sur moi. Ma tête bascula en arrière, venant presser les boutons de l'ascenseur, demandant l'arrêt de plusieurs étages.

« Sale pute ! » hurlai-je.

Je me relevai et fonçai sur son visage, prêt à le lui arracher, enfonçant mes ongles, lui pinçant la peau de toutes mes forces. Je regardai ce visage déformé, hideux, je regardai ces yeux et cette bouche et je me dis : « C'est avec ces lèvres qu'elle embrasse Mai, c'est avec cette peau qu'elle se colle à elle. » En resserrant mon étreinte, j'aurais pu l'embrasser à mon tour, baiser ce visage qui baisait Mai, nous étions si proches à présent. Mais je la haïssais si fort en cet instant que je n'avais plus qu'une idée en tête, la défigurer pour le restant de ses jours, la faire taire, elle et ses désirs assassins, et mes doigts s'enfoncèrent de plus belle dans le creux de ses joues.

« Crève, vipère ! criai-je du fond de ma gorge. Sors de ma vie ! »

Leila hurla à son tour. Pas pour demander de l'aide, ma sœur est bien trop arrogante pour cela, elle cria pour m'effrayer et puiser en elle de nouvelles forces.

Au même moment, les portes de l'ascenseur s'ouvrirent. Leila s'affaissa sous mon poids, mais loin d'être prise au dépourvu, elle en profita pour m'entraîner dans sa chute. Je tardai à réagir. Elle s'accrocha à mon anorak et, roulant sur le côté, parvint aussitôt à me faire pivoter. Je me retrouvai dos au sol et Leila, à califourchon au-dessus de moi, n'eut aucun mal à m'immobiliser. Entre-temps, une voisine était apparue sur le palier et, en nous découvrant en train de nous battre en travers de l'ascenseur, elle appela son mari.

Plaquant mes poignets au sol avec une force inouïe, Leila, furibonde, me garda prisonnier. Je sentis son trousseau de clés me perforer l'aine et je suffoquai. C'était elle la plus forte. Nous le savions tous les deux. Elle qui nageait plus vite. Elle qui me dépassait en tout. Véloce, puissante, musclée. C'était elle le fauve de mon rêve. Contre lequel je ne pouvais rien.

Mais dans cette position, j'avais vue sur la peau jaspée de ses joues, sur son nez qui, après mon premier assaut, avait doublé de volume et dont le sang continuait de perler et de lui barbouiller la figure. Je voyais ma sœur comme je ne l'avais jamais vue auparavant, blessée et vulnérable. Je voyais ses blessures et dans ce sang, sa finitude.

« C'est bon !

— Quoi, c'est bon ?

— T'as gagné », soufflai-je.

Convaincue que j'avais compris la leçon, elle libéra mes poignets et me permit de me dégager. Je me relevai, tirai sur mes vêtements pour les défroisser, mais dès qu'elle détourna les yeux, je bondis de nouveau sur elle.

Elle me repoussa d'une gifle. Ma tête vola et j'eus l'impression qu'elle allait exploser. Leila découvrit son visage boursouflé dans le miroir.

« Non, mais t'as vu ce que tu m'as fait ? Espèce de cinglé ! »

Tous ses traits se crispèrent et elle arma son bras pour me recoller une beigne. Cette fois, ce fut un voisin qui l'arrêta.

Elle cracha et je reçus son jet de salive en pleine figure.

« Vous avez vu ma tronche, c'est lui, ça ! » Elle prenait notre voisin à témoin. Puis, le doigt pointé sur moi : « Tu me le paieras, enfoiré !

— Va te faire niquer !

— C'est moi qui t'encule, bouffon !

— Va te faire foutre ! »

Elle cracha de nouveau et manqua sa cible.

« Ça suffit maintenant, s'écria le voisin. Ou j'appelle votre mère.

— Notre mère, elle est en train de mourir, connard !

— J'appelle la police ? C'est ça que tu veux ? »

Les cris avaient alerté tous les voisins de l'étage. On fourra deux boules de coton dans le nez de Leila et deux pères de famille nous escortèrent à notre étage pour nous dissuader de remettre ça en chemin.

Dédé ouvrit la porte, les yeux hébétés de sommeil. Leila le bouscula, s'engouffra la première et disparut.

Les voisins s'empressèrent de raconter ce qui s'était passé et Dédé les écouta d'un air navré, en jetant de temps en temps vers moi un regard exaspéré.

« Ce ne sont même pas mes gosses, vous savez.

— C'est pas normal, dit l'un des hommes. Quand on est frère et sœur, on se bat pas comme ça. »

Dédé congédia les deux voisins, me fit signe d'entrer dans l'appartement et ferma derrière moi.

L'oreille collée à la porte pour s'assurer que les voisins rentraient chez eux, Dédé attendit quelques instants, puis maugréa : « Aurait mieux fallu que vous n'ayez jamais existé. »

Je filai dans le salon, m'effondrai sur le matelas et commençai à sangloter.

Quand j'entendis Leila quitter la salle de bains, je me précipitai pour m'y enfermer à mon tour. Je passai de l'eau sur ma figure et soufflai ma morve dans le lavabo. Je regardai mon visage dans le miroir, ce visage qui n'aurait jamais dû exister.

« Dada, demandai-je, je peux dormir avec toi ? »

Sans attendre la réponse, je me glissai sous les draps. La chambre sentait le renfermé et la pisse. Depuis quelques jours, l'état de Danielle avait empiré. Elle ne mangeait presque plus, n'ouvrait la bouche que pour réclamer ses calmants. Il lui était très difficile de se lever, même pour faire sa toilette. Afin de faciliter les soins, l'infirmière avait exigé de faire venir un lit médicalisé, mais Dédé avait refusé, arguant qu'il ne pouvait se permettre une telle dépense.

Dans la pénombre, je scrutai le profil de Danielle. Son visage paraissait momifié, sculpté dans du bois sec. Je m'en approchai pour m'assurer qu'elle respirait encore, essayant d'imaginer ce que cela me ferait si je découvrais qu'elle était morte, que j'étais étendu à côté d'un cadavre.

Étrangement, je n'éprouvai aucun chagrin, pas même un peu de frayeur en me figurant notre vie sans Danielle. Avec cette maladie qui n'en finissait pas, nous apprenions peu à peu à nous passer d'elle. La seule chose qui me venait immédiatement à l'esprit, c'est que quand elle mourrait, je cesserais de dormir dans le salon et retrouverais ma chambre. La pensée de ce qui disparaîtrait avec Danielle ne suscitait aucune tristesse. Je pensais sincèrement que puisque nous n'avions pas eu besoin d'elle pour naître, nous n'aurions pas besoin d'elle pour vivre. Était-ce une façon de me convaincre que tout irait bien, de me rassurer ? Devais-je avoir honte de n'éprouver aucun chagrin ?

Je remontai l'encolure de mon tee-shirt pour ne plus respirer l'air malsain de la chambre, songeant à Leila, seule dans la nuit noire, le nez ensanglanté. S'était-elle endormie ? Pensait-elle à moi ? M'aimerait-elle encore après ce que je lui avais fait ? M'aimerait-elle un jour avec calme et douceur ?

Au milieu de la nuit, Danielle poussa des râles qui me sortirent de mon sommeil avec l'effet de minuscules épingles de lumière lardant mes paupières. Je bondis hors du lit, allumai la lampe de chevet et pris peur en découvrant ce corps près de moi : on aurait dit qu'une bête ou un démon s'en était emparé tant il ne ressemblait en rien à la femme que j'avais vue la veille.

Je me penchai au-dessus de Danielle, posai les doigts sur son bras, espérant l'apaiser, mais aussitôt elle pointa sur moi ses yeux sauvages et fiévreux, et elle me fixa avec la même défiance que si j'avais tenté de l'assassiner durant son sommeil. Elle se souleva, gémit horriblement et retomba sur le matelas. Paniqué, je courus me réfugier dans la chambre de Leila.

J'entrai dans son lit et enfouis le visage dans le creux de son cou, tirant vers moi ses mains pour me boucher les oreilles et ne plus entendre Danielle crier. Leila se laissa faire. Un rai de lumière apparut au bas de la porte, Dédé se précipita dans la salle de bains à la recherche d'autres calmants et, au bout d'une heure, le calme revint. Je restai dans le lit près de Leila.

« Excuse-moi pour tout à l'heure.

— Tu seras toujours mon petit frère. » Elle baisa mon visage plusieurs fois. « Je n'ai que toi. »

Je voulus lui rendre ses baisers, mais elle m'arrêta : « Mon nez ! J'ai mal. »

Elle m'embrassa encore et je m'endormis dans ses bras.

Les râles de Danielle recommencèrent le jour suivant, et toutes les nuits. Dès que les sédatifs cessaient de faire effet, Danielle gémissait et se débattait, souvent pendant plus de deux heures.

La bête qui cette nuit-là m'avait semblé s'emparer de son corps ne la quittait plus, et la métamorphose se poursuivait jour après jour, substituant à ses expressions de terrifiants rictus, modifiant ses traits, jusqu'au timbre de sa voix. Elle lui volait des mots, bornait ses facultés intellectuelles à l'expression de besoins primaires, réduisant le vocabulaire de cette femme institutrice à quelques borborygmes. Quelquefois, il lui arrivait de chasser du revers de la main un verre d'eau, comme un animal repoussant de la patte un objet dont il ignore la fonction. Même ses enfants, elle ne semblait plus les reconnaître. Tout l'exaspérait, notre présence, nos voix, à l'exception de l'infirmière. Elle s'agitait dès qu'on cherchait à l'approcher.

Chaque matin, avant de partir au collège, je venais frapper à la porte de sa chambre. Bien qu'elle ne répondît pas, j'avançais sur la pointe des pieds jusqu'au bord du lit. Je vérifiais qu'une carafe remplie d'eau se trouvait près d'elle, que la couverture n'était pas tombée au sol. J'étais abasourdi par ce corps brisé après la bataille de la nuit passée, respirant encore à travers ses lèvres pâles et sèches, aux coins desquelles s'amoncelaient des graines d'écume blanche. Je lui demandais si elle avait encore besoin de quelque chose avant l'arrivée de l'infirmière. Elle ne répondait toujours pas, et lorsque parfois elle écarquillait les yeux, c'était pour me regarder avec une telle frayeur que je m'empressais de filer. S'imaginait-elle que j'étais venu lui dérober le peu d'énergie ou de vie qui lui restait ?

À toute l'attention que Leila et moi tentions vainement de lui prodiguer, elle avait cessé de répondre et de réagir. Il n'y avait pas plus d'humanité dans ce corps décharné, si raide que ses membres semblaient avoir été soudés entre eux, que dans celui d'une bête qui se meurt, une bête à l'agonie, et quand, quelques semaines plus tard, je verrais la dépouille de Danielle, la seule modification notable serait l'absence définitive de mouvement. Toute cette histoire d'âme qui quitte le corps semblait un mensonge, car pour moi son âme l'avait abandonnée bien avant déjà. La maladie lui avait volé son âme, pas la mort. La mort l'avait seulement fait basculer de l'état animé à l'immobilité absolue.

Au cours de cette période, Leila et Mai ne se quittaient plus. Il arrivait souvent que Leila séchât sa dernière heure de cours pour aller chercher Mai au collège. Elle l'attendait devant le portail, puis elles marchaient quelques heures avant de rentrer ensemble en métro. Certains soirs, Leila restait dormir chez Mai, et j'en profitais pour prendre sa place dans la chambre. Je m'asseyais sur la moquette près de la minichaîne pour écouter ses cassettes. Je regardais les posters qu'elle avait collés au mur, les médailles et les coupes qu'elle avait gagnées. Je feuilletais ses cahiers de cours, admiratif de son écriture ronde, de ces leçons auxquelles je ne comprenais rien. Je passais le doigt sur ses vêtements rangés dans les placards. Je fouillais dans son tas de linge, dans ses culottes et ses soutiens-gorge, à la recherche de son parfum, cet alliage de senteurs, transpiration, cuir chevelu, sexe et règles, qui m'évoquait ma sœur. Je ne pensais plus à Mai, curieusement. Leila me manquait plus encore.

12

Danielle mourut seule, un après-midi de mars. Le ciel semblait si gris cet après-midi-là, la lumière si rare que le jour paraissait ne s'être jamais levé. Dédé était à l'usine, Leila et moi en cours. Elle mourut, et sa dernière vision dut être celle du plafond jauni ou de l'ourlet élimé de la courtepointe.

Quand j'entrai dans la chambre, je ne compris pas tout de suite que ses grands yeux pâles et vides, tournés vers le haut, ne fixaient plus rien. C'est Leila qui, en s'approchant, réalisa ce qui se passait. Elle posa la carafe d'eau sur la table de chevet et secoua le corps de Danielle. La tête retomba mollement sur le côté.

Il était tard. Il faisait nuit. Nous avions traîné, Leila au côté de Mai, moi en bas avec un camarade qui réparait sa mobylette.

On observa le cadavre dans la pénombre, puis Leila tourna les yeux vers moi et découvrit l'orphelin pour la seconde fois de sa vie. Elle vit un être si vulnérable qu'elle sentit les larmes lui monter aux yeux.

Elle tendit la main pour prendre la mienne et je la repoussai. Je ne me souviens pas pourquoi je l'ai repoussée. Je voulais peut-être lui faire payer son absence des derniers mois, ou bien être seul avec ma tristesse. En fait, je ne parvenais pas à savoir si j'étais triste. Danielle était morte. Je n'avais pas même besoin de me le répéter pour me laisser pénétrer par cette idée, j'avais ce corps inerte devant moi.

Nous quittâmes la pièce sans un mot. Nous n'étions plus que tous les deux à présent.

L'avenir me terrifiait, mais je ne crois pas que j'étais triste.

Leila partit sonner chez la voisine, une jeune femme qui venait d'avoir un bébé, et lui expliqua ce qui se passait. Serrant son enfant contre sa poitrine, elle accepta de la suivre, mais après quelques pas elle prit peur et fit marche arrière. Ce n'était pas une bonne idée, à cause du bébé. Elle proposa plutôt d'appeler SOS Médecins et nous offrit d'attendre chez elle. Mais Leila voulait rester avec Danielle au cas où Dédé rentrerait entre-temps, et je voulais rester avec Leila. Les portes de l'ascenseur s'ouvrirent sur l'infirmière qui venait chaque soir donner les soins à Danielle. Elle était en retard à cause d'une panne de voiture et s'excusait.

Leila lui coupa la parole : « Elle est décédée. »

L'infirmière hésita, sans doute n'avait-elle pas compris tout de suite.

« Oh, ma pauvre petite », balbutia-t-elle avant de se précipiter dans l'appartement.

Elle agit si vite que quand nous la rejoignîmes dans la chambre, les paupières de Danielle avaient été baissées et sa tête redressée.

« Je pensais qu'elle tiendrait jusqu'à Pâques. C'est mieux ainsi vous savez. À la fin, même les calmants les plus forts ne font plus aucun effet. »

Dans la lumière de l'abat-jour, nous pouvions voir le visage de Danielle distinctement. Il semblait calme maintenant : le visage de quelqu'un qui dort profondément, sérieux et absorbé.

Ma sœur et moi ne savions pas où nous mettre, ni quoi faire, alors nous suivions l'infirmière dans tous ses déplacements. Elle s'agitait beaucoup, commentait le moindre de ses gestes comme pour se donner du courage. Bien qu'elle chuchotât, sa voix brisait le silence, nous réconfortait, faisant parfois oublier qu'il y avait un mort dans l'appartement.

« Je ne suis pas habilitée à établir un certificat de décès, expliqua-t-elle. Je dois appeler un médecin. »

Leila la guida jusqu'au téléphone, dans l'entrée. Après le coup de fil aux urgences médicales, l'infirmière appela l'usine où travaillait Dédé qui arriva en même temps que le médecin de garde, une demiheure plus tard. Sans un mot ou un regard pour nous, il demanda à rester seul quelques minutes dans la chambre avec sa femme. Quand il en sortit, ses yeux avaient rougi.

L'infirmière l'aida pour toutes les démarches. Il y avait de nombreuses personnes à prévenir et cela dura jusque tard dans la nuit. Personne ne songea à faire à manger. Je m'endormis sur le canapé dans les bras de Leila.

Au matin, les hommes des pompes funèbres vinrent pour emporter le corps de Danielle, et Dédé signa des papiers qu'il trempait de ses larmes.

Le jour des funérailles, à la lueur bleutée de l'aube, on trouva Dédé au pied de son lit, recroquevillé sur la moquette, nu comme un ver. Il n'avait pas dessoûlé depuis trois jours.

On le souleva pour le conduire à la salle de bains. Il se laissa faire, aussi docile qu'un enfant en bas âge, apparemment reconnaissant qu'on s'occupât de lui.

« Monte là-dessus, tu verras Montmartre », souffla Leila, empruntant cette expression à Danielle, tandis qu'on poussait Dédé dans la baignoire. C'était la première fois que je voyais ses fesses fripées, son torse maigre, la peau de l'aine tombant par plis. C'était la première fois que je voyais son sexe aussi, et mon indiscrétion ne lui échappa pas.

« Celui-là, ça fait longtemps qu'il n'a pas servi », marmonna-t-il, après quoi, il saisit son pénis, sans la moindre gêne, et urina dans la baignoire.

« Oh, le dégueulasse ! Tu pouvais pas prévenir ? » s'écria ma sœur, exaspérée, détournant la tête, et Dédé rit de sa propre plaisanterie.

Leila savonna un gant et lui frotta la peau, puis elle lui ordonna de s'asseoir pour lui laver les cheveux. C'était une baignoire sabot, un adulte s'y trouvait à l'étroit dès qu'il s'asseyait, mais Dédé ne protesta pas.

Leila se chargea du shampooing et je passai le jet pour le rincer.

Je partis à la cuisine faire du café. Quand je revins dans la salle de bains, Dédé, fraîchement rasé, enfilait les vêtements que Leila lui tendait, une chemise blanche et un costume de velours côtelé brun, étroit et rigide. Il me parut démodé et sentait fort la naphtaline, mais c'était le seul que nous avions trouvé.

Son café bu, Dédé donna l'impression d'avoir dégrisé et de prendre enfin conscience du déroulement de la matinée.

« Pardon, j'ai honte, bafouilla-t-il, s'étranglant presque.

— Cache ta honte, ordonna Leila. Je veux que tu sois beau pour ta femme. Y a une cravate quelque part ? »

Dédé lui indiqua un tiroir.

« Tu sais faire les nœuds ?

— Donne, je vais essayer. »

Leila tira la seule cravate sombre qui s'y trouvait et la lui apporta. J'observai ses mains d'ouvrier se battre avec le tissu, la peau sèche rongée de cloques et de cicatrices, ses doigts enflés et bleuâtres, ses ongles toujours crasseux bien que coupés ras. Quand il eut fini, Leila lui tendit un peigne et, à contrecœur, Dédé le passa dans ses cheveux pour les lisser en arrière, de la base du front jusque sur la nuque. Leila s'approcha avec un vieux flacon d'eau de Cologne, il leva la main en signe de protestation : « Hé ! Je vais pas au bal !

— Ça camouflera la bière », rétorqua-t-elle, pressant la poire du flacon, arrosant le col de son veston de plusieurs giclées.

Après quelques poignées de main à l'entrée de la chambre mortuaire, Dédé se laissa guider par un employé des pompes funèbres jusqu'au cercueil de sa femme. Leila et moi le suivîmes sans un mot. Trois jours s'étaient écoulés, trois jours seulement, et le visage de Danielle était méconnaissable. Les yeux, qu'on devinait à peine sous les paupières fermées, disparaissaient, avalés à l'intérieur du crâne. Les pommettes s'étaient affaissées et l'épaisse couche de fard, au lieu de lui raviver le teint, lui donnait des airs d'une statue de cire.

Dédé s'effondra à l'approche du cercueil et enfouit son visage dans le creux de sa manche : « Ce n'est pas elle ! Ce n'est pas ma femme ! » Je regardais ses épaules se soulever à chacun de ses sanglots, les battements de son thorax comprimant une souffrance qui semblait prête à jaillir, les jambes étonnamment fixes et raides. Il releva la tête, massa ses yeux entre le pouce et l'index pour refouler ses larmes avant de se pencher à nouveau.

« Ma chérie ? Ma toute petite chérie, qu'est-ce qu'on t'a fait ? »

Du vivant de Danielle, je n'avais jamais entendu Dédé l'appeler « ma chérie », pas plus que je ne l'avais vu manifester envers elle la moindre marque d'amour ou de tendresse. Pourtant, comme je devais le découvrir ce jour-là, il en était épris. D'une façon effacée et souterraine, et qui me semblait tout à fait énigmatique, il l'avait aimée. Une goutte de morve tomba sur le front de Danielle. Dédé s'essuya le nez du revers de la manche : « Regarde, les enfants sont là. Ils sont venus pour te dire au revoir. »

Il nous fit signe de le rejoindre. Ce geste lui ressemblait si peu que, bien que nous fussions les uniques occupants de la chambre mortuaire, je jetai un œil derrière moi pour m'assurer qu'il ne s'adressait pas à quelqu'un d'autre. On s'approcha timidement. Dédé nous prit par l'épaule et nous tira vers le cercueil :

« Ils m'ont aidé ce matin, tu sais. Ils ont été gentils. »

Très vite, il dégagea ses bras pour se moucher. Puis il noua ses mains devant lui, la tête inclinée, la bouche contractée, en position de prière. Il n'était pas croyant, mais sans doute continuait-il de parler à sa femme en lui-même. Je ne parvenais pas à regarder Danielle, ses lèvres absentes, ses yeux avalés, la goutte de morve tombée sur la pointe du sourcil, et je fixai mon attention sur le bouton du col de son chemisier qui enserrait sa gorge. Leila m'agrippa par le bras, je sentis qu'elle tremblait.

Un employé des pompes funèbres entra pour demander à Dédé s'il souhaitait assister à la mise en bière. Il déclina. Je me pressai vers la sortie, bientôt rejoint par Leila, et nous quittâmes la pièce nous tenant par le bras. Sur le pas de la porte, je tournai la tête. Penché sur le cercueil, Dédé embrassait sa femme pour la dernière fois.

Leila le vit aussi et son cœur se souleva de chagrin. Elle se réfugia dans mes bras et pleura plusieurs minutes tandis que je lui caressais le dos ; de sa broussaille de cheveux, que pour l'occasion elle portait détachés, montaient des effluves suaves et enivrants.

« Je n'ai plus de forces », me dit-elle à l'oreille.

Je devais comprendre plus tard que ces forces-là étaient perdues pour toujours.

À l'extérieur, quelques ombres, chassées par la pluie, se hâtaient de fermer leur parapluie pour se réfugier dans la salle du crématorium. À mon grand étonnement, elle était comble. Dans la foule, je reconnus certains visages, des collègues, des voisins et des camarades du Parti que j'avais eu l'occasion de croiser quelquefois dans les cortèges de manifestation, aux distributions de tracts ou à la Fête de l'Huma. Mais il y avait plein de gens que ni Leila ni moi ne connaissions. Dédé s'était éloigné et serrait dans ses bras des personnes que nous n'avions jamais vues.

« Vous devez être Leila et Mehdi ? »

La voix semblait familière. Je découvris le visage d'une femme d'une cinquantaine d'années.

« Vous vous souvenez de moi ? Je suis Janine, la sœur de Danielle. »

J'avais dû la voir aux rares réunions de famille, mais je ne m'étais jamais rendu compte à quel point les deux sœurs se ressemblaient. C'était si étrange de retrouver des expressions de Danielle, alors que les traits et la forme de leurs visages avaient si peu en commun. J'avais l'impression que Danielle s'était glissée, tel un fantôme, dans ce corps pour se rappeler une dernière fois au souvenir des vivants.

Janine nous poussa dans les bras d'autres membres de la famille. Je me vis faire la bise à des oncles venus du nord de la France, des tantes, des cousins et des cousines dont j'oubliai aussitôt le prénom, aux visages secs et hâves, les traits épais ou peut-être seulement fatigués par la route. Je me sentais mal à l'aise et voyais bien que Leila l'était aussi. Nous étions deux étrangers parmi les membres d'une famille qui déjeunaient ensemble tous les dimanches, dont nous devions subir la familiarité de la même façon que si nous les avions vus la veille. Quand bien même ils s'extasiaient sur ma taille ou me trouvaient joli garçon, leurs regards se dérobaient bien trop vite pour avoir l'air sincère. Je finis par comprendre qu'après les accolades et autres marques d'affection, on chuchotait à notre sujet, on médisait dès que nous avions le dos tourné.

La cérémonie commença. Les messes basses firent place à un silence grave et emprunté. Plusieurs collègues et camarades du PC se relayèrent à la tribune pour rendre hommage à Danielle, puis ce fut au tour de la maire communiste de la ville de monter sur l'estrade. Elle lut un poème de Louis Aragon. Dédé alla à sa rencontre pour la remercier et lui serrer la main. Sans un mot, il posa le magnétophone portatif de Leila près du micro puis enclencha la cassette. On n'entendit d'abord que les grésillements d'un vieil enregistrement, et cela sembla durer une éternité avant que la musique ne retentît. Quand enfin la voix de Maria Callas résonna à son tour, sa grâce et son timbre si limpide parvinrent à nous faire oublier le brouhaha crachoteux qui l'accompagnait. Alors la salle du crématorium me parut baignée d'une lumière plus étincelante qu'auparavant.

À la fin de la cérémonie, la foule se dispersa et on se retrouva en comité restreint au *Jaurès*, situé à côté de la patinoire de Saint-Ouen. Une table y avait été dressée pour une vingtaine de personnes. On mangea un pot-au-feu. Quelqu'un sortit des photos en noir et blanc qui circulèrent de main en main. On y voyait Danielle et Dédé, si jeunes, sur une plage avec des amis, Danielle sans ses lunettes, souriante, perchée en haut d'une pyramide humaine, le couple encore échangeant un baiser à l'entrée d'une tente canadienne.

« Cette époque est finie, fit une voix.

— Bien finie », conclut une autre.

À quatre heures, les derniers convives partirent. Il ne resta que Dédé, Leila et moi. L'homme commanda une bière et décala sa chaise face à nous. Pendant un bon moment il ne dit pas un mot, se contentant de siroter sa bière, respirant bruyamment.

En passant près du café, on pouvait très bien nous apercevoir tous les trois, derrière le rideau transparent de la devanture, la nappe tachée du repas, le magnétophone de Leila abandonné sur un siège, quelques assiettes et tasses de café que le serveur n'avait pas encore débarrassées. Et alors peut-être se demandait-on ce que nous fichions ensemble, quel étrange concours de circonstances avait pu lier un jour l'homme et ces deux adolescents.

13

Lorsque Dédé ouvrit la bouche, ce fut un flot de paroles : « Je marchais deux heures par jour à l'époque. Juste pour aller travailler. Une heure à l'aller, une heure au retour. Marcher, j'ai toujours aimé ça. Je n'ai jamais passé mon permis. J'en voyais pas l'utilité. Où j'aurais pu aller de toute façon ? Tout ce dont j'avais besoin était accessible à pied. En 1965, j'ai rencontré Danielle. Je militais, comme elle, à l'époque. Enfin, j'étais surtout avec les syndicats, mais il m'arrivait de participer à des réunions du Parti. J'avais la carte. Danielle, c'était toujours la première arrivée et la dernière à partir. Elle venait avec des Thermos de café et en offrait à tout le monde. Je l'ai remarquée comme ça. Avec les copains, on l'appelait " camarade Popov ". C'était une blague entre nous, je ne lui ai jamais dit bien sûr. Quand je l'ai rencontrée, elle revenait d'un voyage en Union soviétique. Elle avait traversé des champs, visité des usines. Elle racontait que là-bas tout le monde travaillait en chantant. Tous les gens étaient heureux… Égaux et heureux. Elle disait que le paradis existe. Que c'est là-bas, en URSS. Après, on a compris que tous ces voyages en car, c'était du bidon. Que tout était truqué. Mais Danielle voulait y croire. Elle y a toujours cru. C'est… »

Il bafouilla, peut-être à cause de l'alcool ou du chagrin, avant de reprendre d'une voix pâteuse et chancelante :

« C'était une rêveuse. On dirait pas comme ça, mais c'était une rêveuse et une idéaliste. »

Dédé avala sa salive. Nous étions fixés sur ses lèvres, sur cette partie du corps qui, en sommeil pendant des années, s'animait soudain pour révéler des anecdotes et des souvenirs que nous n'avions jamais entendus. Il but une gorgée de bière et poursuivit son récit : « On a commencé à se fréquenter. Avec moi, fallait pas s'attendre à des déclarations, des sérénades sous le balcon ou ce genre de conneries. Danielle l'a bien compris et on s'est mariés dans la foulée. La piaule où j'habitais était trop petite pour nous deux. On a fait une demande de logement et comme Danielle venait d'avoir sa titularisation, c'est allé assez vite. Ils construisaient beaucoup à l'époque, des tours gigantesques. C'était propre, neuf. Ça nous changeait des taudis où on avait l'habitude de crécher. On pensait qu'on aurait des enfants… Mais Danielle n'est jamais tombée enceinte et on n'a pas cherché à savoir pourquoi. »

De nouveau une gorgée de bière, le regard qui se perd un instant derrière moi et sa main qui caresse calmement le tissu de la nappe, repoussant les miettes.

« Après 68, dans les usines, les patrons ont eu l'air d'avoir compris la leçon. Seulement, quand y en avait un qui partait, on le remplaçait par un travailleur étranger. Comme ça, à la longue, ils étaient sûrs qu'ils ne se syndiqueraient pas et qu'il n'y aurait plus de mouvements de grèves. Ils sont arrivés dans les usines de plus en plus nombreux. Dans les HLM aussi. Ils ont commencé à s'installer. Il fallait bien qu'ils aient un toit pour les femmes et les enfants qu'ils faisaient venir du pays. Les gosses étaient mignons, je peux pas dire le contraire. Mais bon, à l'époque, je me doutais pas encore, hein ? Ils ont été de plus en plus nombreux, les "bougnoules" et les "négros". Bien sûr, il n'était pas question que je les appelle comme ça devant Danielle, sinon je me serais fait drôlement remonter les bretelles. Ils arrivaient de partout. Personne ne parlait un mot de français. Une famille, puis deux, puis trois, puis quinze. Dans chaque bâtiment, à chaque étage : sitôt qu'une famille française déménageait, on voyait arriver "bamboula et compagnie". Et alors là, tout ce qui était propre ne l'était plus, les gosses dégueulassaient les parties communes et les parents laissaient faire. C'est ça le problème, c'est que tout le monde laissait faire. À l'usine, c'était pareil, chaque fois qu'un copain partait à la retraite, il était remplacé par un Noir ou un "gris". Partout où je levais les yeux, je les voyais et j'avais l'impression de ne plus être en France. Sur la ligne 13, j'étais le seul Blanc du wagon. Et puis l'usine a mis la clé sous la porte. C'était en 72. Je n'arrivais pas à retrouver du boulot et j'ai fait pas mal de bêtises à cette époque. C'est vrai. Maintenant, je peux bien vous le dire. J'ai fait vraiment des conneries, de grosses conneries. »

Dédé tira d'un coup sec sur la cravate, déboutonna son col, libérant son cou plus rouge que jamais. La chemise, repassée le matin même par Leila, était maintenant froissée. Il porta son verre à la bouche et but une grande rasade.

« Danielle aurait pu me foutre à la porte. Au lieu de cela, elle s'est démenée pour me trouver une place et c'est comme ça que je suis rentré chez Citroën. »

Une minute s'écoula durant laquelle Dédé nous dévisagea comme s'il découvrait nos traits. Il réfléchit quelques instants avant de reprendre, il avait dû bien peser ses mots ce jour-là.

« Et puis une nuit, il y a eu ce coup de fil. Danielle est partie à l'école. Quand elle est revenue, elle a dit qu'on n'avait pas le choix. Elle a dit qu'il fallait prendre ses responsabilités. Je me sentais comme une merde. C'était sérieux. Elle m'a fait démonter mes vitrines et ranger ma collection de cyclistes du Tour de France dans des cartons que j'ai descendus à la cave. Ils doivent toujours y être, tiens. »

Il sortit un mouchoir en tissu de sa poche et se tamponna le front.

« Vous étiez là maintenant. Vous étiez rentrés dans la maison. J'avais pas le choix. »

Il se tut pour de bon et rangea son mouchoir. Je le détaillai à mon tour : ses cheveux d'un blanc sale, pisseux, la peau grêlée de son visage, ses joues tachées d'auréoles brunes.

Peut-être avait-il essayé de nous le dire ce jour-là, alors que nous n'étions plus que tous les trois. Oui, avec le recul, je me dis que peut-être il aurait voulu que nous apprenions la vérité le jour de l'enterrement de Danielle.

Mais sur le moment, mon attention se fixa sur l'homme lâche, aigre et misérable, et je n'ai perçu qu'un seul sens à ses paroles : il n'avait tenu qu'à Danielle d'avoir été adoptés par les Guérin. Maintenant qu'elle était morte, Dédé pouvait nous mettre à la porte du jour au lendemain. C'était à ça que je pensais tandis que tout mon corps se raidissait.

Dédé se leva, rangea le magnétophone dans un sac plastique, prit son manteau et se dirigea vers le comptoir pour payer.

Je me tournai vers Leila : « Il a dit " bougnoule ". Il a dit " gris ".

— J'ai entendu, répondit-elle, froide et impassible.

— Qu'est-ce qu'on fera s'il nous demande de partir ?

— Je ne sais pas.

— Si c'est ce qu'il veut… On partira. »

Leila me regarda avec colère, cou tendu, les yeux plus graves que jamais.

« Ne dis pas ça. Nous n'avons pas d'autre endroit où aller. Nous n'en avons jamais eu.

— On peut toujours demander à la mère de Mai ?

— Arrête de dire n'importe quoi », siffla-t-elle entre ses dents.

Sans un regard, Dédé enfila son veston et sortit du restaurant. Leila me secoua d'un coup de coude et on se leva pour le suivre.

Un sac plastique pendu à son bras, Dédé marchait en direction de la maison, d'un pas lourd et monotone. Nous le suivions, à une distance constante, à l'affût du moindre geste, attentifs au rythme de ses pas. Il longea le parc de Saint-Ouen. Quand il s'engagea sur le pont, un épais brouillard s'étirait de chaque côté du fleuve. Nous ne l'aurions pas perdu de vue si, au même instant, je n'avais ressenti une soudaine douleur au ventre qui par son intensité m'obligea à m'arrêter.

« Oh merde, Leila, j'ai envie de chier !

— C'est pas vrai ! Ce que tu peux être casse-couilles !

— Je dois retourner au café.

— C'est pas possible. Essaie de te retenir. »

Nous avons continué de marcher vers l'île, Leila me tirant par le bras. J'avançais la main à ma ceinture, plié de douleur. Dans la brume blanche qui noyait les rives du fleuve et les becs des réverbères, réapparaissait parfois, à l'extrémité du pont, entre le cordeau vert-de-gris du parapet et la file de véhicules, la masse sombre et nébuleuse de Dédé.

« Grouille-toi un peu, s'écria Leila qui espérait encore le rattraper.

— Je peux pas. Je vais me faire dessus sinon.

— Tu pouvais pas prendre tes précautions avant ?

— Je pouvais pas savoir ! »

Je m'arrêtai un instant, me cramponnant à la rambarde. J'entendis Leila souffler parce que Dédé était définitivement sorti de sa vue.

Au bout de quelques minutes, il me sembla que j'étais tiré d'affaire et nous pûmes reprendre notre marche. Mais en bas de l'immeuble, les crampes me reprirent, plus violentes encore.

En attendant l'ascenseur, chaque seconde donnait l'impression de s'étirer indéfiniment tant la douleur, les bouffées de chaleur qui l'accompagnaient et les efforts pour me retenir se révélaient un supplice. Quand les portes s'ouvrirent, je sentis quelque chose en moi se relâcher, et un filet moite et chaud me sortir de l'anus. Mon premier réflexe fut de porter la main à mon pantalon, mais je constatai avec effroi que la merde continuait de s'écouler sous moi. J'avais l'impression que le muscle pour la contrôler s'était brusquement volatilisé et qu'il n'y avait plus rien pour la retenir, à part le tissu du slip. J'entrai dans l'ascenseur en évitant le regard de Leila. Très vite, l'odeur âcre envahit l'espace. À mon grand soulagement, ma sœur se garda bien du moindre commentaire et, arrivée sur le palier, elle se pressa vers la porte de l'appartement pour m'ouvrir. J'avais peur que Dédé ait déjà eu le temps de faire changer les serrures, mais cette crainte insensée disparut aussitôt que Leila fit tourner la clé. Je m'engouffrai dans l'entrée, courus jusqu'aux toilettes.

Il me fallut plus d'une heure pour me laver et venir à bout des taches brunâtres qui couvraient le fond de mon slip et de mon pantalon. Lorsque je sortis de la salle de bains, Leila m'attendait dans le couloir. D'un signe de la tête, elle m'indiqua la chambre où Dédé, vautré sur le lit, une bière à la main, gémissait plaintivement : « Je n'y arriverai pas tout seul. Je n'y arriverai jamais. » Il bougea et la bière déborda de la bouteille, se déversant sur la moquette.

Nous nous sommes réfugiés dans la chambre de Leila et je m'écroulai sur le lit. Les jérémiades de Dédé durèrent toute la soirée. Il s'interrompait seulement pour aller à la cuisine chercher une autre bière, puis il revenait dans la chambre et les gémissements reprenaient aussitôt. Quand ils cessèrent complètement, la nuit se trouvait déjà bien avancée. Nous en avons déduit qu'il avait fini par s'endormir. Je me sentis soulagé qu'il n'ait pas fait irruption dans la chambre pour nous demander de faire nos valises et je parvins à trouver le sommeil à mon tour, tout près de Leila, bercé par les gargouillis familiers du ventre de notre immeuble, le grincement des poulies de l'ascenseur, le numéro de claquettes que donnaient chaque nuit les canalisations de chauffage, et, au loin encore, la rumeur des voitures, comme un chuintement ou un cri d'allégresse ininterrompu.

Encore une fois, nous nous étions couchés sans dîner. Le lendemain, on se rendit en cours comme si de rien n'était.

Le printemps revint avec son cortège de bourgeons et de pollens, les chants nuptiaux des moineaux et les bons sentiments de la nouvelle campagne présidentielle. Les arbres retrouvèrent leur manteau de feuilles grasses, la Seine, ses tapis de déchets et de mousse huileuse. Jamais on ne reparla de cette journée, ni des propos que Dédé avait tenus au café. Il ne nous chassa pas de la maison, mais s'arrangea pour nous croiser le moins possible. Je suppose que notre seule présence suffisait à lui rappeler quelque chose de désagréable, un mauvais souvenir ou une décision difficile à prendre. Quand, malgré nos précautions à chacun, nous nous retrouvions dans la même pièce, il ne semblait pas nous en vouloir pour autant. Il posait seulement sur nous des yeux chaque fois étonnés et emmerdés. Avec le temps, j'ai fini par penser que c'était parce qu'il n'avait jamais su quoi nous dire.

Tous les quinze jours, il frappait à nos portes pour nous donner à chacun quelques billets qu'il posait sur le bureau.

« Si vous avez besoin de vous acheter quelque chose, c'est pour vous. »

Ce n'étaient pas de grosses sommes, mais j'imagine que cela représentait un sacrifice pour ce veuf qui devait désormais nous faire vivre sur son seul salaire. Nous ne savions pas si nous devions les employer pour acheter de la nourriture, des vêtements ou autre chose. Il avait l'air soulagé après ça, tranquille pour plusieurs jours.

Je me rappelle de la première fois où je lui donnai mon bulletin de notes à signer. Il regarda les notes et haussa les sourcils.

« Ben, dis donc, s'étonna-t-il, tu te débrouilles pas mal. »

J'avais une bonne moyenne, c'était vrai. J'avais toujours bien travaillé à l'école afin de ne pas décevoir Danielle. Leila, de son côté, en faisait le moins possible et se moquait de moi quand, la nuit, je me relevai pour améliorer un devoir ou revoir une leçon que je pensais avoir négligée.

Dédé regarda encore les notes et lut attentivement les appréciations des professeurs.

« Tu dois tenir de Danielle, parce que moi, les études, ça n'a jamais été mon fort. Je me suis arrêté à quatorze ans, tu sais. Enfin, faut dire que chez les Guérin, on n'avait pas vraiment le choix. »

Il signa et me tendit mon bulletin que je récupérai fièrement.

« Continue à me ramener des bonnes notes comme ça et tout se passera bien. »

Je me souviens aussi de l'urne contenant les cendres de Danielle que nous avons conservée pendant des mois sur la commode de l'entrée, près du téléphone. Dédé disait que ce serait bien de les jeter au flanc d'une montagne, près du Grand-Bornand, là où avant nous passions les vacances d'été. Mais nous ne fîmes jamais ce voyage, faute d'argent, et un jour, l'urne disparut sans que nous sachions ce que Dédé en avait fait.

C'était le printemps, les jours s'allongeaient mais dans mon cœur j'avais l'impression de ne sonder qu'une nuit lente et impénétrable. Une nuit qui ne finirait jamais, toute empreinte de mots chuchotés et abîmés, toute pleine de baisers inconsolables, de lèvres moites et brûlantes, de picotements. « J'en ai envie, disait Leila. J'en ai tellement envie. »

Nous étions libres à présent et Leila me rejoignait chaque nuit. Danielle était partie et, avec elle, l'interdit et la culpabilité. Nous étions libres et cette liberté nous rendait lascifs et surtout indolents, imperméables aux autres, indifférents à ce qui pouvait arriver.

En avril, Leila manqua la qualification pour les Championnats de France qu'elle briguait depuis plusieurs années. Elle n'eut l'air nullement déçue. Malgré cet insuccès, elle fut approchée par l'entraîneur d'un club de banlieue très loin de chez nous, affilié à un lycée proposant des sections en sport-étude. Leila refusa, comme elle devait me l'annoncer plus tard.

« Il n'est pas question que j'aille en internat. Je ne peux pas te quitter Mehdi. » Elle secoua la tête. « Je ne peux pas.

— Et Mai ? »

Depuis le décès de Danielle, Leila avait cessé d'aller la chercher à la sortie du collège et lorsque nous la croisions à l'entraînement, elle se contentait d'une bise, tournait les talons et s'éloignait. Quand la sonnerie du téléphone retentissait, Leila ne répondait jamais. Je prenais le combiné, et on me raccrochait au nez. Je me doutais que c'était Mai, même si, jusqu'à présent, nous n'en avions pas parlé avec Leila.

Ma sœur me considéra en penchant la tête.

« Je n'ai plus besoin de Mai », dit-elle.

De sa voix rauque et grave.

14

Tandis que Leila, les lèvres gonflées, se glissait dans mon lit, piégeait ma jambe dans ses cuisses pleines et fermes, remontait la main le long de mon torse imberbe, déposait l'index à la naissance du thorax, dans cette cavité qui semblait là pour elle — « s'il te plaît, ça me brûle toute la nuit si nous ne le faisons pas » —, à une lieue de là, par-delà le campement romanichel, par-delà les manufactures désaffectées aux cloisons taguées et aux vitres brisées, par-delà la carlingue des entrepôts et des rangées de containers, Mai, seule dans la chambre immense d'un pavillon immense, ne cessait de passer par des états et des humeurs contradictoires qui l'anéantissaient jour après jour. Le spectre de ces humeurs était si large et imprévisible qu'après l'excitation jubilatoire qui la faisait, sur une chanson de pop anglaise, grimper, galoper et bondir sur le lit, elle pouvait sombrer, en un éclair, dans une profonde apathie et refuser de sortir plusieurs jours de suite.

Une nuit, elle se dirigea dans la salle de bains, ouvrit les tiroirs : elle cherchait une lame de rasoir. Pas pour s'ouvrir les veines. Non. Elle avait une autre idée en tête.

Ça faisait quelques jours déjà qu'elle s'employait à écrire les lettres du prénom de Leila partout où elle passait. De la pointe d'un cutter, elle traçait des L, des A, des I et des E majuscules dès qu'elle se trouvait seule ou certaine de ne pas se faire voir. Les lettres se perdaient dans différents décors, de l'écorce d'un arbre aux tables et paillasses du lycée. Sur le siège d'un métro et la vitre du bus. Ce n'était pas encore assez. Mai voulait garder le prénom de Leila avec elle, le graver sur son corps, sur sa peau.

Quand elle mit enfin la main sur ce qu'elle cherchait, la jeune fille, consciencieuse malgré les intentions folles qui l'animaient, désinfecta la vieille lame rouillée.

Elle s'enferma dans la chambre et, à la lumière de sa lampe de bureau, elle plaça la lame à l'intérieur de sa main, juste à la base du pouce. Elle bloqua sa respiration et tira d'un coup sec vers le bas. Elle s'interdit de reprendre son souffle, fit pivoter la plaque pour enfoncer à nouveau la lame mais cette fois, surprise par une vive douleur, elle la laissa déraper avant de l'arrêter *in extremis* à la lisière du poignet.

Aussitôt Mai constata, dépitée, que, sans former d'angle droit, les deux traits qu'elle venait de tracer ne ressemblaient en rien à un L. Elle pinça les lèvres et recommença, puis, malgré la douleur qui paraissait plus grande à chaque coup de rasoir, elle s'efforça de tracer les lettres suivantes, enfonçant la lame le plus loin possible dans la paume. Sur la dernière lettre, elle ne put retenir un cri et lâcha la lame qui tomba sur le sol.

Elle désinfecta les coupures, puis les contempla : VLEILA, pouvait-on lire dans ces crevasses d'où sourdaient quelques perles de sang. Elle posa un mouchoir en papier à l'intérieur de la main, ferma le poing et se dirigea vers le lit. Elle s'allongea sur le dos et, pour la première fois depuis qu'elle dormait avec son corset, son attention se focalisa non sur la gêne occasionnée par l'appareillage, mais sur la sensation de brûlure qui émanait de sa paume tailladée. Elle s'endormit, satisfaite, un sourire aux lèvres.

Le dimanche du premier tour de l'élection présidentielle, on fouilla dans les poches de Dédé pour savoir pour qui il avait voté. Leila fit le compte plusieurs fois. Un seul bulletin manquait à l'appel.

Le soir, Leila servit le dîner, une main *Touche pas à mon pote* épinglée au tee-shirt. Dédé n'eut aucune réaction. Il attendit les résultats de l'élection à la télévision, François Mitterrand arrivait en tête devant Jacques Chirac. Pour la première fois, le candidat du Front national franchissait la barre des 10 %, devançant nettement celui du Parti communiste. Dédé éteignit le poste après l'annonce des résultats et partit se coucher sans un mot.

Quand arrivèrent les vacances d'été, nous fûmes invités à passer quelques semaines chez notre tante Janine. Elle habitait une toute petite maison d'un village côtier au bord de la mer du Nord. Nous n'avions rien à faire. Dans le ciel bleu, au-dessus du rivage, les nuages filaient à toute vitesse, bousculés, impatients. Leila fit la connaissance d'un garçon du coin et sortit avec lui. Il ne l'aimait pas. Elle non plus. Mais ce dont Leila avait besoin n'était pas de tomber amoureuse.

Nous revînmes des vacances la peau brune et luisante, ce qui faisait ressortir la clarté de nos ongles et le blanc de nos yeux. Une lettre de Mai attendait Leila sur la table de la salle à manger. Ma sœur n'avait jamais reçu de lettre. Des cartes postales seulement. Elle remarqua l'encre noire d'un stylo-plume d'écolière, les lettres penchées d'une écriture coléreuse. Leila me tendit la lettre et me demanda de la lire. Je décachetai l'enveloppe, dépliai la lettre, mais alors que j'ouvrais la bouche pour articuler les premiers mots, elle m'interrompit aussitôt : « Dans ta tête, précisa Leila. Tu me raconteras ensuite. »

Mai se plaignait de ses vacances, de la solitude et regrettait que Leila ne soit pas partie avec elle. Elle écrivait qu'elle lui manquait, qu'elle n'arrivait pas à se passer d'elle et espérait que la rentrée leur permettrait de se retrouver. À l'écoute de mon compte rendu, les traits de Leila s'assombrirent. Elle ne fit aucun commentaire et exigea que je jette la lettre. Je connaissais cela. Je sais ce que c'est d'être étouffé par l'amour qu'on vous porte.

Au lieu de m'en débarrasser, je cachai la lettre de Mai dans ma chambre.

Ce fut la rentrée et Leila m'annonça qu'elle arrêtait la natation.

Elle dit : « La piscine, ça m'ennuie. Je vais peut-être faire de la boxe ou un autre sport de combat. »

Mais Leila ne s'inscrivit nulle part.

Quelques jours plus tard, une seconde lettre de Mai arriva et encore une troisième. Comme pour la première, je fus seul à les lire, puis je les dissimulai dans ma chambre.

« J'ai vu Mai à l'entraînement, racontai-je à Leila le lendemain matin sur le chemin de l'arrêt de bus. Elle te cherchait. Elle a eu l'air déçue quand je lui ai dit que tu ne viendrais plus. »

Le mot « déçu » était faible. Quand j'avais fait part à Mai de la décision de Leila d'arrêter la natation, elle était devenue toute pâle, s'était mise à trembler, et avait couru aux douches en manquant de glisser sur le sol mouillé. Les filles qui étaient avec elle me raconteraient ensuite que Mai avait piqué une crise de nerfs dans les vestiaires et qu'elles avaient eu un mal fou à la calmer.

« Tu devrais lui parler.

— Pour quoi faire ?

— Il y a quelques mois, vous étiez inséparables. Tu ne pouvais pas faire un pas sans la traîner avec toi. Et maintenant, tu fais comme si elle n'existait pas. Tu lui dois une explication, tu crois pas ? »

Leila s'arrêta de marcher et réfléchit quelques instants.

« D'accord... Tu lui diras que j'irai la voir la semaine prochaine. »

On fit encore quelques pas.

« Et toi ? Tu vas continuer, demanda-t-elle.

— Tu veux parler de la natation ? »

J'avais baissé les yeux sur le caillou orangé que je soulevais de la pointe du pied et je songeais à toutes les pensées laissées dans les bassins, à ce morceau de moi que j'avais cédé à l'eau, et j'eus la certitude que je ne pourrais jamais arrêter. J'avais tant mis de moi-même dans ce vase clos, dans toutes ces distances parcourues à la force des bras et des cuisses, dans toutes ces longueurs qui mises bout à bout semblaient m'emmener au bout du monde, qu'il me paraissait impossible de revenir en arrière désormais. Je me sentais aussi plus riche, plus vif à l'intérieur. En nageant, j'avais fait de nouvelles conquêtes, j'avais pénétré les contrées les plus reculées de mon âme, j'avais tracé des sillons, creusé des tranchées, remonté un fil, une pensée que je relançais au fur et à mesure de ma progression, tel un crochet que l'on jette devant soi avant de le reprendre pour le lancer à nouveau. Comment aurais-je pu arrêter, Leila ? Je n'étais pas et ne serais jamais un nageur aussi performant que toi, je ne ferais jamais les Championnats de France, mais la piscine était mon seul lieu à moi, le seul endroit où je me sentais en sécurité.

« Non. Je ne veux pas arrêter. Et si on m'avait proposé ce sport-étude, j'aurais accepté. »

Ma sœur fronça les sourcils. Ses yeux étaient vides et fatigués. Elle sortit un paquet de cigarettes de sa poche et alluma une cigarette sous mon nez. Il était encore tôt et la fumée me donna la nausée.

La semaine suivante, Leila tint sa promesse et alla chercher Mai au lycée. Elle ne savait pas à quelle heure elle sortait, alors elle resta plus d'une heure plantée à l'angle de la rue de Douai et du boulevard de Clichy, guettant la porte du lycée, d'abord baignée d'une lumière éclatante, puis, tandis que le soleil s'éclipsait du côté des Batignolles, transpercée de fils d'or, de rubans roses et cuivrés.

La porte en fer s'ouvrit, laissant s'échapper quelques essaims d'élèves. Je peux voir ma sœur cracher son chewing-gum et relever le talon en s'adossant au mur. Je peux la voir comme si j'avais été présent ce jour-là, guettant les visages des lycéens par intermittence, avec son air de n'en avoir rien à faire. Leila portait une casquette noire, un keffieh jeté sur les épaules, et elle avait glissé les mains dans ses poches. Quelques mèches brunes se dérobaient de la visière et volaient au vent.

Mai apparut et l'aperçut aussitôt. D'un geste, elle salua ses camarades et, accélérant le pas, traversa la rue pour la rejoindre. Quand elle comprit que Mai venait vers elle, Leila détourna légèrement la tête, faisant mine de scruter le bout de la rue de Douai, un sourire triste au coin des lèvres.

Puis d'un bond elle attrapa la main de Mai et sans un mot l'incita à courir. Elles grimpèrent dans un bus au hasard et s'installèrent à l'arrière. Leila saisit le poignet de son amie, ouvrit la main et découvrit des écorchures qui formaient les lettres de son prénom. Elle passa le doigt sur chacune d'elles. *Qu'est-ce que tu as fait ? Ce n'est pas raisonnable,* pouvait-on lire dans son regard.

Mai versa la tête sur son épaule et ferma les yeux. Plus rien n'avait d'importance. Leila inondant son petit crâne écervelé, rien d'autre n'existait. Et ce n'était pas que physique, ce n'était pas parce que Leila lui avait montré où se toucher, et comment il fallait faire pour que ce soit encore plus agréable. Après tout, elle pouvait bien le faire toute seule. Oui, mais une fille qui accepterait de faire pareil sans être effrayée, qui saurait s'y prendre comme Leila, elle n'avait pas même l'idée que ça puisse exister. Une fille qui lui prendrait ce que Leila lui avait pris, qui le prendrait encore et encore, ça n'existait pas, ça ne pouvait pas exister.

Je le sais parce que j'ai lu ses lettres. Quand on a accepté de se perdre pour quelqu'un, comment s'intéresser encore à des futilités telles qu'un emploi du temps mal foutu, le film du dimanche soir, la nourriture infecte qu'on sert à la cantine. Tout était loin, la maison, les parents, le lycée, les entraînements, sa scoliose. La seule chose qui comptait, c'était ce voyage en bus qu'elle rêvait sans fin, les doigts de Leila effleurant ses écorchures, le parfum de sa peau toute proche, un chauffeur de bus qui les emmènerait faire le tour du monde dans une nuit toujours plus sombre. Elle préférait, aux rues de Paris qui défilaient derrière les vitres du bus, une route qui ne menait nulle part.

Le bus roulait vers la place du Trocadéro. Collée à la vitre, Leila regardait fixement le fond des rues, des passants figés comme dans un tableau, les éclats de couleur, émaillant des vitrines et devantures de magasins, vriller, papillonner dans le lointain.

Robe de lumières valsant au-dessus des toits de Paris, la tour Eiffel apparut, aérienne, babylonienne, et à mesure que le bus approchait, elle prenait des airs d'une dame ivre, titubante. Leila baisa les paupières de Mai qui ouvrit aussitôt les yeux. Elles sautèrent du bus et, traversant le monolithe blanc, se dirigèrent vers le monument. Une demi-heure plus tard, elles se trouvaient au deuxième étage de la plus haute tour de Paris, les cheveux au vent, Leila derrière Mai, ses bras entourant sa taille, les phalanges de leurs doigts enchevêtrées sur son ventre. Mai tremblait comme une feuille, une brise fraîche lui fouettait les yeux. Elle se laissait aller, le cœur enjoué. Leila était là, plus grande que jamais, sa joue serrée contre sa frange, l'air chaud qu'elle expirait caressant sa tempe.

« Tu es la plus belle chose qui me soit arrivée. »

Mai leva les yeux vers Leila qui ne répondait pas et demeurait étrangement immobile. Autour d'elles, une foule de touristes étrangers se pressait près de la rambarde pour photographier l'horizon bleuté. Elle réalisa qu'elles ne s'étaient jamais montrées en couple en public. Il leur était arrivé de se donner la main, mais elles s'étaient toujours cachées pour s'embrasser. Mai constata que certains visiteurs se tenaient à distance, malgré l'affluence, et les observaient avec un air gêné et accusateur. D'autres filles de leur âge passèrent près d'elles en gloussant.

« Si on nous faisait du mal, si on voulait nous séparer, on pourrait mourir ensemble pour leur échapper. »

Leila éclata de rire. C'était un rire nerveux. Mourir ? Danielle venait de mourir, n'était-ce pas assez ? C'est si bon d'être en vie, pourquoi la quitter ?

« Tu es tout pour moi. Sans toi, je n'existe pas. »

Les mains de Mai étaient gelées et la serraient pour la retenir, écrasant ses doigts. Leila eut mal et se libéra. Mai était sérieuse. Elle pouvait le lire dans ses yeux. « Je voudrais juste que tu m'aimes, que tu me dises qu'on ne se quittera jamais. »

Leila ne riait plus. D'un pas, elle s'éloigna de Mai et de la balustrade, cherchant autour d'elle quelque chose à regarder, quelque chose de solide. Le vide sous la grille lui parut effrayant avec ses passants grouillants, ses voitures miniatures. Au loin, les vitres éclairées des immeubles semblaient aussi factices que des carrés de papier journal collés sur une boîte en carton. Elle sentit qu'elle avait le vertige. Ses pieds, deux pierres incroyablement lourdes ne demandant qu'à tomber, elle se vit soudain, main dans la main avec Mai, basculer de l'autre côté de la rambarde, et ce monde miniature, ce monde de maisons de poupée et de figurines, elle le vit croître, épaissir et converger à toute vitesse vers elle pour l'écrabouiller. « Tais-toi », ordonna Leila.

« Je voudrais mourir avec toi. »

Ma sœur frissonna. « Non ! cria-t-elle. Je t'interdis de me dire des trucs comme ça, t'as compris ? »

15

Les lettres n'étaient pas datées et commençaient toujours par les caractères du prénom de ma sœur, écrits en majuscules et séparés par des points : « *L.E.I.L.A. Quand je serai plus grande, j'écrirai un livre pour dire tout l'amour que j'ai pour toi. Tout cet amour qui me ronge, je le mettrai dans un livre. Je pense avoir assez d'amour, pour ne jamais finir de t'écrire, de t'écrire toi, Leila, assez de sève pour ne jamais finir ce livre. Je décrirai ce que ça me fait à moi de te regarder. Le sable qui m'encrasse. Le cœur qui plonge. Une chute sans fin.* »

L'écriture était fine, serrée, et dans certaines lettres les caractères trop longs venaient cogner les mots des lignes du dessus et du dessous, ainsi dans ce passage qui semblait avoir été écrit très vite et avec colère : « *Je ne comprends pas pourquoi tu me fuis, pourquoi tu ne veux plus me voir et me parler. Je sais que tu as eu beaucoup de peine ces derniers mois, mais cela ne doit rien changer à nous deux. Si tu ne veux plus me voir, j'aimerais que tu me le dises en me regardant droit dans les yeux. Certains jours, je me dis que je me fais des idées. D'autres fois, j'ai si peur de te perdre que j'en viens à me faire peur à moi-même. J'ai peur de ce qui pourrait arriver si je te perdais. Pour ne pas te perdre, je ferme les yeux et pense très fort à toi, j'essaie très fort par la pensée de te faire revenir vers moi. Je parle à ton esprit, je voudrais tant que ça marche.* »

Il n'y avait jamais de ratures et je supposai qu'il n'y avait pas non plus de fautes d'orthographe. Je me disais que Leila aurait dû être fière de recevoir de telles lettres. Elle ne les lirait jamais pourtant. À moi seul revenait ce privilège et si, au début, j'en avais abusé avec une curiosité malveillante, dès que j'avais compris leur motivation profonde et deviné leur portée, je m'étais senti sale et impudique : « *Je t'ai gravée aussi, dans ma main, j'ai écrit les lettres de ton prénom. Des lettres de sang. Quand des croûtes sont apparues, je les ai grattées pour que les cicatrices restent, pour qu'elles restent sur moi, toute la vie. Je cache ma main dans la manche de mon pull. Je ne veux pas que les autres voient ce que j'ai fait. Tu es gravée sur ma peau. Tu es gravée dans mon cœur. Rien ni personne ne pourra te prendre. Mille plis me composent, me déforment, me torturent, mille plis de toi, Leila, je voudrais qu'ils s'ouvrent, je voudrais tant que tu sois avec moi en cet instant, près de moi, je voudrais tant que tu me dises de ne pas m'en faire, que tu me promettes d'être à moi pour toujours.* »

Je lisais ces lettres qui ne m'étaient pas adressées et je n'avais pas le droit d'y répondre. Je n'étais pas autorisé non plus à en discuter avec Leila.

« Je note dans un cahier les mots que je ne connais pas. J'ai lu un livre sur les dunes et leur végétation. J'ai appris que les embruns sont de fines gouttelettes transportées par la brise. Elles se posent sur les herbes et leur donnent ce goût salé. J'ai appris que l'oyat est une plante dont les fleurs ressemblent à de petits médaillons d'or, je crois en avoir déjà vu quand je vais en vacances au bord de la mer. Ses feuilles s'ouvrent quand il pleut et se referment quand il fait chaud pour garder l'humidité. J'ai pris ton amour quand tu me le donnais et je le garde prisonnier dans mon cœur, je fais comme l'oyat, je le bois quand j'en ai besoin. J'en ai besoin sans cesse. Bientôt, je n'en aurai plus. Je n'aurai que le souvenir de cette eau claire et merveilleuse.

J'ai découvert que dans les dunes, il y a aussi des plantes odorantes comme le thym ou le serpolet, des buissons épineux comme les ronces et les ajoncs, des plantes aux noms étranges, le chardon bleu, la lèche de mer, le liseron, le chiendent. Leila, tu es partout avec moi, dans ma main, dans tout ce qui m'entoure, dans ces mots que j'écris, tu es toute en moi. Je ne vois plus rien d'autre à cause de toi. Je ne pense à rien d'autre que toi. Je rêve de toi. Je cauchemarde de toi. Je pleure pour toi, regarde ces lignes, elles bavent à cause de mes larmes. »

Je les lisais et les relisais sans cesse, au point de finir par croire qu'elles m'étaient destinées.

Ou bien que je m'appelais désormais Leila, que j'avais abusé d'une jeune camarade amoureuse de moi avant de la jeter dès qu'elle s'était montrée trop envahissante.

« L.E.I.L.A. », et ce fut la dernière lettre : *« Te souviens-tu quand tu as touché mon dos pour la première fois ? Tu as touché ma colonne vertébrale là où elle se tord et fait une bosse. Tu ne savais pas ce que c'était, et on aurait dit que tu voulais la prendre dans ta main. Je crois que tu m'as ensorcelée ce jour-là. Je crois que tu as fait de moi un monstre, ton monstre. L'amour que je te porte n'est pas normal. Il n'est pas supportable d'aimer comme je t'aime. Aujourd'hui, j'ai fait croire à ma mère que j'étais malade. Je ne suis pas allée au lycée et je suis restée au lit toute la journée. Je ne voulais pas me lever, je ne voulais pas me réveiller, car la nuit, je rêve de toi et je voulais que ce rêve dure encore. Quand je pense à toi, j'ai l'impression que mon esprit baigne dans la lumière. Maintenant je t'écris et cette lumière m'éblouit. Tout à l'heure, quand ma mère partira, je me lèverai et courrai à la boîte aux lettres pour poster ta lettre. Je voudrais que cette lumière soit dans la lettre, que tu la voies toi aussi, que tu souffres comme je souffre. Je dois t'écrire plus souvent. Je sens que tu ne penses plus à moi. Je sens que tu m'oublies. Avant-hier, à l'entraînement, ton frère m'a dit que tu ne viendrais plus. C'est parce que tu ne veux plus me voir ? C'était pourtant mon seul espoir. Il n'a pas voulu que nous le raccompagnions en voiture. J'ai essayé de lui parler, mais il n'a rien voulu dire. Rien sur toi qui es la seule chose qui compte. Peut-être que tu es avec quelqu'un d'autre. Ça m'est égal si c'est le cas. Je ne suis pas jalouse. En fait, je suis jalouse de tellement de choses que ça ou autre chose, c'est pareil. Je suis jalouse de tes amis du lycée, de ceux qui te voient tous les jours, de tes voisins, de Dédé, de ton frère*

qui ne sait pas la chance qu'il a. Je suis jalouse des vêtements que tu portes, de l'air que tu respires, du gant qui te lave, des objets que tu touches, du stylo avec lequel tu écris, de tes cahiers de cours, des chansons que tu écoutes. Je suis jalouse de ta voix, de ton rire, de tes cheveux, de tes regards, de tout ce qui est toi sans moi. Je suis jalouse de moi, de celle qui, il y a quelques mois, était avec toi, qui existait dans ton cœur. Je ne sais pas ce que j'ai fait pour que tu me traites de cette façon, pour que tu me rayes de ta vie si vite, mais si tu connais un moyen de te faire revenir vers moi, dis-le moi, je t'en supplie.

Mai.

P.-S. – Je dis que je vois une lumière quand je pense à toi. C'est-à-dire que je la vois tout le temps. Et là, quand je la vois, elle n'est pas du tout blanche, elle est très sombre, on dirait une forêt ou un rideau de velours, une grande tache noire dont je ne vois plus les contours. »

16

Deux jours plus tard, Mai se noya dans la Seine. On repêcha son cadavre à une dizaine de mètres seulement de la pointe de l'île, à hauteur d'Épinay-sur-Seine, arrêté dans sa dérive par les branches d'un arbre déraciné, couché sur le fleuve.

Le matin, Mai avait dit à sa mère que nous l'avions invitée à dormir et qu'elle ne rentrerait pas avant le lendemain soir. C'était le mensonge d'une gosse de treize ans et Annie l'avait crue.

« Ta brosse à dents ! » avait-elle crié au moment où claquait la porte d'entrée.

Mai n'était pas revenue sur ses pas et sa mère avait haussé les épaules. Elle l'emprunterait à ses amis, avait-elle songé, tandis qu'elle entendait le gravier crépiter sous les épaisses semelles de sa fille.

Mai n'avait jamais passé la nuit chez nous, mais elle n'avait pas tiqué. Elle aurait dû se douter pourtant que ce n'était pas vraiment le genre de la maison d'inviter des amis à dormir. Nous n'étions pas particulièrement pressés de montrer l'endroit où nous habitions et, quand bien même, Dédé n'aurait pas été d'accord.

Nous ne nous fréquentions plus, mais sa fille avait su si bien cacher sa peine et ses tourments, si bien les dissimuler sous ses larges vêtements et la coque de son corset, qu'Annie ne s'était rendu compte de rien. L'idée que sa fille ait pu lui mentir ne l'effleura même pas.

Mai se rendit au lycée comme tous les jours. Ni ses professeurs ni ses camarades ne remarquèrent dans son comportement quelque chose d'inhabituel. Elle quitta le lycée à dix-sept heures pour prendre le métro jusqu'à la station Mairie-de-Saint-Ouen. Dans le parc du Château, sous un bosquet, elle abandonna son sac à dos. Quand le ciel s'assombrit, elle reprit sa marche jusqu'au pont. Elle portait ce soir-là, comme tous les autres jours, des vêtements noirs et sa silhouette se fondait dans la nuit. J'imagine que c'est pour cette raison qu'aucune voiture ne la vit s'arrêter au milieu du pont, se hisser par-dessus la rambarde, s'y asseoir un instant avant de s'y cramponner, bras tendus en arrière, cheveux au vent, visage blafard, yeux rougis et glacés.

Personne ne la vit non plus lorsque, le visage fouetté par la brise toujours plus mordante, elle lâcha, à bout de forces, le garde-fou puis bascula vers l'eau, emportée par le poids de cette tête lourde de rumeurs, de souffrances et d'amour, lourde de débris et de gravats.

J'étais sur le point de partir, sac de piscine à l'épaule, quand le téléphone sonna. Leila regardait la télévision avec Dédé. Il se leva pour décrocher. Au son de sa voix, je compris que quelque chose de grave était arrivé. Dédé balbutia quelques mots avant de poser le combiné.

« C'est votre entraîneur… Je ne comprends pas ce qu'il dit. » Leila le coupa aussitôt : « Ça doit être pour Mehdi… » Et elle cria pour m'appeler.

« Il veut te parler à toi, Leila. »

J'arrivai dans l'entrée au moment où Dédé tendait le combiné à ma sœur.

« Bonjour Piotr… C'est Leila à l'appareil… »

Je guettai sa réaction tandis qu'elle écoutait les paroles de son interlocuteur, les yeux levés vers le plafond. Puis elle me tourna le dos, se pencha et souffla plusieurs fois : « Oh, la, la ! » Elle écouta encore, le dos toujours plus rond. « C'est pas vrai. Oh, la, la, la, la ! » chuchota-t-elle, et cela sonna comme une mélodie.

Elle raccrocha et me fit face à nouveau, les épaules affaissées, la bouche grande ouverte : « C'est Mai, bafouilla-t-elle, hébétée. Elle est morte.

— Quoi ?

— Elle s'est noyée. » Ses lèvres se mirent à trembler. « Elle s'est noyée dans la Seine. C'est un batelier qui l'a aperçue. Juste ce matin. »

Depuis qu'elle avait reposé le combiné sur son socle, il me semblait que j'avais cessé de respirer, et lorsque je répétais « Quoi ? » ce fut comme un aboiement qui sortit de ma gorge.

« Je n'arrive pas à y croire, poursuivit-elle d'une voix éraillée. Piotr a dit que des policiers allaient venir pour nous interroger. »

Sa voix dérapa soudain. Elle secoua la tête, porta la main à sa bouche et se racla la gorge.

« Vous avez fait quelque chose de mal ? demanda Dédé.

— Mai a raconté à ses parents qu'elle dormait chez nous. C'est pour ça qu'ils ne se sont pas inquiétés tout de suite. Piotr a dit qu'il fallait qu'on réponde sincèrement, qu'on ne devait pas avoir peur. »

La panique faisait s'accélérer le débit de ses paroles. À chaque mot prononcé, sa voix se brisait et perdait de son éclat, comme étouffée, ou disparaissant derrière d'épaisses couches de ouate.

J'avais incliné les yeux et fixé mon attention sur le sol, une dalle en plastique s'était fissurée. Sans doute par la chute d'un objet. De quand datait cette fissure ? Je ne l'avais jamais remarquée. Toutes ces choses qui sont là, sous notre nez, et que nous ne remarquons même pas.

Leila tenta d'articuler quelque chose mais aucun son ne sortit de sa bouche, et après cela elle resta aphone toute la soirée.

Mai était morte.

Une semaine plus tôt, j'avais tâché de la réconforter, lui promettant que je parlerais à ma sœur. Elle m'avait serré dans ses bras, collant sa joue humide contre la mienne. L'aine transpercée par les os pointus de ses hanches, j'avais senti ses doigts glacés se cramponner à moi, son cœur battre à tout rompre.

« Merci… Merci… », avait-elle susurré tout contre mon oreille.

Et j'eus honte car je n'avais rien fait, et si j'avais intercédé d'une quelconque façon, c'était pour Leila, pour l'aider à se sortir de ce pétrin.

Ma dernière rencontre avec Mai remontait à une semaine. L'avant-veille, Leila avait passé la fin de l'après-midi avec elle. Un bus choisi au hasard les avait conduites au Trocadéro. Se mêlant aux touristes, elles étaient montées en haut de la tour Eiffel. Leila s'était glissée derrière elle pour l'enlacer. Elle ne savait comment lui dire qu'il ne fallait plus se voir. Elle se sentait lâche et la détestait à cause de cela.

Mais tout ça, je l'ai déjà dit.

Maintenant Mai était morte, et je n'arrivais pas à comprendre ce que cela signifiait.

Nous étions jeunes, nous étions la vitalité, l'ardeur.

Nous étions faits de gestes et de rires, de clameurs et de joie.

Qu'est-ce qui pouvait bien s'éteindre en nous ?

Le lendemain, Leila et moi étions convoqués au commissariat de police. Dédé nous a accompagnés et nous avons attendu longtemps, avant et après nos auditions, assis sur une rangée de chaises disposées le long d'un couloir décrépi et crasseux. Je me souviens d'une affiche au mur dont un coin s'était décroché : *Tchin tchin. Ne buvez pas avant de conduire.* De Dédé, nous guettant du coin de l'œil, les mains croisées sur son ventre adipeux dépassant de la ceinture du pantalon. D'une femme aux cheveux en brosse me guidant dans le couloir lugubre jusqu'à un bureau à l'atmosphère surchauffée. D'une silhouette sombre à l'autre bout de la pièce tapant sur une machine à écrire.

C'était la première fois que je mettais les pieds dans un commissariat, que j'avais affaire à une administration, qu'on me demandait de décliner mon identité. C'était sérieux et j'étais intimidé.

L'agente de police examina mes papiers.

« Il faut que ton père te fasse faire une carte d'identité.

— Mon père ? Vous voulez dire André Guérin ?

— C'est bien ton père, non ?

— Les Guérin nous ont adoptés, il y a quelques années. Mais notre vrai père, on ne sait pas qui c'est.

— Il y a écrit ici qu'il t'a reconnu comme étant son fils. »

Elle me glissa un papier sous le menton. Je tâchai de lire ce qu'il y avait d'écrit, mais, sous l'effet de l'émotion et de l'insupportable chaleur qui régnait dans la pièce, les lettres typographiques flottaient indistinctement sous mes yeux. Je relevai la tête.

« Je ne sais pas... »

La policière ne cacha pas son agacement. Elle se leva, ramassa les papiers devant elle et disparut dans le couloir. Je restai seul quelques instants dans le bureau, hagard et anxieux. Je ne comprenais rien. Je ne comprenais pas que les questions portent sur mes papiers d'identité alors que j'étais venu pour parler de

Mai. Quand la femme revint, son agressivité envers moi s'était atténuée, mais elle semblait encore préoccupée.

« Bon, souffla-t-elle, en se rasseyant. On va commencer. »

Elle voulut me faire parler de ma relation avec Mai. Je lui dis avec mes mots d'adolescent ce que je pensais qu'elle devait savoir, répondant à ses questions par des phrases brèves, et j'eus l'impression que cela ne durait pas plus de dix minutes. En revanche, quand Dédé fut appelé et le procès-verbal lu à haute voix, quand j'entendis résonner, dans l'air sec et irrespirable de ce bureau du commissariat d'Épinay-sur-Seine, les mots que j'avais prononcés plus tôt et que j'imaginais à tort consignés dans ce document confidentiel et ne jamais en sortir, cette lecture me parut interminable.

Je retournai m'asseoir dans le couloir et Leila fut appelée à son tour. L'attente n'en finissait pas. Je repensai à ce que j'avais dit à l'inspectrice et aussi à ce que je n'avais pas dit. Pas un mot sur ce que j'avais vu un soir après l'entraînement dans une cabine du vestiaire. Aucune mention des lettres que Mai avait écrites à Leila et que j'avais cachées sous une pile de vêtements. « Je n'ai plus besoin de Mai », m'avait confié Leila. Ça aussi, je l'avais gardé pour moi.

Dans le même couloir, une porte s'ouvrit. Michel apparut, il regarda dans ma direction, mais ses yeux vides, presque vaporeux, glissèrent sur moi sans me reconnaître. Puis ce fut au tour d'Annie de passer la porte. Elle s'agrippa à son mari, se laissant guider telle une aveugle, puis, d'un pas lent et laborieux, ils disparurent à l'autre bout du couloir.

Lorsque nous sommes sortis du commissariat, une fois le procès-verbal signé, les rues désertes et froides baignaient dans une lumière crépusculaire.

Nous avons pris deux autobus pour rentrer, tête baissée, mains posées à l'intérieur des cuisses. Au moment de franchir un pont, je ne pus m'empêcher de songer au vide au-dessous de nous, à la présence magnétique du fleuve, à ces eaux épaisses, sombres, huileuses, émaillées de mystères. Leila, tout près de moi, soupira. Je pouvais sentir la tristesse et la terreur passer de l'un à l'autre, telle une petite balle rebondissante qu'on se renvoyait mutuellement. Je pouvais humer dans l'air saturé de ce véhicule bondé, dans cette puanteur de vieille sueur et d'haleine fétide, la perplexité et la gêne, comme si la disparition de Mai hantait tous les passagers. Les regards froissés, les corps fourbus et somnolents me faisaient entrevoir l'absurdité d'un monde inchangé quand un événement d'une telle ampleur, d'une pareille violence, survenait. Je songeais à cette masse sombre et vertigineuse qui creusait son lit dans la roche tendre de nos villes, juste au-dessous de nous, qui, parmi nos déchets chimiques et nos eaux usagées, charriait désormais les corps des jeunes filles inconsolables.

Dédé rompit le silence en s'adressant à Leila :

« Je ne savais pas que tu n'allais plus à la piscine. »

Elle roula ses yeux vers lui, des yeux fiévreux qui exprimaient aussi bien l'ennui que l'exaspération.

« Ça fait des mois, marmonna-t-elle entre ses dents.

— C'est dommage. Partout, on entendait dire que tu deviendrais une championne.

— Tu t'intéresses à la natation maintenant ?

— Je m'intéresse à toi. »

Leila s'esclaffa.

« Je suis content que ce ne soit pas toi qu'on ait repêchée dans la Seine, Leila.

— Elle ne se serait peut-être pas noyée, ai-je dit.

— N'empêche, je me demande ce qui a bien pu se passer dans la tête de cette gamine. »

Ce qui avait bien pu se passer dans la tête de Mai ?

Dédé, la vie n'est pas assez longue pour résoudre ce genre d'énigmes. Mai était partie avec ses secrets, comme tu le ferais un jour avec les tiens.

Nous, les vivants, nous avons dû nous contenter des restes, en renonçant à comprendre ce qu'il s'était passé dans la tête de ceux qui pour l'éternité seraient réduits au silence. Nous avons tenté de faire parler les objets. Nous avons tenté de presser nos souvenirs, comme s'il existait un jus de la connaissance prêt à être recueilli et, finalement, nous avons renoncé, car on peut se perdre soi-même à vouloir réconcilier les morts avec leur vie.

Sur le moment, on nous a fait croire qu'il existait des mots pour résoudre ce genre d'énigmes, partiellement du moins. Quand, au terme de son enquête, la police conclut au suicide, on entendit tinter dans l'air, tels des bistouris et des lames chirurgicales claquant la paroi d'un récipient métallique, des expressions savantes qui eurent pour effet de faire taire pas mal de gens et d'occulter ce qu'il y avait de plus sombre et tragique dans cet accident. Grâce à ces termes — automutilation, fascination morbide, troubles dépressifs, déception sentimentale — tout semblait soudain plus limpide, commode et rassurant. Ça tombait bien, nous avions tous terriblement besoin d'être rassurés.

Et pourtant, du regard de Mai lorsqu'elle vous ouvrait la porte, du battement de son cœur fouettant votre poitrine, de son rire perdu, ces mots ne disaient rien. Ils masquaient le chaos, mais n'en demeuraient pas moins vides et muets.

J'étais dans l'entrée, au téléphone avec Piotr. Les funérailles de Mai étaient prévues le lendemain.

« Pour partir, les morts ont besoin qu'on leur dise au revoir, dit mon entraîneur, à l'autre bout du fil. Tu dois venir à l'enterrement. Tu étais son ami.

— Jc vais voir… »

Devinant que je me déroberai, Piotr poursuivit : « C'est difficile pour nous tous, Mehdi. On se sent tous responsables de ce qui s'est passé. Demain ses parents auront besoin de savoir que Mai était aimée. C'est la seule chose que tu puisses faire pour eux et tu dois le faire. »

J'étais lâche et ingrat, je le savais. Mais je préférais encore passer pour tel, plutôt que d'affronter le regard d'Annie et de son mari, Michel.

« Piotr ? Attends…

— Je suis là. »

Je ne voulais pas me laisser persuader d'aller à l'enterrement, mais je n'avais pas envie de raccrocher. J'aimais sa voix. Sa façon de rouler les *r* me rassurait. Piotr sentait venir les questions difficiles, mais ne voulait pas me brusquer.

« Je t'écoute, parle.

— Comment se fait-il que Mai n'ait pas réussi à nager jusqu'au bord ? C'était une très bonne nageuse, précisai-je. C'est vrai, même si elle ne faisait jamais les compétitions avec nous, ses temps étaient presque aussi bons que les miens.

— Tu sais, il ne devait pas faire plus de cinq degrés là-dedans. Elle a peut-être eu une hydrocution. Il hésita, puis : À moins que ce soit la chute.

— Comment ça ?

— Elle a sauté du pont de Saint-Ouen.

— Le pont de Saint-Ouen, répétai-je, et dans mon esprit, je le comparais au plongeoir de notre piscine, essayant de deviner lequel des deux était le plus haut. Quand même, dis-je enfin, c'est bizarre. »

Ce fut le silence à nouveau et, passant la main sous mon tee-shirt, je me rendis compte que le tissu était trempé.

« Je ne suis pas censé en parler, poursuivit-il après s'être finalement résigné à tout me dire, mais elle s'est battue, tu sais. Elle a nagé pour tenter de regagner la rive.

— Comment tu peux savoir ça ?

— Eh bien, j'en ai discuté avec un inspecteur de police. Normalement, le corps d'un noyé ne réapparaît pas avant plusieurs jours.

— Pourquoi ?

— Il faut une dizaine de jours avant que le corps s'allège et remonte. Mais le corps de Mai a été retrouvé très vite, le lendemain matin. Elle n'était qu'à quelques mètres de la rive, dans les branches d'un arbre mort. Peut-être qu'elle n'a pas eu la force d'aller plus loin. Ou bien alors, elle était piégée, un vêtement s'est accroché ou quelque chose comme ça. Je suis désolé Mehdi, ça va ?

— Oui…

— C'est très difficile à supporter… T'es sûr que ça va ? »

Ma gorge se resserra, accélérant mon pouls et ma respiration. Ces révélations ne faisaient que renforcer ma stupéfaction et attiser une curiosité morbide. Plus il m'en disait, plus je me trouvais assailli de questions. Je n'arrivais pas à comprendre comment Mai avait pu se noyer à quelques mètres de la rive. Pour une nageuse de son niveau, c'était invraisemblable. Je songeais à ses vêtements, à ses gros godillots qui lestaient sa démarche, à son corset qui ne la quittait jamais : avaient-ils entravé ses mouvements, l'avaient-ils tirée vers les profondeurs ? Les eaux noires de la Seine abritaient-elles d'autres dangers, de funestes courants, de redoutables lames de fond ? Les branches de cet arbre lui avaient-elles servi de bouée ou s'étaient-elles refermées sur elle tel un linceul ? S'était-elle délibérément laissée mourir à cet endroit ? Pouvait-on seulement se laisser mourir ?

Et puis je repensai à cette compétition où Mai avait failli se noyer. Elle ne savait plus.

Soudain, elle ne savait plus.

« Piotr, tu as déjà connu quelqu'un qui a essayé de se tuer ? »

Il y eut un silence, terrible et profond, puis le téléphone grésilla. Piotr était à l'autre bout de la ville, et pourtant cette soudaine familiarité et l'audace qui s'ensuivait me donnaient l'impression qu'il était tout près de moi, prêt à me poser la main sur l'épaule. J'avais tellement envie qu'il pose sa main sur mon épaule en tout cas, aussi qu'il me prenne dans ses bras.

« Je connaissais un type, un garde-frontière sur la mer Baltique. Un jour, il s'est tiré une balle dans la tête avec son arme. On se connaissait depuis tout petits. On allait à l'école ensemble. Une fois, il m'avait dit : "Tu sais, le suicide ce n'est pas si grave." J'étais très croyant à l'époque, et ça m'avait choqué.

— C'est vrai que tu as des enfants là-bas en Pologne ?

— J'ai une fille, répondit-il. Mais depuis mon divorce, sa mère m'interdit de la voir. À Noël prochain, ça fera sept ans que je ne l'ai pas vue. »

Le matin des funérailles, j'observai Leila essayer un pantalon devant le miroir de la salle de bains. Elle paraissait remontée comme une boîte à musique, ce qui rendait ses gestes brusques et maladroits.

« Elle m'avait dit qu'elle le ferait, me confia-t-elle avec une excitation enfantine.

— Merde ! T'en as parlé aux flics ?

— Ouais, je leur ai dit. Mais je croyais qu'elle disait cela pour me foutre la trouille, tu vois ? Comme une sorte de chantage. »

Leila portait un pantalon tailleur gris qui avait appartenu à Danielle. Elle se regarda dans la glace, tourna sur elle-même pour voir ses fesses.

« Les flics, reprit-elle, ils m'ont dit qu'ils pouvaient me donner les coordonnées d'un psychologue. Comme si j'avais besoin de parler de ça encore. J'ai plutôt envie de me l'enlever de la tête, pas toi ?

— Je ne sais pas. Ce n'est pas si facile.

— C'est un truc de fou ! »

Elle regarda de nouveau son reflet, parut déçue et se hâta d'ôter son pantalon.

« J'en ai marre des enterrements, souffla-t-elle. C'est quand même le deuxième de l'année. T'es sûr que tu ne veux pas venir avec moi ? »

Ma sœur était là devant moi, elle tournicotait comme le Zébulon du manège enchanté, elle parlait fort, crûment, et elle me sembla brusquement d'une indifférence à faire peur.

J'entendis la pluie redoubler de vigueur, frapper les vitres de l'appartement, et je partis dans la chambre vérifier que la fenêtre était bien fermée. Depuis la veille, il pleuvait sans interruption et j'ignorais encore que cette pluie durerait plusieurs semaines, jusqu'aux portes de l'hiver.

Les nuits précédentes, j'avais très peu dormi. Mai ne me quittait pas. Dès que je m'assoupissais, elle passait le pas de la porte de ma chambre dans son treillis gonflé d'eau, ses Dr Martens lourdes et poisseuses, son corset brunâtre et ruisselant d'algues vertes, ses cheveux raidis et trempés. Elle s'asseyait au bord du lit et il me semblait qu'une flaque s'était formée sur la couverture et s'étendait peu à peu aux draps. Je me réveillais alors en sursaut, ma main affolée cherchant l'interrupteur de la lampe de chevet.

Bien sûr, quand la lumière inondait ma chambre, restaurait l'ombre de chaque objet, je ne trouvai aucune trace de Mai, mais je respirais encore l'atmosphère poisseuse, âcre, de vêtements mal séchés, de vase et d'eau croupie. Je pouvais sentir aussi la pression du corps de Mai contre ma cuisse, la moiteur à l'endroit où elle s'était assise. Une brise glaciale glissait le long de ma colonne vertébrale, me remontait jusque dans la nuque, et j'entendais mes dents claquer, de froid et de terreur mêlés.

Une fois éveillé, mon esprit était assiégé par une nuée de questions qui me poursuivaient jusqu'au petit matin. J'imaginais les derniers instants de Mai, et j'essayais de trouver, dans cet enchaînement d'événements, un moyen d'en changer le cours. Si l'un de nous était sorti ce soir-là, pour quelque raison que je m'évertuais à inventer, Mai aurait pu être aperçue dans le parc du château alors qu'elle errait et attendait que le jour déclinât, ou bien sur le pont de Saint-Ouen tandis qu'elle grimpait par-dessus le garde-fou. Où étais-je ce soir-là ? Qu'avais-je fait ? Pourquoi ne lui avais-je pas téléphoné ? Cela aurait éveillé les soupçons de ses parents qui auraient deviné son mensonge et alerté la police.

Après plusieurs heures d'insomnie, je ne me contentais plus de décomposer seulement le jour du drame, mais toutes les semaines qui avaient précédé, les entraînements où nous avions échangé quelques mots, le rendez-vous improvisé par Leila, leur escapade jusqu'à la tour Eiffel. « C'est une dingue ! » avait déclaré Leila, de retour à la maison, sans entrer dans les détails.

Je songeais aux lettres que Mai lui avait envoyées.

Je remontais le fil du temps jusqu'à notre première rencontre, et, dans ce spectre noir, je ne voyais que le visage de Leila.

Elle avait profité de sa candeur. Puis elle l'avait abandonnée.

Et moi qui n'avais rien dit, qui avais laissé faire, je me sentais responsable à présent, je me sentais complice de ce crime.

Je réalisai que je devrais vivre le reste de ma vie à la lueur de cette vérité crue et vertigineuse, et j'eus l'impression d'être soudain un très vieil homme, épuisé et impuissant.

Je revins dans le couloir et m'adossai au mur, face à la salle de bains.

« Tu sais, un jour ça va se savoir. »

J'ai regretté aussitôt ce que je venais de dire.

« Savoir quoi ? demanda Leila, exaspérée.

— Ce que vous faisiez, Mai et toi.

— Et qu'est-ce qu'on faisait ? »

Leila me faisait face, le teint empourpré.

« Me la fais pas à l'envers. Je sais ce que j'ai vu.

— Petit vicieux, tu t'es bien rincé l'œil ?

— C'est toi la vicieuse. T'as tout fait pour que je sache que vous couchiez ensemble, pas vrai ? »

Leila pointa son index sur moi et, tel un pieu qu'elle voulait m'enfoncer dans le crâne, elle m'en martela le front plusieurs fois : « Je ne voulais pas que ça se passe comme ça. Mai disait que les garçons la dégoûtaient. Crois-moi, c'est elle la tordue.

— Mensonge !

— C'est elle qui me faisait faire des choses que je ne voulais pas ! C'est pour ça que j'ai décidé de casser. Les flics l'ont très bien compris, eux. »

J'avais reculé de quelques pas et je m'arrêtai brusquement pour lui tenir tête. Elle leva la main, paume grande ouverte vers le ciel.

« Je ne l'aimais pas, c'est ma faute ? Rien ne l'empêchait d'aller voir ailleurs. Si tous ceux qui se prennent un râteau décidaient de se jeter dans la Seine, y aurait dans l'eau plus de noyés que de poissons.

— Tu es un monstre. Danielle avait raison.

— C'est toi, mon amour.

— Quoi ! Qu'est-ce que tu viens de dire ?

— Je suis désolée si elle n'avait pas sa place. »

Leila se baissa, tria les vêtements qui couvraient le sol de la salle de bains. Rien ne lui allait. Elle semblait sincèrement contrariée. Je ne bougeais pas d'un pouce et la regardais en silence.

« Tu me prêtes ton jean noir ? demanda-t-elle.

— Regarde ton cul dans la glace avant de m'emprunter un jean ! »

Ses yeux noircirent, pleins de rage, et elle se remit à hurler : « Putain Mehdi, t'es vraiment qu'un chien ! »

Elle saisit un tube de dentifrice et me le balança à la gueule, puis ce fut au tour d'un flacon de shampooing de m'atteindre. Je me retournai pour esquiver d'autres objets avant de trouver refuge dans ma chambre.

Il était dix heures passées lorsque j'entendis Leila partir. Je devais avoir enregistré dans un coin de ma tête le temps exact qu'il fallait pour que, une fois le bouton d'appel enclenché, l'ascenseur atteigne notre étage puis redescende au rez-de-chaussée, car au moment précis où je me penchai à la fenêtre, je vis aussitôt la silhouette écrasée de ma sœur franchir le pas de l'immeuble et traverser le parvis de dalles grises.

De nombreuses fois, depuis la fenêtre de ma chambre ou celle de Danielle, j'avais regardé Leila partir. Elle allait rejoindre Mai pour passer l'après-midi et toute la nuit avec elle. Chaque fois, j'avais ressenti une indicible désolation, une pointe de jalousie qui s'exerçait tantôt sur l'une, tantôt sur l'autre, et même souvent une vague de dégoût.

Dans ces moments-là, je rêvais de me glisser derrière Leila, de la filer aussi longtemps que cela fût possible, de me sentir libre de les observer sans qu'elles le sachent. Je crois que j'aurais pu ressentir une sorte d'ascendance, de puissance secrète si j'avais mis un tel projet à exécution. Au bout de quelques minutes, je me décourageais moi-même : « À quoi bon finalement ! Qu'est-ce que tu découvrirais que tu ne sais déjà ? » Et mes envies de filature s'arrêtaient là. À présent, je regardais ma sœur depuis la fenêtre de ma chambre, sa silhouette qui me semblait plus tassée, plus fragile et perméable qu'elle ne l'avait jamais été, ses épaules rentrées, les mains à l'abri dans les poches de son blouson, son teint d'hiver, brouillé, presque jaunâtre. De là-haut, l'amplitude de ses pas semblait ridicule, et j'avais l'impression qu'elle mettrait des années à atteindre l'arrêt de bus.

Il pleuvait toujours, un torrent d'eau filait le long du trottoir, et je chuchotai : « Merde Leila, tu n'as pas pris de parapluie. »

Une auréole de buée se forma sur la vitre à hauteur de ma bouche.

Elle partait, c'était pour dire au revoir à Mai, et je n'éprouvais ni pincement au cœur, ni jalousie, ni dégoût. Je sentais seulement que j'avais peur pour ma sœur. Pour la première fois de ma vie, j'avais peur pour elle.

Leila changea. Du jour au lendemain. Quelqu'un lança : « Hep toi, t'es quoi exactement ? Une fille ou un garçon ? » Le quolibet fusa d'un gosse de la cité plus jeune que nous, atteignant ma sœur en plein cœur.

Leila ne fut plus tout à fait la même après ça.

Pour commencer, elle arrêta de grandir. Un jour qu'elle me faisait face dans la cuisine, elle se dirigea vers un placard pour prendre une casserole et, sans le faire exprès, me bouscula. Je m'aperçus alors qu'elle devait lever les yeux pour voir les miens. Je l'avais dépassée en taille. Elle aussi s'en aperçut. J'étais plus grand désormais, je le serai pour le restant de nos jours.

Leila fit peau neuve. Elle modifia sa façon de s'habiller, délaissant sa collection de joggings pour des vêtements plus féminins. Ses cheveux étaient le plus souvent détachés, elle se rendit chez le coiffeur pour les faire lisser et elle les brossait matin et soir. Sa silhouette aussi se modifia. Sa poitrine demeurait menue mais ses muscles firent place à une couche lisse, épaisse, toujours ferme bien qu'elle eût arrêté le sport. De ses courbes voluptueuses se dégageaient une indolence, une douceur et une plénitude nouvelles. Seulement vêtue d'une petite culotte, elle se promenait parfois devant Dédé et moi sans la moindre pudeur. Nous nous contentions alors de baisser les yeux, guettant le moment où elle quitterait la pièce pour reprendre une activité normale.

Elle commença à se maquiller, avec la maladresse de toutes les filles de son âge, du khôl sur la ligne des cils, du fard bleu ou vert sur les paupières, du rose sur les lèvres. Je pense qu'elle volait beaucoup de ces produits dans les magasins et il devait en être de même pour ses vêtements, car sinon je ne vois pas avec quel argent elle aurait pu les payer.

À la maison, Leila prit à son compte de nombreuses tâches ménagères. Tous les dimanches matin, elle se rendait au marché de Saint-Ouen faire les courses pour la semaine, et je l'accompagnais quelquefois pour l'aider à porter les sacs. Elle se mit à acheter des livres de cuisine, — ou à les voler. Elle aimait préparer des plats traditionnels, essayer de nouvelles recettes, faire des pâtisseries.

Elle avait des petits amis. Elle menait sa vie. C'était aussi bien ainsi. Peut-être qu'à compter de cette époque, il m'était possible de dire : *Leila est ma sœur, ma sœur et rien d'autre*.

J'ai continué de nager, mais des otites à répétition m'ont tenu éloigné de la piscine pendant plusieurs mois et j'ai cessé complètement de me rendre aux entraînements.

Nous n'avons plus revu Annie. Ni Piotr.

Leila a redoublé et s'est mis en tête qu'elle n'était pas faite pour les études. Elle a quitté le lycée pour préparer un BEP secrétariat.

Je voulais moi aussi quitter l'école le plus vite possible. Mais Dédé n'était pas d'accord, j'avais toujours été un élève studieux et concentré, mes résultats étaient bons et encourageants, et il ne comprenait pas pourquoi j'étais tout d'un coup pressé d'entrer dans la vie active.

« Avec tes résultats, tu pourrais bien décrocher le bac et faire un métier intéressant. Qu'est-ce que tu vas faire si tu arrêtes maintenant ? Tu veux pointer à l'usine, comme moi, pour un salaire de misère ? »

Tandis que je l'écoutais, les yeux hagards, je songeais aux poubelles éventrées, aux voitures désossées sur le parking en bas de chez nous. Je voyais la peinture encrassée, terne et craquelée, de larges lézardes sillonnant les murs, les boîtes aux lettres arrachées ou carbonisées. Je pouvais sentir l'air putride qui vous prenait à la gorge quand vous entriez dans la cage d'escalier, l'odeur de merde et de pisse dans le seul ascenseur encore en service pour une durée incertaine. Je voyais les gosses plus âgés qui habitaient le quartier, avaient fréquenté la même école que moi à quelques années d'intervalle, toujours là à traîner en bas, écrasés, sabotés par un invisible fardeau, quelque chose qui tenait à leur couleur de peau, à cette effroyable pauvreté dont on ne s'arrachait jamais, et je n'avais qu'une envie, qu'un désir, à l'aube de mes quinze ans : quitter cet endroit, le plus vite possible. Eux aussi avaient arrêté l'école trop tôt, imaginé d'autres chemins pour en sortir et ils se trouvaient là pourtant, les semelles collées au ciment du parking.

« Tu ne te rends pas compte de la chance que tu as, concluait Dédé. Crois-moi, si j'avais réussi aussi bien que toi à l'école, je ne serais pas obligé de vivre cette vie. »

J'ai continué le lycée. Trois ans plus tard, j'ai eu mon bac de justesse. À l'annonce des résultats, Dédé m'a embrassé fièrement sur les deux joues et a débouché le champagne.

Après quoi, je suis tout de suite parti faire mon service militaire.

Quelques jours avant mon départ, une voisine que je connaissais depuis la maternelle m'aborda à la supérette pour me proposer de coucher avec elle. Elle s'appelait Stéphanie, allait sur ses dix-huit ans et n'envisageait pas de fêter sa majorité toujours vierge. Stéphanie n'était pas du tout jolie. Ses lèvres minces, presque absentes, la peau de son visage grenelée de cicatrices d'acné n'adoucissaient en rien ses yeux étroits et rapprochés. Je l'avertis qu'il n'y aurait jamais d'amour entre nous, elle maintint cependant sa proposition et je l'acceptai.

Elle me donna rendez-vous chez elle. Nous nous sommes déshabillés sans un mot, dans la clarté d'un après-midi d'août, avant de nous allonger sur le lit de ses parents qu'elle avait pris soin de recouvrir de serviettes-éponges. La tête posée dans le pli de mon bras, je regardai le plafond. Il faisait bon dans cette pièce, mais il me semblait qu'à l'intérieur de moi, tout était gelé, gris et enseveli.

« Tu veux quelque chose ? » lui ai-je demandé avec embarras.

Le timbre de ma voix était plus aigu que d'habitude et elle ne put retenir un rire.

« Tu veux savoir si j'ai soif ou quelque chose comme ça ? a-t-elle demandé à son tour, son menton prenant appui dans la paume de la main.

— Je pensais plutôt à… As-tu envie que je te caresse ici ? » J'ai hésité et désigné son entrejambe.

Elle a secoué la tête et plongé ses yeux dans les miens.

« Tu es très beau. J'ai beaucoup de chance. »

J'ai senti mon sexe, resté inerte jusqu'à présent, durcir et se hisser juste au-dessus de mon ventre.

« Je crois que c'est le moment. Tu peux y aller, tu sais. Je n'ai pas peur. »

Stéphanie n'avait pas peur, mais moi, j'étais terrifié. Je connaissais l'anatomie féminine, je connaissais cette bouche exigeante, rebelle, insatiable, à côté de laquelle je m'étais toujours senti minable et infirme. C'était du moins de cette façon que je m'étais vu jusqu'à présent, initié par ma sœur.

Ma sœur, qui m'avait toujours dit comment il fallait s'y prendre, qui était là, tout près de moi. Qui serait là, encore et encore, chaque fois que je ferais l'amour à une autre femme.

Je ne savais que faire de mon sexe. Dur, gonflé, laid, il m'embarrassait. De nouveau, j'insistai pour la caresser, mais Stéphanie refusa catégoriquement, me demandant de venir sur elle.

Alors je vins, et elle écarta les cuisses. C'est ainsi que ce jour-là, tandis que je fermais les yeux et l'embrassais, Stéphanie attrapa ma queue et la guida jusqu'à son sexe. Après ça, Dieu sait comment, je me frayai un chemin sans l'aide de personne, je me laissai aller à mon seul plaisir, et cela me parut aussi simple que le jour après la nuit, aussi frais et nu que la rosée du matin.

Ce ne fut pas long, et une vingtaine de minutes plus tard j'étais déjà allongé sur le dos à regarder le plafond, le cœur chantant et céleste.

Stéphanie se leva pour se rhabiller et je l'imitai.

Son visage me semblait éteint, sans éclat, sans grâce. Je n'éprouvais aucune joie, aucun plaisir à la regarder, mais son corps, bien proportionné, s'était révélé une agréable surprise. J'ai honte aujourd'hui de la manière dont il m'est arrivé de juger du corps des femmes. Avec l'âge, j'ai compris que ce que nous recherchons dans le sexe n'a rien à voir avec les canons de beauté, rien à voir avec de jolies jambes, la forme des fesses ou des seins. Rien à voir avec la jeunesse, la fermeté, les muscles ou un pubis parfaitement épilé. Ce que nous cherchons dans le sexe se trouve dans nos entrailles, ce que nous volons à l'autre, ce que nous lui cédons. Et si nous avons besoin de nos corps pour nous baiser, ce n'est que pour extraire ce qui se cache à l'intérieur, ce que nous tentons depuis toujours d'arracher de nos propres ventres sans que jamais aucun d'entre nous y soit réellement parvenu.

Le lendemain, je pris le train pour Colmar où je devais effectuer mon service. Lorsque je revenais dans le quartier, je revoyais Stéphanie et nous couchions ensemble. Elle me disait : « Je suis bien avec toi. » Pourtant, pas une seule fois il ne nous est arrivé de sortir nous promener, d'aller au restaurant ou au cinéma. Pas une seule fois je ne lui ai fait un cadeau ou je lui ai pris la main.

Je lui suis reconnaissant aujourd'hui, même si elle n'en a jamais rien su, de m'avoir offert, sans honte, son altérité et sa laideur, et de m'avoir permis de confier à son ventre une partie du vide qui était en moi.

Une partie de ce que Leila m'avait volé.

À la fin de cette année-là, j'ai voulu m'engager, pour ne pas revenir sur L'Île-Saint-Denis, mais Stéphanie me l'a déconseillé. Elle m'a dit que je devais me montrer plus ambitieux, que si j'avais des capacités pour poursuivre des études, il me serait possible, au terme de celles-ci, de briguer un poste de gradé.

Au fond de moi, je ne voulais pas être militaire. Je voulais juste m'évader.

Alors je suis parti et Leila est restée avec Dédé.

Je suis parti aussi loin que possible, à la conquête d'un monde invisible. Plus loin que les méandres de la Seine, les bidonvilles et les déchetteries, par-delà les faubourgs, les barres et les tours, les zones aux sigles énigmatiques qui sonnent comme des noms extraterrestres, ZAC, ZUP, ZAD, ZI, etc. Par-delà les pylônes, les grues et les forges, les moulins, les blanchisseries, les cimenteries, les abattoirs, les laminoirs, les entrepôts, les silos, les puits, les conduites et leurs cheminées, les centrales électriques, les tours réfrigérantes, les sablonnières, les hauts-fourneaux, les casernes désaffectées et les préfabriqués. Je m'arrêtais dans des villes étrangères, je vivais au jour le jour, le plus souvent de petits boulots dans des bars et des restaurants. J'habitais des chambres d'auberges de jeunesse ou d'hôtels bon marché, parfois un appartement en colocation. Je n'avais pas de projet de vie, peu d'amis, même s'il arrivait certaines nuits que, tout à fait ivre, je déclare mon amour dans une langue qui n'était pas la mienne à de parfaites inconnues. J'oubliais dans ces moments-là tous ceux à qui j'avais fait du mal.

J'ai trente-quatre ans à présent et je vis à Londres. Leila est restée en banlieue. Elle partage sa vie avec Christophe, avec qui elle a eu deux fils, Léo et Arthur. Elle est secrétaire de mairie, mais depuis la naissance de son cadet elle a cessé de travailler.

Mon récit aurait pu s'arrêter là. Mais tout n'a pas été dit. Non, tout n'a pas été dit. J'ai trente-quatre ans aujourd'hui et Mai aurait eu trente-cinq ans en avril. Pour ceux qui ne l'ont pas connue, cela ne signifie rien. Mais pour moi, cela veut dire qu'il n'était pas sans peine d'arriver jusque-là.

17

Les véritables secrets se révèlent quand on s'y attend le moins.

Quand les barrières que vous avez bâties pour vous protéger sont tombées d'elles-mêmes, aussi inutiles que les barbelés délimitant les frontières d'États pacifiés, qu'un barrage en travers d'un cours d'eau qui s'est tari.

Quand cela arrive, quand la vérité éclate, elle pénètre en vous, d'une traite.

C'est comme un choc électrique. Une chute brutale des températures. Une plongée dans l'azote liquide. Sang glacé. Yeux arrachés. Cerveau grisé.

Ça vous aveugle et vous illumine à la fois.

En 1999, j'étais serveur dans un restaurant de Hambourg. Un soir, en plein service, je reçus un appel de ma sœur. Dédé avait eu une attaque et avait été hospitalisé d'urgence pour être opéré. Je me précipitai à la Hauptbahnhof et attrapai *in extremis* le train de nuit à destination de Paris. Le voyage dura plus de dix heures sans que je parvienne à fermer l'œil.

Lorsque je me présentai le lendemain matin à l'hôpital, il était déjà trop tard. Le cœur de Dédé n'avait pas survécu à un second infarctus.

Nous avons paré au plus urgent, Leila et moi, organisant dans la foulée ses funérailles. Je ne pouvais m'absenter trop longtemps et, le soir de l'enterrement, je repris le train pour l'Allemagne, promettant à Leila de revenir dès que possible pour l'aider à vider l'appartement et régler toutes les formalités.

Ce que je fis quelques semaines plus tard. Le bus me déposa à quelques dizaines de mètres de la cité Pagel, rebaptisée depuis plusieurs années Marcel-Paul. Je passai chez le gardien chercher les clés et me dirigeai vers la dernière tour. La porte de l'immeuble était entrouverte. Je pénétrai le hall balayé de courants d'air puis entrai dans l'ascenseur, appuyai sur le bouton du neuvième étage. Les portes peinaient à se fermer et je tirai dessus pour les rabattre complètement. L'ascenseur sentait le soufre et l'arachide, il en avait toujours été ainsi, et je savais que là-haut Dédé ne serait pas là, que je venais pour vider l'appartement et qu'une fois le ménage accompli et les clés rendues, je n'aurais plus aucune raison de revenir ici. C'était l'une des dernières fois que je respirais ces bouffées d'huile de friture, que je laissai mon empreinte sur le bouton de cet ascenseur, que je pestais après le jus noirâtre et visqueux qui souillait le sol.

Depuis le décès de Dédé, Leila n'était pas repassée par l'appartement. Elle m'avait prévenu au téléphone : toute seule, elle ne s'en sentait pas le courage.

Aussi ma première impression, lorsque j'ouvris la porte et regardai à l'intérieur de l'appartement, c'est que Dédé n'était pas loin, caché dans une autre pièce ou parti faire des courses. C'est ce qui s'était produit d'ailleurs puisqu'il avait eu une attaque dans un bus alors qu'il revenait de la poste.

Je fis quelques pas. Dans le salon, le dossier du canapé arborait encore l'excavation que la tête lourde de Dédé avait creusée, comme s'il venait tout juste de se lever, et sur l'accoudoir où son avant-bras avait frotté, le velours marron était élimé.

Dans l'évier de la cuisine, je retrouvai une assiette pleine de miettes et une tasse auréolée de café. Je fis la vaisselle et me sentis étrangement apaisé après ça. Puis je regardai autour de moi : les placards, la table et les tabourets en Formica, les murs orangés couverts d'une épaisse couche graisseuse, pleine de poussière et de résidus collants. Rien n'avait changé depuis des années, je m'étonnai de m'en rendre compte seulement maintenant que Dédé n'était plus là.

Je longeai le mur du couloir et son papier peint aux grosses fleurs orange et vert pour jeter un coup d'œil à nos chambres. Je les retrouvai pratiquement identiques à celles de notre adolescence. Des cahiers de cours s'entassaient sous le lit. Les coupes et les médailles que nous avions gagnées prenaient la poussière en haut d'une armoire. Les murs portaient encore les marques des posters que j'y avais accrochés, des piqûres de punaises et d'autocollants arrachés hâtivement. Les étagères de nos armoires débordaient de nos vêtements d'adolescents, de nos chaussettes trouées, de nos vieilles paires de baskets aux semelles usées et percées, puantes et grisâtres. Les élastiques de mes anciens caleçons et joggings se craquelaient et se distendaient sous les doigts. Je pouvais tout jeter.

Dans la chambre de ma sœur, au-dessus de son lit, il y avait encore cette carte d'Europe plastifiée aux frontières disparues, aux noms de pays devenus surannés, URSS, Tchécoslovaquie, RDA. Le monde n'avait cessé de se transformer, mais cet appartement était resté parfaitement identique. La volonté de Dédé de ne rien changer avait été si forte qu'on aurait dit que personne ne l'avait habité depuis la mort de Danielle.

Tant de fois j'avais suggéré à Dédé de déménager, de quitter cet endroit, de retourner dans le XVIIIe arrondissement, là où il avait passé son enfance.

« Qu'est-ce que tu crois, pestait-il. Tu crois qu'avec ma retraite d'ouvrier j'ai les moyens de vivre à Paris ? Tu connais le montant des loyers parisiens ? »

Il disait *Paris* avec l'intonation méprisante d'un provincial. Comme si c'était à mille lieues, à des centaines de kilomètres de là.

« Tu pourrais au moins te rapprocher du centre et des commerces, suggérais-je. Vers Garibaldi, les loyers sont restés abordables.

— Oh non ! Déménager à mon âge ? T'as vu le boxon que j'ai ici ? »

Il me désignait alors une penderie particulièrement chargée, gonflée à bloc, dont les portes tenaient fermées par une ficelle.

« J'ai pas le courage. Et puis j'ai mes habitudes ici. »

Je me demandais de quelles habitudes il voulait parler. Même le petit bistrot qu'il fréquentait avait fermé en 1996, remplacé par un vendeur de kebabs. Je n'insistais pas. Tout pour Dédé était devenu une montagne : un rendez-vous à la banque, une consultation médicale, une feuille de Sécurité sociale à remplir. Alors, en effet, l'organisation d'un déménagement devait lui paraître insurmontable.

Il était plein de contradictions. Lorsque, de passage en France, je venais lui rendre visite, il se plaignait de ne jamais me voir, mais dès que j'annonçais que je reviendrais le lendemain, il grimaçait : « Tu aurais dû me prévenir. Je n'ai pas fait assez de courses. »

Il se plaignait aussi de Leila qui, à l'entendre, ne restait jamais très longtemps. Pourtant je savais que ma sœur venait lui tenir compagnie chaque semaine, souvent le samedi après-midi. Elle apportait des barquettes de nourriture qu'elle avait préparée pour lui, et ils regardaient ensemble le match de rugby à la télévision.

Quelquefois il évoquait les temps heureux, sans s'épancher davantage. Voulait-il parler de l'époque qui avait précédé notre arrivée ? Je n'ai jamais osé lui poser la question. Sa femme lui manquait. La solitude lui pesait. La préparation des repas et les verres d'alcool — une première bière à dix heures, un pastis à onze heures et ainsi de suite jusqu'au coucher — rythmaient ses journées, notre présence n'y changeait rien. Lorsque j'étais avec lui, j'avais l'impression, sans savoir pourquoi, d'un énorme gâchis.

C'est peut-être pour cela qu'en revenant dans l'appartement, un sentiment d'amer soulagement se mêlait à ma tristesse. Qu'aurions-nous pu faire, Dédé ? Nous n'avons jamais su comment le rendre heureux. Son alcoolisme, qu'il revendiquait avec cynisme, était un moyen patent d'accélérer le processus de vieillissement. En quelques années, trois ans exactement depuis que j'étais parti, il était devenu tout entier aigreur et chagrin.

Quand Leila a débarqué avec des cartons et des sacs-poubelles, nous nous sommes mis aussitôt à la tâche en commençant par vider les chambres. Très vite, il nous est apparu que nous ne voulions pas garder grand-chose. L'appartement de Leila, trop étroit, ne permettait pas de conserver inutilement d'autres affaires, et il m'était impossible de transporter plus d'une valise à Hambourg. Je vivais en effet dans un meublé prêté par mon patron. Nous avons bien dû remplir quatre ou cinq poubelles de la ville. Leila est ensuite partie demander à un voisin que nous connaissions les clés de sa camionnette. Nous l'avons chargée de sommiers, de matelas, de meubles de rangement et de cartons de livres. Nous nous sommes rendus dans un centre Emmaüs pour donner ce qui pouvait encore servir, puis à la déchetterie jeter le reste avant de faire une halte au Quick de Saint-Ouen.

« Je suis enceinte », a gloussé Leila tandis que, de retour à l'appartement, je fermais la porte derrière moi.

Elle se tenait dans l'entrée, son visage éclairé de gaieté tout près du mien. Ses pupilles se balançaient entre mon œil gauche et celui de droite, guettant une réaction, et dans ce battement il me semblait voir la vie tout entière. Cette étincelle de vie, aigrette argentée flottant au vent, flocon de soie en suspension dans l'air, passait et repassait sur le visage de ma sœur.

Leila allait avoir un bébé.

« C'est vrai ? » J'éclatai de rire. « Mais c'est formidable ! »

Je l'observai encore, me remémorant la matinée. Avant même qu'elle m'annonçât la nouvelle, j'avais remarqué qu'elle était rieuse et enjouée. J'en comprenais maintenant la raison.

Incroyable ! Leila allait être maman, et je me réjouis à mon tour d'être bientôt tonton.

« Et Christophe, il est content ? »

Son regard s'éleva au-dessus de mon front, se perdit un instant et revint vers moi tandis qu'elle secouait les épaules.

« Bien sûr qu'il est content. Il est " très " content. »

Leila avait eu de nombreux petits amis, mais étrangement, Christophe, qui deviendrait le père de ses enfants, m'avait été présenté très tard, près d'un an après leur rencontre.

J'ai longtemps pensé que ma sœur avait le cœur dur et froid, qu'elle était incapable de s'attacher, qu'un seul homme ne pourrait contenter sa forte appétence sexuelle, aussi désordonnée que ravageuse — pardon, Leila, de t'avoir si souvent et si mal jugée —, mais, en réalité, Leila n'était jamais réellement tombée amoureuse avant de rencontrer Christophe. Il serait son seul et unique amour. Quand je les vis ensemble pour la première fois, leur façon de s'isoler, indifférents à la foule autour d'eux — nous nous étions retrouvés dans un bar près de Montmartre ce soir-là —, ou de se blottir l'un contre l'autre, suffisait à vous faire comprendre qu'avant lui, rien ni personne n'avait compté.

Presque personne.

En faisant sa connaissance, je réalisai pourquoi Leila me l'avait caché si longtemps : Christophe me ressemblait d'une troublante façon. Même carrure, même silhouette, large au niveau des épaules, étroit à la taille — pourtant Christophe n'avait pas nagé autant que moi, mais la boxe, pratiquée dès l'âge de quatorze ans, l'avait sculpté ainsi. Même visage fin, mêmes lèvres charnues. Ses grands yeux en amande, embrumés de réserve, et malgré tout enfantins, ne se distinguaient des miens que parce qu'ils étaient clairs et tombaient légèrement. Son nez aussi se démarquait, épais, bosselé par de multiples fractures.

Quand il m'avait tendu la main pour me saluer, il m'avait semblé retrouver chez ce garçon des expressions qui étaient les miennes. Comment ? Comment reconnaître un maintien, une allure, des gestes qui vous caractérisent, alors qu'il est impossible de se voir soi-même, de se voir réellement ? Même un miroir ne saurait se substituer au regard d'autrui et révéler ce que les autres voient. Peut-être que je me faisais des idées, que j'ai mis dans ce corps ce que je voulais y mettre, cherchant dans ce Christophe fraîchement débarqué, et dans le regard amoureux que Leila lui portait, ma signature, encore et toujours. Je me souviens d'avoir pensé sur le moment : pourquoi me fais-tu ça Leila ? Diable rouge, têtu, égoïste, cruel, pourquoi me joues-tu ce tour ? Tout ce qui s'est passé n'est-il pas assez ? As-tu encore besoin de le clamer à la terre entière ?

Le fait qu'elle avait tardé à me présenter Christophe abondait dans ce sens, mais au fil du temps, j'ai cessé de voir en Christophe un homme à mon image et un rival. Ma sœur serait heureuse avec lui, pour quelques années du moins, et, à mes yeux, il n'y avait rien de plus important.

« Tu aurais dû me prévenir. Jamais je ne t'aurais laissée porter tout ça si j'avais su !

— Ça va ! Je ne suis pas malade, je suis juste enceinte.

— Faut fêter ça ! Je vais voir si Dédé ne nous a pas laissé un truc à boire. »

Je me dirigeai vers la cuisine, ouvris la porte du frigo. C'était à prévoir : il restait deux packs de bière. Sacré Dédé ! J'attrapai deux bouteilles, me hâtant de refermer le réfrigérateur pour ne pas voir la nourriture qui périssait sur place. Lorsque je revins dans le salon, Leila s'était agenouillée devant la chaîne hi-fi, examinant la platine.

« Tu crois qu'il marche encore ce vieux machin ? »

Je lui tendis une bière.

« T'en veux ? »

Elle me fit signe de poser la bière sur la table basse. Je décapsulai la mienne, la soulevai pour trinquer et la portai à ma bouche. Je fis quelques pas, puis me penchai pour ouvrir le placard sous la télévision. Il y avait quelques 33-tours, j'en tirai une poignée et l'apportai à ma sœur. Elle était penchée derrière la chaîne pour rebrancher câbles et fils électriques et mes yeux se portèrent tout naturellement sur son ventre qui dans cette position était dénudé. Elle le remarqua.

« Ça ne se voit pas encore, dit-elle, tandis qu'elle se redressait.

— C'est prévu pour quand ?

— Fin novembre.

— Le 26 novembre serait pour moi un merveilleux cadeau d'anniversaire.

— On n'est pas très sûrs de la date. M'étonnerait que je tienne jusque-là.

— Tu sais qui est le père au moins ?

— T'es con ! »

Leila fit défiler les disques entre ses doigts et s'arrêta sur la couverture de *Thriller*.

« Tiens, notre premier disque. »

La pochette était jaunie et gondolée. Elle en tira le disque, souffla pour faire voler la poussière et le posa sur la platine. Elle souleva le manche, le déposa avec délicatesse et on entendit les sillons crépiter et pétarader sous la pointe de lecture. Les premières mesures de *Billie Jean* résonnèrent dans la pièce, caisse claire de batterie à laquelle vint s'ajouter la ligne de basse, et Leila poussa un petit cri de contentement ; on aurait dit qu'elle n'avait pas entendu cette chanson depuis 1982.

« C'est quand même pas pareil, non ?

— De quoi ?

— Ce son. C'est mieux qu'un CD. Tu ne trouves pas que c'est moins étouffé, que ça respire ? Comme si la musique emplissait les quatre coins de la pièce.

— Pour moi, ça ne fait aucune différence. Je ne dois pas avoir l'ouïe aussi fine que toi. »

Elle augmenta le volume et commença à danser. À danser frénétiquement. Dans le salon du neuvième étage de la tour Nord de la cité Pagel, renommée Marcel-Paul.

Ma sœur, et son bébé dans le ventre. Comme la gamine de douze ans. Pieds nus glissant sur le sol plastifié, tournant sur elle-même, yeux mi-clos, balançant ses bras autour d'elle, faisant voler son tee-shirt. La peau parfaitement lisse de son ventre. Cheveux tirés en arrière comme autrefois, quelques mèches s'échappant de l'élastique, son grand front et, en son centre, la racine des cheveux s'avançant en pointe.

Ma Leila dansait, piétinait le sol où elle avait grandi et fait rouler des voitures Majorette et des calots de toutes les couleurs, là où elle s'était gelé les pieds, vautrée et abîmée, perdue avant de s'inventer elle-même. C'était sa façon à elle de dire au revoir à cet endroit. D'enterrer son enfance et sa jeunesse. Je pensais : « C'est toi qui as raison Leila ! Danse ! Danse tout l'après-midi et toute la nuit s'il le faut ! Je m'occupe du reste. »

Je partis à l'assaut de l'immense penderie du salon, celle qui effrayait Dédé et que Leila avait rebaptisée *la caverne d'Ali Dada*. Je mesurai l'ampleur de la tâche en ouvrant les portes. J'aurais voulu qu'un coup de vent balaie ce capharnaüm, tous ces objets inutiles et vieillots que Danielle ne s'était jamais résolue à jeter, pas plus que Dédé qui s'était contenté d'attacher les poignées entre elles afin de bourrer davantage les étagères.

C'est incroyable tout ce que l'on peut entasser en une vie, pensai-je, tout ce que l'on met de côté, persuadé que ça servira un jour, et qu'on finit par oublier au fond d'un tiroir ou d'un placard : punaises, boutons, porte-clés, trombones, rouleaux de scotch sans plus de bande adhésive, Bic séchés et crayons aux mines brisées, piles éventrées et agonisantes, clés sans cadenas, cadenas sans clés, papier carbone, tickets de métro oblitérés, pièces de monnaie, recettes de cuisine découpées dans les magazines, chutes de papier cadeau, prospectus, bons d'achat, plusieurs portefeuilles et cartables usés jusqu'à la corde. Il y avait aussi toute une collection de bottins jaune et blanc, un Minitel, un appareil Polaroid et ses quelques tentatives aux couleurs effacées. Un Scrabble et des jeux de cartes incomplets. Des manuels scolaires préparant au certificat d'études, dont un livre d'histoire qui s'achevait sur la création de l'Organisation des Nations unies, ainsi que plusieurs ouvrages de leçons de choses aux illustrations couleurs pastel. Des piles de tracts et de comptes rendus du PCF occupaient une étagère entière.

Entre deux changements de disque, Leila venait me filer un coup de main, puis elle repartait vers la chaîne, dansait en faisant tournoyer son tee-shirt et sa bière.

Je continuais de jeter toutes ces babioles, m'interdisant de réfléchir ne serait-ce qu'une seule seconde à la possibilité de garder quoi que ce soit. J'étais à présent au rayon *cadeaux d'élèves* et ses poupées souvenirs, ses roses de sable, ses boîtes de chocolats vides, ses innombrables dessins et cartes postales, ses sculptures en pâte à sel et ses retables décorés de nouilles et de lentilles.

« Poubelle ! répétait Leila, ouvrant un grand sac plastique, attrapant au vol ce que je lui lançais. Poubelle ! Quelle horreur ! Jette-moi tout ça ! »

Perché sur un tabouret, j'écartais des piles de nappes et de draps élimés qui, en tombant, faisaient monter du sol un fort remugle. Et c'est là, derrière ces pièces de tissu que Danielle devait conserver en vue de la fête de l'école ou de Mardi Gras, que nous l'avons trouvé.

Notre secret.

Ou plutôt le secret de Dédé.

Dans une boîte à chaussures, une boîte qui n'avait l'air de rien, semblable à toutes celles que nous avions déjà jetées. Cachée ou oubliée sous sa collection de cyclistes du Tour de France.

Je descendis du tabouret et m'y laissai tomber afin d'examiner plus en détail cette série de Photomaton datant des années 70. Pour ce que je pus en voir sur le moment, deux visages y figuraient : un homme et une femme.

« C'est qui ? » demanda Leila, et elle colla sa joue contre mon épaule pour scruter le Photomaton en même temps que moi.

Dédé fut très vite reconnaissable malgré ses cheveux encore bruns et une abondante moustache. Mais il me fallut quelques instants pour identifier la jeune femme qui se tenait à côté de lui. Il y avait quelque chose de Leila dans ses yeux, mais bien sûr ce n'était pas Leila.

La jeune femme à côté de lui, le regard espiègle, un sourire éclatant, pleine de vie, nous avait donné le jour. C'était Djamila.

J'ignorais que Dédé et elle s'étaient fréquentés, j'ignorais même qu'il l'avait connue.

Sur le premier cliché, ils posaient tous les deux de façon presque solennelle, comme pour une photo de mariage. Dans une belle densité de noir et de blanc qui renforçait le brun de leurs cheveux et des iris, faisant ressortir par contraste leurs yeux et leurs dents. Djamila portait deux nattes qui lui descendaient de chaque côté des seins. Elle était vêtue d'un pull en laine dont le col en V laissait deviner une silhouette déliée, l'os de la clavicule saillant et une peau plus sombre que la nôtre. C'était une très jeune fille. Dédé portait un pull à col roulé et souriait, détendu.

Sur le second, Dédé faisait une grimace drôle et inédite, et elle avait tourné la tête vers lui, amusée par son jeu, au bord du rire.

En effet, sur le cliché suivant, Djamila, hilare, les yeux mi-clos, penchée et proche de l'objectif, cachait en partie le visage de Dédé. C'était un rire joyeux, communicatif — je pouvais presque l'entendre —, qui découvrait sa mâchoire chevaline, la ligne parfaite de ses dents, leur clarté et leur blancheur. Derrière elle, Dédé faisait mine de reprendre son sérieux, le menton relevé, pomme d'Adam turgescente au-dessus du col.

Sur la dernière, Djamila avait posé la tête sur l'épaule de Dédé, s'abandonnant, joue déformée, regard fébrile, alangui et affectueux et c'était lui, cette fois, qui se tournait vers elle pour l'embrasser sur le front. Il semblait gai et heureux, confiant en l'avenir, victorieux.

J'éloignai le Photomaton, puis le fis revenir par-devers moi. La femme à côté de Dédé me fixait toujours de ses yeux brillants et pénétrants, et j'avais l'impression qu'elle voulait me dire quelque chose. Dans l'abandon du dernier cliché, dans le relâchement de sa bouche légèrement entrouverte et souriante, Djamila voulait me dire ce que personne ne nous avait jamais dit et que je pouvais soudain déchiffrer d'une façon aussi claire et limpide que si j'avais été capable de lire sur les lèvres : « Maintenant, tu sais, suggérait-elle. Tu sais qui est ton père. »

Leila rejeta ses cheveux en arrière et, entraînée dans leur mouvement, sa tête bascula sur le dossier du canapé.

« Putain, ils auraient pu nous le dire ! » souffla-t-elle.

Notre père était là, tout près de nous, et nous ne le savions pas.

Les membres engourdis, pris de tournis, je me levai pour faire quelques pas vers la fenêtre. À travers elle, je fixai la ligne de faîte, cette ligne en dents de scie qui délimite le firmament des toits des bâtiments. Puis mon regard s'évanouit vers le ciel, un ciel sombre et menaçant, en déliquescence, écartelé entre des nappes anthracite et des gerbes bleu pétrole.

Leila s'approcha et se glissa derrière moi.

« J'en ai ma claque pour aujourd'hui, Mehdi. Tu ne veux pas qu'on rentre ? On reprendra demain.

— Toutes les fois où il aurait pu nous en parler.

— Je le savais. Je crois que je le savais. »

Je me tournai vers elle.

« Je le savais sans le savoir, dit-elle comme pour se justifier.

— Depuis quand ?

— Je ne sais pas. Depuis que je travaille à la mairie, que j'ai vu comment ça marchait l'état civil. Même avant. Sur nos papiers, il n'a jamais été écrit que nous avons été adoptés. Ça a toujours été écrit qu'il était notre père.

— Et tu n'as jamais cherché à en savoir plus ?

— À quoi ça aurait servi ?

— À quoi ça aurait servi, tu me demandes ?

— Mehdi, il nous a aimés comme ses enfants.

— Si ça avait été le cas, il nous aurait dit qui nous étions. »

Mes yeux balayèrent la pièce, le bazar, le superflu, symboles de nos existences absurdes.

« Je crois que je préfère rester ici pour la nuit.

— Je vais appeler Christophe, dans ce cas. »

J'eus envie que Leila me regarde une dernière fois. Qu'elle me couve de son regard, qu'elle m'embrasse et me protège.

« Nous n'étions pas n'importe qui », marmonnai-je.

Mais elle parut lasse de notre conversation.

« T'es sûr de vouloir rester ? Il n'y a même plus de lit. »

Je secouai la tête et Leila partit dans le couloir téléphoner. Je l'entendis parler dans le combiné sans parvenir à distinguer ses paroles et j'eus peur soudain de la voir partir, de me retrouver seul dans cet appartement qui m'avait traité en parfait inconnu.

Pendant vingt-deux ans, nous avions vécu aux côtés d'un homme qui ne nous avait jamais dit que nous étions ses enfants.

Tout faisait sens pourtant. Nous n'avions pas débarqué chez les Guérin par hasard. Si Djamila nous avait confiés à Danielle, ce n'était pas pour ses beaux yeux, ni son apparente générosité ou ses talents d'éducatrice, mais pour une raison bien plus triviale que ça : elle baisait avec son mari, et de cette couche étaient nés deux bébés !

Comment avions-nous pu laisser ces histoires abracadabrantes nous endormir, sans jamais douter, sans jamais flairer le subterfuge ? Comment avons-nous pu croire à ces mensonges, sans jamais soupçonner une seule fois qu'il ait pu en être autrement ? Comme je me sentais stupide à présent !

Djamila avait été la maîtresse de Dédé, c'était aussi simple que ça. Peut-être même avaient-ils vécu ensemble : deux enfants étaient nés, bon sang !

Et alors que j'ouvrais les yeux, que je m'extirpais du plus grand mensonge de mon existence et découvrais que le nom que je portais n'était autre que celui de mon père, je réalisais que ce père était mort et qu'il était trop tard pour lui poser les questions qui m'obsédaient. Mes illusions étaient tombées, mais tout ce que j'aurais pu leur substituer s'élevait devant moi en tas de cendre.

Mon père et la vérité sur ma mère, la possibilité d'une autre histoire, la possibilité de tout reprendre par le début, avaient été si proches, un souffle sur ma peau, et maintenant, il faudrait à jamais y renoncer.

Leila raccrocha et revint vers moi.

« Je file. On se voit demain.

— T'es pas obligée, tu sais. Je peux finir tout seul.

— Comment tu feras pour porter tout ça ?

— Je trouverai bien quelqu'un dans les parages pour m'aider, t'en fais pas…

— Les Belkacem ?

— S'ils ne sont pas en taule.

— Pas les quatre frères, quand même… »

Elle se pencha vers moi, me donna un baiser sur la joue, surprenant mes narines par l'odeur musquée et grisante de sa peau et de sa chevelure. Elle leva ensuite la main, la fit glisser le long de mon bras.

« Tu as toujours eu la peau douce. »

Elle me tourna le dos et je la regardai traverser la pièce, piétinant les papiers qui jonchaient le sol.

Leila.

« Quand t'auras fini demain, viens dîner à la maison, proposa-t-elle sans se retourner. Je ferai des tomates farcies. »

Prendre son sac dans un coin de la pièce, mettre ses chaussures, enfiler son manteau. Disparaître dans le couloir sans un regard vers moi.

Leila, peut-être ne devrais-tu pas me laisser seul, en fait.

Leila fit claquer la porte d'entrée et les questions surgirent en rafales. Comment as-tu pu ? Dédé ? Fermer ta gueule pendant toutes ces années ? Quelle persévérance ! Quel flegme ! Tu n'as jamais craché le morceau. Pourtant ce ne devait pas être facile de nous avoir sur le dos tous les jours. De voir passer dans nos yeux le fantôme de Djamila. Tu ne t'es jamais gêné pour nous cracher une ou deux fois à la figure qu'il aurait mieux valu que nous n'ayons jamais existé. As-tu demandé à Djamila qu'elle se débarrasse des fœtus ? As-tu raconté à Danielle que tu avais exigé qu'elle fasse ce qu'il fallait ? Mais voilà, elle n'avait rien voulu entendre, têtue comme une mule cette fille ! Pas vrai, Dédé, pas vrai que tu lui as mis ça dans la tête ? Et tu pensais laver l'opprobre en feignant de ne pas nous connaître ! Tellement obstiné et fourbe que tu as fini par croire à tes mensonges et par te persuader toi-même que ces bâtards n'étaient pas les tiens.

Comment as-tu pu nous pétrir d'ignorance ? Avais-tu honte de nous ? Honte au point de ne jamais nous dire que nous étions tes gosses ? Nous avions besoin de savoir qui était ce père, Dédé. De savoir que nous n'étions pas seuls au monde. Au lieu de quoi, tu n'es jamais venu nous border, nous embrasser. Tes mains, tu ne les as jamais posées sur nos épaules d'enfants, ni même passées dans nos boucles pour les ébouriffer. Tu as laissé Leila chercher mon affection. Dans mon lit, la nuit. Cela aussi, tu le savais, Dédé et tu n'as jamais rien dit. Rien fait.

Tu nous as laissés devenir ce que nous sommes aujourd'hui.

Tu nous as laissés devenir des monstres.

La porte a claqué et j'ai aussitôt renversé les poubelles que nous venions de remplir, en quête d'autres preuves, d'autres révélations qui auraient pu m'échapper. Il n'y avait rien. Rien ! Aussitôt, j'ai couru dans le couloir arracher les tiroirs d'une commode et vider leur contenu sur le sol. Une montagne de papier s'élevait à présent devant moi. Je me suis agenouillé et j'ai continué de chercher mon histoire dans toute cette paperasse, agitant mon nez plein de morve au-dessus de chaque relevé bancaire, chaque quittancc de loyer, froissant de mes mains les factures d'électricité et de téléphone, les talons des carnets de chèques que j'examinais en détail, tremblant et la tête bourdonnante. Mais j'avais beau brasser et me noyer dans toute cette paperasse, parfois vieille de plus de quarante ans, elle n'en demeurait pas moins anonyme et silencieuse. Saloperie, ai-je pensé tandis que je me relevais, et j'ai shooté dedans comme s'il s'agissait d'un tas de feuilles mortes, les éparpillant un peu plus encore.

Je suis parti dans la chambre de Dédé et, avec une hargne qui ne mollissait pas, je me suis mis à fouiller les vêtements et à écumer le fond des poches. J'ai aussi feuilleté tous les livres des étagères, espérant qu'une lettre en tombât, d'amour ou d'insultes, peu m'importait, pourvu qu'il y eût quelque chose à me mettre sous la dent. Cela se poursuivit toute la nuit, et pour lutter contre le sommeil, j'ai fini les bières du frigo et attaqué la bouteille de pastis. Je sentis la folie me gagner quand, dans la cuisine, je vidai les placards l'un après l'autre, laissant verres et assiettes se briser sur le carrelage. Surpris par mon propre vacarme, réalisant avec effroi ce que j'étais en train de faire, je m'écroulai soudain sur le sol, rampant au milieu des bris de verre et de vaisselle.

Je devais me rendre à l'évidence malgré la rage et l'ivresse. Ce que je cherchais ne se trouvait nulle part dans aucun de ces foutus placards, nulle part dans cet appartement ou dans cette ville. Ce que je cherchais était parti avec les morts, Djamila, Danielle, Dédé. Les témoins de notre histoire avaient disparu et se tairaient pour toujours.

L'aube pointa et je m'écroulai sur le canapé, épuisé, désemparé, les yeux secs. J'étais frigorifié, mais je n'avais pas la force d'attraper une couverture. Dans tout ce monde à la dérive, je ne savais même plus où en trouver. Un rayon de soleil transperçait la pièce, métamorphosant la poussière échappée des débris amassés autour de moi en des milliers de perles lumineuses. Un concert d'éclats métalliques faisait vibrer les canalisations et, bien qu'étouffés par les cloisons, des cascades de voix m'arrachaient sans cesse au sommeil. Des vies étaient là partout, à tous les étages, dans tous les angles de cet immeuble. Les pleurs d'un enfant, des talons fanatiques martelant le sol, un chiot jappant au milieu de cris de femme me le rappelaient à chaque instant. Au-dessus, au-dessous, de tous côtés, des organismes s'agitaient, fouettaient l'air, se cognaient, mangeaient, chiaient ou s'engueulaient, et je ne parvenais à m'extraire de leur présence, à me délivrer de cette agitation chaotique et du désordre humain qui me collaient à la peau et m'empêchaient de sombrer dans le sommeil.

Et de foutre le camp pour de bon.

18

Lorsque je me réveillai, j'étais plus vieux de six ans.

Dans mes rêves, dans ces rêves de ces six années, j'avais déménagé trois fois, appris deux nouvelles langues et plongé mon visage dans le sexe d'une dizaine de femmes. Une seule et même femme en réalité, car elles se ressemblaient toutes, celle qui venait à moi pour me séduire — je n'ai jamais pris l'initiative — celle qui me donnait des ordres et me disait quoi faire. Une seule et même femme, orgueilleuse, concupiscente, affamée, je n'en désirais pas d'autre, je n'en voyais pas d'autre possible.

« J'en ai envie, tellement envie, Mehdi. Caresse-moi. Je n'ai jamais connu quelqu'un qui sait si bien s'occuper de moi. »

Une seule et même femme en qui je n'aimais que le tumulte des désirs, l'immoralité et le vice, et que je quittais dès que son désir s'essoufflait, dès qu'elle devenait moins folle, ou peut-être plus raisonnable, et cessait tout de go de m'exciter.

Durant ces six années qui semblaient s'être évanouies dans un épais nuage de fumée, j'avais entrepris de nombreuses recherches sur notre passé qui, au bout du compte, se révélèrent peu fructueuses. Dans les familles de Danielle et de Dédé, le sujet restait tabou. On m'avait fait comprendre qu'il n'était pas bon de remuer ainsi le passé. J'étais parvenu néanmoins à retrouver une sœur de Djamila, prénommée Samira. Elle vivait dans la région de Montpellier. Avec Leila, nous avons fait le voyage pour lui rendre visite et rencontrer sa famille. Elle nous a appris qu'elle avait plusieurs fois contacté les Guérin, lorsque nous étions enfants, pour prendre de nos nouvelles, ce que le couple nous avait toujours caché, comme il avait caché l'existence même de cette tante. Nous étions heureux de nous retrouver à présent et de renouer malgré tous ceux qui avaient tenté de nous en empêcher, et nous avons continué de nous téléphoner une fois par an. Mais sur ce qu'il s'était passé entre Djamila et Dédé, sur l'époque où nous étions bébés, nous n'avons rien appris de plus que ce que nous savions déjà. Leur histoire, leur amour, s'il y en avait eu un, demeuraient pour nous un mystère.

J'avais dormi six ans et lorsque je me réveillai ce jour-là, je retrouvai la même sensation d'agitation chaotique autour de moi, de vers luisants s'immisçant sous mes paupières encore closes, d'intense activité sonore m'extrayant de mon sommeil. Ce n'était plus L'Île-Saint-Denis mais Brixton, quartier du sud de Londres. Cet immeuble où je vivais depuis deux ans, bien que moins élevé, était en tout point semblable à celui dans lequel j'avais grandi, éloigné de tout, délabré, hideux, un de ces endroits à l'abandon où la vie poursuit son chemin malgré tout, rampante, mutante, déployant à chaque obstacle une prodigieuse force d'adaptation pour le dépasser.

Quelques jours auparavant, il s'était produit un événement qui sortirait de l'ombre ce paysage de fer, de poussière et de ciment. Pour que nous tournions la tête vers ces contrées isolées, il avait fallu que des gamins remplissent d'essence des bouteilles en verre, brisent les vitres des voitures et y jettent à l'intérieur des cocktails Molotov. Les automobiles s'embrasèrent, des flammes montèrent jusqu'au ciel et la question nous brûla les lèvres pour la première fois. À qui la faute ?

Il y avait eu ce drame dont il existait plusieurs versions, impossible de démêler le vrai du faux, mais qui dans tous les cas conduisaient à la même et vraie douleur, celle d'une tragédie qui aurait pu et aurait dû être évitée.

Lorsque j'appris l'histoire dans les journaux, j'imaginai cette course-poursuite qui avait conduit deux adolescents à la mort. Je ressentis ce même désespoir éberlué, cette peur viscérale, irréfléchie, qui agite pieds et jambes et les coupe de votre tête.

Qu'avaient-ils fait ?

Par cette fin de journée des vacances de la Toussaint, ce vingt-quatrième jour de ramadan, qu'avaient-ils donc fait pour se mettre à courir, s'éparpillant par les allées, en travers des routes, filant le long des parcs, des palissades, des terrains vagues ?

Je peux les voir, quinze ans, dix-sept ans, détaler, courir à en perdre haleine, match de foot dans les jambes, maillots en sueur, ballon sous le bras, peur au ventre, gorges sèches, fuyant les gyrophares, un véhicule de la BAC, les Flash-Ball, le vacarme des sirènes de police.

Longer le mur du cimetière. S'affoler.

Regards jetés derrière soi dans cette nuit automnale et sans fin. De cette bande écervelée, ils ne sont plus que trois, ombres se faufilant parmi les gravats, à travers les ronces, à mi-chemin entre la maison et le néant, sur une route qui n'en est pas une, fuyant, croyant bien faire, rasant le mur d'enceinte de la centrale EDF, les fils barbelés. *Maman. Papa. Pas pris les papiers. Éviter les ennuis.* Personne pour crier : *Pas là ! C'est dangereux !* Peut-être l'ont-ils pensé tous les trois. *Pas envie d'être en retard. Pas envie d'expliquer ça aux parents.*

Plus tard, aux informations, on découvrira l'inscription sur le panneau de la porte en fer, *L'électricité, c'est plus fort que toi !* Le mur couvert de barbelés, les trois mètres de l'enceinte du transformateur électrique.

Si haut, si loin. Infranchissable, avons-nous pensé.

Mais parce qu'on peut tout faire avec la peur, ils trouvent la force de l'escalader.

On ne viendra pas les chercher ici.

Si haut. Si loin.

Et certains diront : *S'ils ont fui, c'est qu'ils ont fait quelque chose de mal.*

Et ce message sur les radios de police : *S'ils rentrent sur le site EDF, je ne donne pas cher de leur peau.*

Mon Dieu, ce sont des enfants.

Un filet sombre s'abat sur la ville et, avec lui, télévisions, ampoules, cuisinières électriques s'éteignent.

La vie aussi s'éteint.

C'est le noir, inconnu. Partout, à chaque étage, dans chaque appartement, de Livry-Gargan à Clichy-sous-Bois, l'étonnement. Par la fenêtre, pour la première fois, on peut voir un ciel d'encre illuminé d'étoiles.

Ce soir ne ressemble à aucun autre. Ni le jour, après la nuit.

Très vite, la nouvelle se propage.

La colère pour seul mot d'ordre, on brûle les premières voitures. Dans la cité, aux quatre coins de Clichy-sous-Bois. Le feu par le feu. Des volutes de fumée s'élèvent dans le ciel.

Le lendemain soir, d'autres affrontements éclatent et, au matin, on zigzague pour éviter les carcasses des véhicules renversés et calcinés et les barricades montées à la hâte dans la nuit. Les jours suivants, les affrontements entre jeunes et forces de l'ordre s'étendent aux communes limitrophes, Bondy, Sevran, Aulnay-sous-Bois, Neuilly-sur-Marne. Puis c'est au tour de Bobigny et de Montfermeil de se réveiller dans un nuage de fumée. Ici, le garage de la police municipale est incendié. Ailleurs, des pompiers sont victimes de jets de projectiles alors qu'ils tentent d'éteindre plusieurs voitures et poubelles en feu. Des objets lourds sont lancés depuis les balcons et les toits des immeubles, obligeant des équipes de police à faire irruption dans les appartements et sur les toits pour interpeller les émeutiers. Le 2 novembre, une jeune femme est gravement blessée dans l'incendie d'un bus. Le 4, des balles réelles sont tirées sur des policiers à La Courneuve et un concessionnaire automobile d'Aulnay est en flammes. Une voiture de France Télévisions est utilisée comme bélier contre une agence bancaire puis incendiée. Les émeutiers s'en prennent désormais aux casernes, aux gymnases, aux écoles et aux centres commerciaux.

Personne ne sait quand tout cela s'arrêtera. Il y a la peur, qui a précipité ces enfants vers la mort, et la colère de ceux qui en connaissent le nom et le visage, ceux qui la portent dans les plis de leur âme.

Je me réveillai, le front en sueur, hanté par les images de rues en feu qui repassaient en boucle sur les chaînes d'information britanniques. Vu d'ici, mon pays me semblait brûler tout entier. La veille, j'avais demandé congé à mon patron et acheté un billet de train pour Paris. Ce n'était pas l'envie de voir en vrai ces jeunes gens devenus fous mettre le feu aux écoles et aux gymnases où ils allaient enfants qui avait motivé ce voyage, mais bien le désir de retrouver mes neveux. Léo venait de fêter son sixième anniversaire. J'avais un cadeau pour lui, un bateau de pirates Playmobil. J'étais très excité à l'idée de lui offrir en mains propres.

À la descente du train, j'appelai Leila.

« Viens quand tu veux, dit-elle, impassible. Je ne bouge pas.

— Et Léo ? Et Arthur ? »

La perspective de voir les petits m'emplissait de joie.

« Ils sortent à quatre heures trente. Je suis sûre qu'ils seront contents de te voir. »

Je suis arrivé à Bobigny en début d'après-midi. Au sommet des Escalator, je remarquai l'odeur de plastique brûlé et je mis quelques minutes à me repérer. Le paysage, cerné et lacéré de grandes barres d'immeubles, offrait de toute part une même vue sans horizon, un même décor tourbillonnant autour de moi qui finit par se figer sous mes yeux, et c'est alors seulement que je reconnus le terminal des bus qui était désert, les jardins ouvriers et la cité aux briques marron, derrière laquelle se trouvait le bâtiment de Leila.

Je fis quelques pas, passant devant la carcasse d'une voiture incendiée. Dans l'un des jardins ouvriers, un vieil homme, la peau couleur crachin, remplissait un seau de gravats et de vidures d'une poubelle éventrée. Il n'avait l'air ni découragé ni agacé, et s'exécutait avec la torpeur d'un homme habitué à répéter à l'infini le même geste.

Je continuai mon chemin jusqu'au prochain arrêt de bus. Une jeune femme pressée, une poussette d'enfant vide devant elle, m'informa que cet arrêt n'était plus desservi depuis la veille.

Poursuivant à pied, j'hésitai au carrefour, cette rue ou la prochaine, avant de reconnaître la place du marché, qui n'a plus de marché, et au loin la tour Set, ancienne imprimerie du journal *L'Illustration*.

Même si j'étais venu plusieurs fois, je connaissais mal le quartier. J'avais l'habitude de prendre le bus qui me déposait au coin de l'immeuble de Leila. À présent, au milieu de tous ces immeubles très semblables, je cherchais ce que ma mémoire avait pu retenir pour les distinguer, un tag ou une porte d'entrée éventrée.

Le ciel était incroyablement lumineux pour un mois de novembre. Depuis le début de l'automne, il n'avait presque pas plu. Peut-être que sous les averses, ces jeunes garçons qui avaient pris les rues du pays en grippe ploieraient plus facilement que sous les assauts des forces de police. Mais c'était une magnifique arrière-saison qui se prolongeait dans une moiteur vivifiante.

Je parvins enfin au pied de l'immeuble et je reconnus le balcon de Leila, au troisième étage, avec son sèche-linge chargé de vêtements colorés. Je l'imaginai alors, son corps massif et nonchalant se frayant un chemin, dans cet appartement étroit, parmi les meubles en bois sombre et épais hérités de ses beaux-parents. Je songeai à la djellaba que Leila revêtait chaque jour, seul vêtement que, par commodité, elle avait choisi de porter. *Leila*, répétai-je pour moi-même avec un serrement de cœur, et peut-être une indicible mélancolie. J'avais besoin de me réfugier dans les sonorités de son prénom pour me remémorer la jeune fille leste et puissante que j'avais connue et admirée. Ce prénom désignait deux corps si différents qu'entre les deux un vide s'était imposé, un vide si éblouissant que la métamorphose semblait s'être produite du jour au lendemain.

J'escaladai les marches du perron, délaissant l'ascenseur pour les escaliers et leurs odeurs de cuisine épicée. Lorsque j'arrivai devant la porte, j'entendis des voix émanant d'un téléviseur. Je frappai, cela s'agita aussitôt de l'autre côté. Leila s'était levée et la lourdeur de ses pas faisait vibrer le palier.

La porte s'ouvrit.

« Chut, siffla-t-elle entre ses lèvres. Christophe se repose. »

Déjà elle faisait demi-tour et repartait vers le salon.

J'entrai, fermai en silence la porte derrière moi, posai mon sac et les cadeaux des enfants. J'accrochai ma veste au portemanteau et rejoignis Leila dans le salon. Elle était avachie sur le canapé, les yeux rivés sur l'écran de la télévision. Sans un coup d'œil vers moi, elle me proposa du café.

« Il en reste dans la cuisine. Sers-toi si tu veux. »

Mais je ne voulais pas de café, j'en avais déjà bu beaucoup trop dans le train et ma tête, fatiguée après ma nuit agitée, n'avais pas cessé de bourdonner pour autant.

« T'as mangé ?

— Un sandwich. »

Je remarquai qu'elle respirait bruyamment. Se lever suffisait-il à lui faire perdre le souffle ? Elle se pencha vers la table basse. Sa main se faufila dans un paquet de bonbons qui y était posé, en saisit furtivement une poignée et revint d'un geste sec vers la bouche. Les coussins du canapé sifflèrent sous ses fesses lorsqu'elle les laissa retomber lourdement.

« Je profite que Christophe ne me voit pas. Il m'engueulerait sinon. »

Christophe était vigile dans une résidence parisienne. Le plus souvent, il travaillait la nuit, y compris le week-end, et devait se reposer le jour. C'était pour lui permettre de dormir jusqu'au milieu de l'après-midi que Leila préférait laisser les enfants à la cantine. Ma sœur ne travaillait plus depuis la naissance de Léo. Lorsque j'étais venu lui rendre visite à la fin du mois d'août, je l'avais encouragée à reprendre une activité puisque ses fils allaient désormais tous les deux à l'école. Elle m'avait alors annoncé qu'elle attendait un troisième enfant. J'ignore pourquoi, cette nouvelle ne m'avait pas réjoui comme pour ses autres grossesses. La naissance du bébé était prévue pour le mois de mars et je m'étais demandé, un peu inquiet, comment ils vivraient dans la promiscuité de ce trois-pièces, avec le seul salaire de Christophe que je savais à peine supérieur au SMIC.

Leila ne quittait pas des yeux l'écran de télévision. Moi, je ne cessais de la regarder. Sa tenue ne donnait pas grand-chose à voir, si ce n'était la peau tendue comme celle d'un tambour et presque violacée de ses poignets et avant-bras. Rien ne laissait deviner qu'elle était enceinte. Je me disais qu'il y avait mille endroits dans ce corps pour cacher un fœtus, et il me sembla entendre la voix de Dédé entonner du fond de ma mémoire :

Ma grand-mère m'a fait voir son cul.
Ah ! Bon Dieu, bon dieu qu'il était large :
Grand-Papa joue du billard dessus.
Ah ! Bon Dieu, bon dieu qu'il était large son cul !

Leila coupa le son de la télévision pour la pause publicitaire.

« Tu ne veux pas t'asseoir ? »

Depuis que j'étais entré dans la pièce, c'était la première fois qu'elle avait roulé ses yeux vers moi. Des yeux ternes, éteints, battus.

Leila, enlève ce masque. Je sais que c'est toi. Je t'ai reconnue.

Je me sentis étourdi. Les murs autour de moi me donnaient l'impression d'onduler, donnant naissance à des plis qui s'étendaient à présent à toute la pièce, y compris au sol, et je redoutais de m'y prendre les pieds au moindre pas.

« Allez, viens m'embrasser quoi… T'es mon petit frère, merde ! »

Elle posa la main près de sa cuisse, m'invitant par ce geste à la rejoindre. Les yeux encore embrumés, je me faufilai entre le canapé et la table basse et me laissai tomber à côté d'elle. Elle se pencha vers moi pour me faire la bise. Mes lèvres se perdirent dans toute cette surface de chair qui fondait sous mon baiser, en même temps qu'elle en profitait pour passer la main sur mon crâne.

« Dis donc, tu perds pas un peu tes cheveux ?

— Je ne sais pas. »

En fait, si je savais. Chaque matin, depuis quelques mois, je découvrais une poignée de cheveux éparpillés sur la taie d'oreiller, et lorsque je me coiffais il y en avait tout autant piégés entre les dents du peigne. Il n'y avait pas que Leila qui changeait. Moi aussi, je devenais un autre, et peut-être s'étonnait-elle de mon apparence chaque fois que nous nous retrouvions.

Derrière elle, posé sur une console, j'aperçus un cadre rassemblant plusieurs photographies de Léo et d'Arthur. Il y avait également une photographie de Leila et moi, enfants. Elle avait été prise dans les gradins de la piscine de Saint-Ouen. Par qui ? Je l'ignore. Nous étions tous les deux en maillot de bain, une médaille autour du cou. Casquette noire sur la tête, Leila tenait contre son ventre une coupe. Elle souriait à l'objectif. Mon regard d'enfant se dérobait à mon regard d'adulte d'aujourd'hui, triste et effarouché.

Elle me prit la main et la posa sur son ventre.

« Demain, je passe la deuxième écho. On saura si c'est une fille ou un garçon.

— Et votre demande d'appartement ?

— Tu parles ! Je connais une famille au septième. Ils ont cinq enfants et ça fait deux ans qu'ils demandent. Tu dors là, ce soir ?

— Merci, mais j'ai prévu d'aller chez une amie.

— Je la connais ? »

Ma sœur sentait la vieille sueur. Je m'en rendis compte brusquement et m'écartai d'elle.

« Tu ne veux pas me dire ? » insista-t-elle.

Je ne pourrais jamais lui dire qui était cette femme. Je n'en aurais jamais le courage.

« Ça ne te dérange pas si je vais m'allonger un peu ? J'ai mal dormi la nuit dernière. »

Les efforts pour me dérober à ses questions m'avaient épuisé. J'avais les paupières lourdes et encore un peu le tournis.

Leila attrapa la télécommande et remit le son de la télé.

« Va dans la chambre des garçons. Tu seras tranquille. »

Je me levai et disparus dans le couloir. Avant de rejoindre la chambre, je fis un arrêt dans la salle de bains pour uriner et me laver les mains. Je m'écroulai ensuite sur le lit de Léo, recouvert d'une housse de couette *Spiderman*, la conscience piquetée par les pensées qui s'agitaient en moi.

Lorsque Leila entra pour me dire qu'elle partait faire des courses avec Christophe et me demander d'aller chercher les garçons à l'école, je n'avais aucune idée du temps qui s'était écoulé. Christophe, derrière elle, dans l'embrasure de la porte, me fit un signe amical et je levai péniblement la main pour le saluer à mon tour.

Quelques minutes plus tard, j'étais dans le préau d'une école maternelle, encore somnolent, cherchant le visage de mon neveu parmi une foule d'enfants appliqués à enfiler anorak, gants et bonnet. Arthur me reconnut le premier. Il sauta dans mes bras, colla la tête tout contre ma poitrine avec une telle puissance que j'eus brusquement conscience d'être en vie. Ses doigts agrippèrent ma veste et il resta quelques instants blotti tout contre moi. Il tourna ensuite son visage vers le mien comme pour vérifier que c'était bien son oncle qui le tenait dans ses bras et non un inconnu qui aurait pris sa place. Il me sourit, je lui rendis son sourire. Rassuré, il enfouit sa tête sous un pan de ma veste, me serrant de toutes ses forces.

Je le gardai dans mes bras, longeant les grilles de l'école pour rejoindre celles de l'école primaire. Dans le flot des écoliers, ce fut au tour de Léo d'apparaître, écrasé par son cartable. Je l'appelai en agitant la main et quand il me reconnut, il rougit aussi fort que si une mariée s'était présentée à la sortie de l'école pour l'emmener en lune de miel. C'est difficile, lorsqu'on a seulement six ans, de cacher à un adulte tout l'amour qu'on lui porte, de ne pas se laisser déborder par la joie.

« Hep, Léo, lançai-je au milieu de la foule, il est classe ton cartable ! »

Je posai ma main sur sa tête et la secouai amicalement.

« Bon anniversaire, mon grand ! »

Six ans, c'est peut-être l'âge où les souvenirs qu'on se forge vous suivent toute la vie. Il rougit plus fort en se tortillant et clignant des yeux.

« Elle est où maman ? demanda-t-il, soudain inquiet.

— Vos parents sont allés faire des courses à Carrefour. Ils m'ont demandé de venir vous chercher.

— Ah ! souffla-t-il.

— Si on allait s'acheter des pâtisseries ? Léo, tu sais où on peut trouver une boulangerie par ici ? »

L'enfant regarda autour de lui, cherchant la réponse sur les façades alentour. Je lui montrai un bloc de bâtiments à l'autre bout de la rue : « Par là, peut-être ?

— Je ne sais pas, dit-il avec une tristesse sincère, et il baissa la tête pour fixer la pointe de ses chaussures qu'il frottait contre le bitume.

— Ce n'est pas grave. On trouvera bien de quoi goûter à la maison. »

Je tenais toujours Arthur dans mes bras et tâchai de libérer une main pour la tendre à Léo. Aux côtés de leurs petits corps, j'avais l'impression d'être un géant. Cela m'impressionnait de tenir la main d'un enfant quand, il n'y a pas si longtemps, je donnais la mienne à Danielle pour traverser.

« Et l'école, ça se passe bien Léo ?

— Oui.

— Elle s'appelle comment, ta maîtresse ?

— C'est un maître. Il s'appelle Jean-Paul. Mais je l'aime pas.

— Pourquoi ?

— Il crie tout le temps.

— Sur toi ?

— Oui, sur moi. Et sur les autres.

— Pourquoi il crie sur toi ?

— Il dit que je suis trop lent et que j'écris sale. Et gros. Mais quand il crie j'arrive encore moins.

— Moi aussi, quand on me crie dessus, je perds tous mes moyens. Qui peut bien réussir quelque chose quand on lui crie dessus ? Les veaux peut-être. Il n'a qu'à apprendre à écrire et à lire à des veaux, il verra bien si ça marche. »

Léo esquissa un sourire.

« Pas vrai, Arthur ? Il ferait mieux d'ouvrir une école pour les animaux de la ferme ce Jean-Paul, qu'est-ce que tu en penses ? Toute la journée, il pourrait crier comme ça. Comment fait la vache ?

— Meuuuhhh…

— Meuh, meuh », répétai-je en courant après Léo qui éclata de rire.

J'adorais le rire de cet enfant. Je les adorais tous les deux. Tout cet amour me donnait envie de les protéger et de les arracher d'ici. Pour eux, j'aurais voulu une autre vie, une autre enfance, d'autres rues où grandir, mais je n'avais pas le pouvoir de changer quoi que ce soit.

Je fis descendre Arthur qui pointa son index sur la carcasse d'une voiture incendiée :

« Oh, regarde ! Tu vois ? » Et Léo d'ajouter : « La nuit, il y a le feu dans les voitures.

— Vous en avez vu ? »

Arthur inclina la tête plusieurs fois, et Léo dit encore : « Même que c'est en bas dans la maison. »

Arthur aussi avait droit à son cadeau. Je ne voulais pas faire de jaloux et je lui avais acheté un petit tracteur. Les deux frères regardaient leurs cadeaux déballés sans oser y toucher, tandis que je posai sur la table de la cuisine des tartines de beurre saupoudrées de chocolat. C'était le goûter que nous faisait Danielle, chaque jour après l'école. Elle nous servait également un verre de grenadine ou de Tang, et si nous avions été sages, nous avions le droit de manger sur le canapé en regardant le dessin animé des aventures de Tom Sawyer à la télévision. Tom était mon personnage préféré, mais je savais que Leila préférait Huckleberry Finn. Peut-être se reconnaissait-elle dans les traits de ce sauvageon indigène pour ses origines mystérieuses et son existence hors du monde civilisé. Huckleberry explorait les bords du Mississippi, Leila, les berges de la Seine. La nuit, Huckleberry la passait dans les bois, recroquevillé dans un tonneau. Bien sûr, aujourd'hui, Leila n'avait plus rien d'un vagabond mais l'appartement, qu'elle ne quittait quasiment plus, était devenu son tonneau.

Lors de ma dernière visite, j'avais fait promettre à Leila d'accompagner ses fils à la piscine municipale et je demandai à Léo si elle avait tenu parole.

Il secoua la tête : « Maman, elle sort pas.

— Comment ça, elle ne sort pas ?

— Elle dit qu'elle est trop fatiguée.

— Pourtant, aujourd'hui, elle est bien allée faire des courses avec votre papa.

— Oui, pour les courses, elle sort. »

Je n'étais pas là pour juger ma sœur, surtout devant ses enfants.

« Leila adorait la piscine quand elle était gamine. Vous devriez quand même le lui rappeler de temps en temps.

— Tonton ? Je peux aller jouer ?

— Bien sûr. »

Léo descendit de sa chaise et emporta sa boîte de jeux dans le salon. Je me tournai vers son frère.

« T'as fini Arthur ? »

Je passai un gant de toilette humide sur son visage et ses mains pour les nettoyer. Je le rinçai ensuite avant de le reposer au bord de l'évier, là où je l'avais trouvé. Arthur partit rejoindre son frère avec son tracteur. Je rangeai la cuisine, et lorsque, à mon tour, je regagnai le salon, j'entendis la petite voix de Léo qui m'appelait.

« Tonton ?

— Tu veux quelque chose ? »

Il était assis sur la moquette. Les pièces du radeau de pirates Playmobil s'étalaient devant lui.

« T'as pas l'impression que tout est un rêve, des fois ? »

Je m'assis en face de lui.

« Un rêve comment ?

— Un rêve où tous les autres n'existent pas, où tout est pour de faux.

— Mais si c'est un rêve, Léo, c'est qu'on peut se réveiller. On finit toujours par se réveiller de nos rêves.

— C'est peut-être un rêve qui ne s'arrête jamais ! »

Léo avait parlé fort et avec une intensité qui donnait l'impression qu'il allait se mettre à pleurer ou à casser les objets à portée de main. Arthur, qui depuis le début de la conversation était suspendu aux lèvres de son frère, faisait mine de comprendre, tout en suçant son pouce. Il le retira soudain, dans un bruit de succion, et resta la bouche ouverte, attendant la suite.

« On va jamais se réveiller, cria Léo avec colère, c'est ça ? C'est un rêve et on se réveille jamais ? »

Je compris que Léo essayait de me dire quelque chose, quelque chose qui allait bien au-delà des paroles qu'il avait prononcées.

« Regardons autour de nous, Léo. Est-ce que cela ressemble à ce que tu peux voir dans tes rêves ? »

Il tourna la tête plusieurs fois sans un mot.

« Est-ce que dans les rêves les objets ne sont pas déformés ou flous ? Est-ce qu'on ne les voit pas apparaître puis disparaître ? Est-ce qu'ils ne changent pas de forme et de couleur ?

— Si.

— Regarde Arthur, maintenant. Il est là avec nous. Est-ce qu'il a l'air bizarre ?

— Non.

— Et moi, comment tu me trouves ?

— Je sais pas.

— Est-ce que j'ai l'air d'un fantôme ?

— Non.

— Quand je suis venu te chercher à l'école tout à l'heure, tu m'as reconnu tout de suite, n'est-ce pas ? Si tu m'as reconnu, c'est parce que la couleur de mes cheveux ne change pas, ni la couleur de ma peau, et parce que j'ai toujours la même tête.

— Tête ! répéta Arthur, en pointant son doigt sur moi.

— Oui, Arthur. Je perds un peu mes cheveux, comme tu vois. Chaque jour qui passe nous fait changer un peu. Les enfants grandissent, et les adultes comme moi vieillissent. Mais à part ça, ma tête est la même. Ma voix non plus ne change pas.

— Des fois, au téléphone.

— Peut-être qu'au téléphone, ma voix est différente, mais là, nous ne sommes pas au téléphone.

— Non.

— Je suis en train de te parler et je suis sûr que tu peux comprendre ce que je dis, pas vrai ?

— Oui.

— Est-ce que dans les rêves, on peut comprendre tout aussi facilement ?

— Non.

— Alors, tu vois bien que ce monde ne ressemble pas à un rêve. Tu es d'accord ?

— Oui.

— Nous sommes bien éveillés, Léo. La vie n'est pas un rêve dont on ne se réveille jamais. »

J'ai joué avec eux pendant une demi-heure, puis, lassé, Léo a réclamé sa console de jeux. J'en ai profité pour fumer une cigarette sur le balcon. Accoudé à la rambarde, j'avais une vue imprenable sur les fenêtres spartiates des immeubles voisins, les antennes paraboliques, larges coquillages blanchis et bombés. En bas, c'était un spectacle de déshérence, triste comme après un déluge : Caddie sans roues, jouet passé d'un rodéo nocturne, la devanture éviscérée d'un petit magasin d'alimentation, un tas de parpaings en attente de nouvelle guérilla, un squelette de voiture calcinée au milieu d'autres véhicules plus chanceux, attendant leur tour. Cette nuit ou la prochaine. J'avais lu dans le journal que pour décourager les incendiaires, des hommes passaient la nuit dans leur voiture, des mères de famille et des enseignants campaient dans les écoles et les crèches, toutes lumières allumées.

J'avais les pensées vagabondes. Je me remémorais mon dernier séjour à Paris, à la fin des grandes vacances. J'avais accompagné Léo et Arthur aux manèges du parc de la Villette. Une autre fois, je les avais emmenés à la piscine.

« Quand tu es là, c'est vraiment les vacances », m'avait dit mon neveu.

Ce jour-là, je m'étais promis de mettre de l'argent de côté chaque mois. Pour quand ils seraient plus grands. Je pourrais les emmener en Égypte voir les pyramides, ou bien partir encore plus loin, au bout du monde. Je rêvais de voir le Grand Canyon.

Durant une semaine, j'ai dormi sur le canapé de Leila. Un matin, en ouvrant les yeux, j'eus l'impression de me réveiller chez Dédé et Danielle. Il me parut impossible de rester un jour de plus. Prétextant un problème avec mon locataire, j'ai annoncé à Leila que je devais retourner à Londres. Mais mon appartement, que j'avais sous-loué, était bel et bien occupé et je n'avais nulle part où aller. J'ai pris une chambre dans un hôtel de la rue Blanche qui se révéla un hôtel de passe, agité et bruyant, de nuit comme de jour. Je passai beaucoup de temps à errer dans Paris, je marchais sans cesse, au hasard des cinémas et des terrasses de café. Le soir venu, je m'éternisais dans les bars, me soûlant jusqu'à la fermeture. Au bout de quelques jours, l'ambiance de l'hôtel de passe où je séjournais m'avait électrisé, et je me vis, comme s'il s'agissait d'un autre homme, aller dans un sex-shop pour acheter des revues pornographiques, revenir dans la chambre me masturber, et d'autres fois encore franchir l'entrée d'un peep-show. C'est ainsi qu'au cours d'une de ces attractions mémorables, je reconnus avec stupéfaction la ravissante jeune femme qui, quelques minutes auparavant, trottinait en jean et baskets sur le boulevard de Clichy à trois mètres de moi. Elle était nue à présent et se faisait prendre en levrette par un homme trapu et chauve au centre d'une cabine tournante. Il n'y avait aucune concupiscence dans ses yeux, aucun désir, aucune excitation, tout était faux et factice. Sur le moment, je me demandai vraiment ce que je foutais là, et je regrettai sincèrement d'avoir décliné l'invitation d'un collègue qui m'avait proposé de le rejoindre en Espagne. Mes errances reprirent pourtant le lendemain, et mon ennui ne se dissipa pas pour autant.

Un autre jour, sur le clavier d'un ordinateur public, je tapai *Mai Toledano* dans la case vide d'un moteur de recherche. C'était idiot. Que pouvais-je bien espérer ? Que sur l'un de ces sites qui proposent de retrouver vos copains d'enfance une ancienne camarade ait téléchargé une photographie de classe où l'on aurait pu la reconnaître ? Mais, à part Leila et moi, Mai avait eu peu d'amis. Comme il fallait s'y attendre, la recherche ne donna rien. Il n'y avait aucune trace de Mai Toledano, nulle part. Elle était absente de ce monde-là aussi.

Tel un souffle, l'absente me suggéra un autre nom. Je me souvins du prénom de sa mère. Je me souvins de son regard atone, perdu, lorsque je l'avais aperçue furtivement au commissariat de police. C'était la dernière fois que je l'avais vue. Je n'étais pas allé à l'enterrement. Honte sur moi, je n'étais pas allé à l'enterrement.

Annie Toledano. Si elle avait gardé le nom de son mari, cela pouvait marcher. Mes doigts filèrent sur le clavier et un lien avec une bibliothèque parisienne apparut.

Au milieu de l'après-midi, je me présentai à l'accueil et prononçai le nom d'Annie Toledano, on m'indiqua une salle à l'étage. Des enfants étaient assis en cercle sur des coussins. Juste derrière eux, leurs parents avaient pris place sur des cubes en bois. Je me mêlai gauchement à eux, m'asseyant très vite pour ne pas me faire remarquer.

C'est alors que je la vis. Cheveux perchés en chignon sur le haut du crâne, elle s'agenouillait devant chaque enfant pour lui demander son prénom et, bien que tournée de trois quarts, je reconnus sa nuque d'emblée, cette nuque fine et pâle que j'avais observée tant de fois à l'arrière de la voiture lorsque, après l'entraînement, elle nous reconduisait à la maison. Quand elle eut fini le tour de tous les enfants, elle se releva et vint s'asseoir sur un fauteuil en face de son auditoire. Je pus alors la découvrir tout entière. Elle n'était plus une jeune femme, mais pour moi, elle ne l'avait jamais été. Si sa peau demeurait mouchetée et sans éclat, le temps semblait avoir passé sur son visage tel un pinceau qui aurait tâché d'en adoucir les traits. Les joues, autrefois creusées, s'étaient arrondies. Une auréole bistre pigmentait la peau des paupières, comme teintée au lavis, et accentuait la délicatesse de ses yeux clairs.

J'étais ému de revoir Annie.

Je le fus plus encore lorsque sa voix résonna dans la salle pour nous conter la légende de saint Georges et du dragon : « À une époque très lointaine, si lointaine que plus personne ne saurait dire si cette histoire s'est réellement produite ou si elle n'a pas jailli de l'imagination fertile d'un enfant, oui, un enfant tel que vous, vivait un courageux chevalier appelé Georges, né pauvre et qui, devenu soldat, avait fait le vœu de combattre le mal partout où il le rencontrerait. »

À l'image des enfants autour de moi, je me laissai porter par l'inclination chaude et satinée de cette voix, décrivant tour à tour l'armure du chevalier, le pays de Silène, son lac et sa courageuse princesse, le dragon au souffle venimeux, le combat ultime opposant Georges et le dragon pour sauver la belle et délivrer ce royaume du mal. Je découvrais comment une seule voix peut vous emporter loin, très loin, et la texture même des silences qui l'entrecoupent, vous plonger dans des béances et des profondeurs insoupçonnées.

Lorsque l'histoire s'acheva, j'avais oublié la raison de ma venue, et j'aurais sans doute été moins surpris de me retrouver nez à nez avec le dragon, ma lance perforant sa gueule ensanglantée, que de me découvrir ici, au milieu d'enfants qui hagards, qui ravis, qui pressés, et de leurs parents.

L'auditoire se dispersa, saluant et remerciant la conteuse. Lorsqu'il ne resta plus qu'elle et moi, je m'approchai pour me présenter. Elle me sourit chaleureusement, imaginant peut-être que j'allais lui demander un renseignement.

« Je suis Mehdi Guérin, m'empressai-je de dire. Je faisais de la natation avec votre fille. »

Elle plongea ses yeux dans les miens et l'expression de son regard se modula, passant de la circonspection à l'inquiétude, puis à une soudaine frayeur. Lorsque, portant sa main devant ses lèvres pour retenir un cri, elle se mit à trembler de tous ses membres, je compris qu'elle m'avait tout à fait reconnu. Je tendis la main pour toucher son épaule, pressant mes doigts sur la laine de son gilet, regrettant soudain d'être là, de raviver par ma seule présence une irrémédiable blessure, m'interrogeant sur la raison de ma visite après tant d'années.

« Vous voulez vous asseoir ? Annie ? »

Quelque chose l'apaisa, la frayeur s'estompa de son visage, et elle prit la main que j'avais portée à son épaule pour la serrer dans la sienne, comme on le fait pour quelqu'un qui vous est cher.

« Quel âge tu as ? Non, ne dis rien, tu es de la même année que Mai, pas vrai ? »

J'acquiesçai : « Vous vous sentez mieux ?

— Ça va, répondit-elle. C'est passé.

— Je suis désolé de vous avoir fait si peur. Je me rends compte que j'aurais dû vous appeler avant. Vous n'aviez peut-être pas envie de me revoir ?

— Tu peux me tutoyer Mehdi... Nous sommes tous les deux des adultes maintenant.

— D'accord.

— Qu'est-ce que tu as grandi ! »

Elle sourit, baissa les yeux et les releva vers moi : « Évidemment, ce n'est pas ce qu'on dit à un adulte.

— C'est surtout que j'ai arrêté de grandir depuis longtemps.

— Mais l'expression de tes yeux n'a pas changé. Tu as gardé les mêmes yeux étonnés. Oui, je te reconnais tout à fait à présent. »

Son visage s'était éclairci, mais elle se mit à rire et il se tendit à nouveau. J'avais l'impression que si elle riait encore, il se fendrait. À moins que ce ne fût mon propre cœur qui, à l'instant même, se fendillait de toutes parts.

Nous marchions, Annie et moi, sur le trottoir du boulevard Saint-Germain, non loin de la bibliothèque pour enfants où j'étais venu la surprendre. Malgré la saison, elle portait un long manteau en laine qui me frôlait la jambe à chacun de ses pas, et ses talons martelaient le sol tel un roulement de tambour. Il faisait jour encore et quand nous sommes arrivés au coin du boulevard Saint-Michel, la foule de touristes était si dense que nous faisions du surplace.

« Je connais un petit café par là-bas, ça te dit ?

— Je te suis. »

Elle enroula son bras autour du mien, ce qui m'étonna, et d'une traite nous fendîmes la foule.

Dans un café, non loin de là, nous avons continué de nous dévisager, en buvant du thé, cherchant en filigrane, dans tous ces regards échangés, la trace du temps qui avait passé, l'empreinte d'événements que nous avions vécus à des strates divergentes mais qui avaient tissé, dans la matrice même de nos cœurs, un indéfectible lien. Les silences qui émaillaient nos questions et nos réponses n'étaient plus aussi embarrassants qu'avant. Annie me parla de son divorce, très récent, sans pour autant m'en donner les détails. Je lui racontai mon parcours, mes jobs de serveur ici et là, mon envie de travailler en cuisine, d'apprendre un nouveau métier.

Il m'apparut très vite que le souvenir de Mai ne devait pas rester au fond d'un tiroir. Au contraire, Annie aimait que je lui parle d'elle, que j'évoque la jeune fille que j'avais connue et avec qui j'avais passé les plus beaux moments de ma jeunesse. Je n'avais pas à gratter très profond la surface de ma mémoire pour que remontent les souvenirs joyeux, les blagues intarissables de ma sœur quand nous nous retrouvions tous les trois, les trajets en voiture entrecoupés de grands éclats de rire, comme ce retour d'entraînement où la portière s'était ouverte en plein virage. Mai avait été éjectée de la 4 L. On l'avait retrouvée quelques mètres plus loin, le cul dans une flaque d'eau, riant à pleine gorge.

S'il y avait eu des moments tristes, je compris qu'en présence d'Annie, c'était la vie, le souffle de la vie qu'il fallait raconter. Annie se mit à rire aussi, et parut soudain apaisée et délestée. Quelque chose de glaireux, de poisseux, les vieilles incertitudes, l'embarras, s'échappaient avec ce rire, et après cela, tout devint étonnamment simple.

Ce jour-là, à deux pas du lit de la Seine, nous sommes tombés chacun amoureux de la solitude de l'autre.

Il fut évident que nous allions nous revoir. Bien sûr, je ne remplacerais pas l'enfant qu'elle avait perdu.

Les amis sont comme les amants. Ils se choisissent. Ce jour-là, Annie me choisit pour être son ami et faire un bout de chemin ensemble.

J'ai frotté ma cigarette contre la rambarde pour l'éteindre. Dans le frigidaire, j'ai cherché un yaourt mais ils étaient tous périmés, et je suis revenu finalement dans le salon pour rejoindre les enfants. Sur l'écran de télévision, un match virtuel opposait la France au Brésil. Je me suis assis à côté d'Arthur pour regarder Léo jouer, la langue sortie, secouant sa manette, bataillant dur.

« Tu ne joues pas, toi ? » demandai-je à Arthur.

Le petit garçon de trois ans se contenta de retirer le pouce de sa bouche et de hocher la tête. Ses yeux brillaient dans la lumière du jour. Ce sont les yeux de Leila, pensai-je, les yeux d'avant, vifs et pétillants.

« Arthur, il est très fort, bredouilla son frère. Il ne me bat pas encore, mais il se débrouille très bien.

— C'est vrai ça que tu bats presque Léo ? Tu vas me montrer après ? »

Arthur sourit. Les fossettes qui se dessinaient au coin de la bouche venaient aussi de sa mère, tandis que Léo ressemblait davantage à son père, le visage anguleux, les yeux en amande.

La porte de l'appartement s'ouvrit au même instant, Leila et Christophe entrèrent les bras chargés de sacs de courses. Je me levai pour les aider. Mais à la vue de tous ces paquets de céréales et de biscuits, de bouteilles de soda et de sacs de surgelés, je me sentis vaciller. Qu'est-ce qui ne tournait pas rond chez moi ? Je venais à peine d'arriver et déjà je ne pensais qu'à repartir.

19

Je fis le tour de la voiture et attendis que Christophe m'ouvrît la portière pour monter. C'était une vieille voiture et, du côté du passager, la portière ne s'ouvrait que de l'intérieur. Je m'assis à côté de lui, tandis qu'il démarrait le moteur. Un vieux rap américain retentit aussitôt. Christophe fit une marche arrière pour sortir du parking, tourna une première, puis une seconde fois à l'angle d'une barre d'immeuble.

Il demeurait silencieux mais je devinais à sa respiration anxieuse, aux regards jetés dans ma direction, son besoin de parler.

À l'approche du périphérique, l'air, la nuit, les rues autour de nous s'électrisèrent. Ce n'était pas joyeux comme pour un samedi soir, plutôt une agitation cinglante venant frapper les vitres du véhicule. Un chant de sirènes retentit au loin et à mesure que les gyrophares approchaient, le boulevard se teintait tantôt de bleu, tantôt de rose, baignant l'habitacle des mêmes couleurs.

« Je ne vois pas comment ils arriveront à régler tout ça, dit-il soudain. Ces jeunes sont vraiment en colère, même si depuis le temps ils ont oublié pourquoi. »

Christophe parlait sans me regarder, guettant les véhicules de police dans son rétroviseur.

« Un gosse qui grandit dans la colère, persuadé d'être une victime, c'est ça que tu ne peux pas guérir, ajouta-t-il, tandis qu'il baissait le volume de l'autoradio. Ils en veulent à la France. Ils disent qu'elle ne fait rien pour eux. Maintenant, ils s'en prennent aux écoles, à quoi ça rime franchement ?

— C'est stupide, je suis d'accord avec toi. Mais il y a aussi beaucoup d'injustices dans ce pays. Je ne peux pas m'empêcher de penser que ces révoltes conduiront à quelque chose de positif, ne serait-ce qu'à une réaction de la classe politique.

— Tu crois vraiment à ce que tu dis ? Il s'esclaffa : ça se voit que tu ne vis plus ici ! »

Au fond de moi, je ne savais plus quoi penser. Qu'aurais-je fait si j'avais eu quinze ans en 2005 ? Aurais-je pris part aux émeutes, caché des bouteilles d'essence sous mon blouson et brûlé des voitures ?

Je me souviens de mon désarroi et de ma colère lorsque, en 1994, les manifestations contre le CIP auxquelles je participais dégénéraient en scène de guérilla à la fin de la journée. Par essaims, on les voyait surgir en marge des cortèges, corps raidis et nerveux, capuches relevées, foulards et écharpes noués autour du visage, barres de mine entre les mains, puis filer vers les devantures des magasins, faire voler les vitrines en éclats à coups de barre, à coups de talon, s'emparer de leur butin et repartir avec. Ils étaient jeunes à l'époque et ils le sont encore, si jeunes. Ce sont les mêmes têtes brûlées, sur le fil du rasoir, et tout n'a fait qu'empirer depuis.

Le soir, il ne restait que ces images dans les journaux télévisés. Non, je n'avais jamais été un casseur. Je n'éprouvais aucun plaisir à casser, à incendier et détruire. Je me sentais privilégié de ne pas être dans cette logique-là, de me lever le matin et d'avoir quelque chose à faire.

Christophe reprit : « Moi aussi, j'aimerais bien me tailler d'ici. Souvent, j'y pense. C'est pour les gosses surtout. »

Je revis les garçons, et les imaginer, c'était comme une fontaine surgissant du bitume, comme une cascade de notes claires et douces sur le clavier d'un piano. C'étaient l'élan, le rire, la vie réunis. Comme Christophe, j'avais envie de les emmener loin d'ici.

« Tu sais où tu voudrais aller ? »

Un sourire mêlant dépit et embarras est apparu sur ses lèvres.

« Au Canada, j'aimerais bien. Ou même à la campagne. Pourtant, je ne suis quasiment jamais sorti de ce quartier. La cité, je ne connais que ça. Et Londres, c'est bien ?

— Comme ici, il y a beaucoup de pauvreté et de chômage. Mais je crois qu'il y a moins de racisme. Avec les attentats de juillet, ça va certainement changer. Enfin, d'une certaine manière, ça a déjà changé…

— Partout où tu passes, ça explose.

— Comment cela ?

— Londres, New York, Hambourg…

— Il n'y a pas eu d'attentat à Hambourg.

— La cellule de Hambourg, ça ne te dit rien ? C'est pourtant là que les attentats du 11 Septembre ont été préparés…

— C'est vrai, je n'y avais jamais pensé.

— Tu es un homme très louche.

J'éclatai de rire : « Ne le crie pas trop fort. Je vais finir par avoir des ennuis. Mais c'est vrai qu'en y regardant de plus près, je fais des voyages très suspects ! »

Christophe arrêta la voiture en double file.

« C'est là, dit-il, en désignant un long bâtiment sinistre, courant tout le long de la rue.

— C'est la résidence où tu bosses ? Ils emploient des vigiles là-dedans ?

— On dirait pas, hein ? T'as le temps de boire un verre ? »

Nous sommes entrés dans un bar-tabac de la place du Colonel-Fabien. Christophe s'est faufilé jusqu'à la caisse, tâtant ses poches à la recherche d'un billet. Ses jambes semblaient bien fines dans son pantalon étriqué qui lui collait à la peau, des chevilles jusqu'au haut des cuisses. Il a posé un billet sur le comptoir, récupéré son paquet de cigarettes, est passé devant moi, puis a commandé deux bières au barman qu'il avait l'air de connaître. Je l'ai suivi dans l'arrière-salle, moins bruyante, et nous nous sommes assis l'un en face de l'autre sur des banquettes d'un rouge coruscant. Il m'a offert une cigarette que j'ai acceptée avec plaisir, tendant simultanément son briquet pour l'allumer. Dans la lumière de la flamme, nos visages se sont rapprochés. Je remarquai l'inflexion franche de ses sourcils, pareille au contour de ses yeux, ses lèvres dures, une vieille cicatrice au-dessus d'une paupière.

« Tu sais ce qu'elle m'a dit ta sœur l'autre jour ? Que si ce n'était pour les enfants, elle préférait perdre un mari, plutôt qu'un frère. Elle n'en loupe pas une ! Non, mais t'y crois, toi ? Me dire ça à moi ? »

Il tourna la tête, recula légèrement sa chaise puis revint très brusquement vers la table.

« Elle est trop, ta sœur ! »

Il me fallut quelque temps avant de comprendre.

Avant de comprendre ce que Leila avait voulu dire. Christophe souriait et semblait énervé en même temps.

Je baissais les yeux vers mon verre et le fit valser entre mes mains.

« Leila ne le pense certainement pas.

— Qu'est-ce que tu veux, c'est comme ça… Tu es son premier amour. »

Christophe avala une gorgée, reposa son verre et détourna la tête comme pour repousser une pensée désagréable.

Un couple se leva derrière nous. Le vacarme des pieds de chaise nous assourdit un instant et nous réduisit au silence. J'avais l'impression d'avoir cessé de respirer. Ou qu'une partie du plafond allait s'écrouler.

J'observai le couple s'éloigner puis je dis :

« Leila ne va pas bien.

— Tu sais, j'ai tout essayé. Mais quand ça vient de moi… Tu devrais lui parler, toi. Elle t'écoutera peut-être.

— La dernière fois au téléphone, elle m'a dit qu'elle avait essayé de prendre rendez-vous dans un centre médico-psychologique mais la liste d'attente est très longue.

— Il faudrait aller dans le privé. Je m'en fiche, s'il faut payer, on paiera. Mais elle refuse. Des fois, j'ai l'impression qu'elle ne me dit pas tout. Qu'elle me cache quelque chose. Quelque chose qui aurait eu lieu avant, bien avant qu'on se connaisse. Et je me demandais… Je me demandais si… »

Je regardai Christophe qui plongea aussitôt ses yeux dans les miens, et son regard me fit l'effet d'une trompe en train de m'aspirer tout entier. Il y avait bien des secrets, mais je les avais si profondément enfouis que je pensais sincèrement qu'ils n'existaient pour personne d'autre que Leila et moi.

« Je me disais, peut-être qu'il s'est passé quelque chose avec Dédé. Quelque chose quand elle était jeune.

— Non, Dédé n'a jamais touché Leila, j'en suis sûr. »

Christophe sembla rassuré. Il sourit.

« Excuse-moi. Avec tout ce qu'on voit à la télé aussi. On finit par s'imaginer des trucs.

— C'est normal que tu te poses des questions. Mais s'il y a quelque chose, ce n'est sans doute pas à toi qu'elle parlera. Ni à moi, d'ailleurs. »

Christophe termina son verre et regarda à l'intérieur comme scrutant son propre reflet. Puis il le reposa sur la table et alluma une nouvelle cigarette.

« Tu sais, avec la maladie de ma mère, j'ai compris certaines choses. Quand elle a commencé à aller mal, je me disais qu'il était logique que ma mère en vieillissant se mette à faire des trucs bizarres. Puis, un jour, un docteur m'a dit ce qu'elle avait. J'ai réalisé alors que tout ce qui s'était passé avant était déconnant. Je me demandais comment j'avais fait pendant toutes ces années pour ne pas m'en rendre compte. Aujourd'hui, je ne veux pas attendre aussi longtemps pour Leila. Je ne veux pas la perdre. C'est que je suis attaché à elle, tu comprends ?

— Je sais, Christophe. »

Il jeta un coup d'œil à l'écran de son portable et écrasa sa cigarette à peine consumée dans le cendrier.

« Il est l'heure. Je dois y aller. »

Il se leva sans attendre de réponse. Ses dernières paroles me faisaient l'effet de minuscules bouts de verre incrustés dans la paume de ma main.

Sur le trottoir, Christophe m'attendait pour me dire au revoir. Je fis quelques pas vers lui et lui tendis la main. Elle tremblait. Elle tremblait si fort qu'il ne pouvait pas ne pas le remarquer.

Toute ma vie je devrais vivre avec ça. Voilà, c'est comme ça. Et je n'en parlerai à personne. Les seuls témoins étaient morts. Il ne restait que Leila et moi.

Un sale petit secret enfoui.

Qui n'était rien et qui était tout.

Entre nous depuis toujours, dans l'air que nous respirions, dans chaque parole prononcée, dans nos pleurs et dans nos cris.

Il existe deux sortes de coups, pensai-je, ceux que l'on reçoit, ceux que l'on donne. Et peut-être que dans toute cette histoire, ceux dont il paraissait le plus difficile de se relever n'étaient pas les plus évidents. Leila n'avait rien d'une victime, ne l'a jamais été. Mais je savais, et Leila aussi, que si toute la gêne liée à notre passé devait refaire surface, elle prendrait la forme d'une avalanche. Nous la subirions de plein fouet. Nous serions submergés et anéantis.

Étrangement, celle qui semblait le plus souffrir, c'était Leila. J'essayai de me rappeler quand ça avait commencé. Il y avait eu la mort de Danielle, ce qui n'était plus possible le devenait brusquement. Puis ce fut au tour de Mai de disparaître. Après cela, Leila était devenue la maîtresse de maison. Déjà, quelque chose en elle avait changé. Elle avait arrêté la natation. Elle avait commencé à prendre du poids et à mal travailler à l'école. Elle avait redoublé l'année suivante. Elle me disait parfois : « J'aurais pu devenir championne si j'avais eu la motivation. » Elle avait été si forte pourtant, par le passé. Dans l'eau, elle gagnait toujours. Cette force, bon nombre d'entre nous se demandaient où elle la trouvait. Mais c'en était fini aujourd'hui, quelque chose était perdu.

La nuit était fraîche à présent. Je me hasardai dans une rue et lorsque je reconnus le canal Saint-Martin, je compris que je marchai dans la bonne direction. Je m'arrêtai quelques instants au milieu d'un pont, épiant les passants qui promenaient leur chien sur les berges. Un vent sec mordait mon visage.

Quelque chose autour de moi avait-il changé ? Dans l'allure des passants, la teinte des murs ou des pavés, les façades des immeubles semblaient-elles moins rugueuses ou délavées ? Ce qui paraissait vrai à cette époque ne l'était-il plus aujourd'hui ? Chacune de ces vérités ne durait-elle qu'un instant ?

J'étais parti dès que cela avait été possible.

J'avais voulu mettre le monde entre ma sœur et moi, des murs hérissés de barbelés et de morceaux de verre, des régiments d'infanterie et des dortoirs de garçons. Des autoroutes, des voies ferrées et des gares. Des mers et des océans. Des montagnes et des vallées.

Les années ont passé. Et seulement maintenant, je comprenais que toutes mes tentatives pour m'éloigner de Leila étaient vaines. J'éprouvais si fortement la puissance de son désir qu'aucune distance ne parvenait à m'en libérer. Je portais le désir de Leila en moi. Je le portais le matin, et le soir. Je le portais dans le salon de coiffure de l'armée lorsqu'on me rasa la tête pour la première fois, dans ces boucles tombant sur le lino, dans ces cheveux volant en poussière autour de moi. Je le portais dans ma gorge et mes intestins. Je le portais dans ma pisse et dans ma merde, dans toutes les auréoles de sueur que mon corps laissait sur mes sous-vêtements et les draps. Je le portais dans le sperme qui giclait de ma queue. Je le portais dans les bras des femmes qui me les ont ouverts. Dans leurs poitrines et leurs sexes. Ce désir était là, partout où je me suis échoué et abandonné.

La leçon de ma jeunesse avec ma sœur est que le désir de l'autre, s'il ne vous détruit pas sur-le-champ, détermine vos choix à venir et écrit l'histoire à votre place. Ce désir vous fouette l'aine, s'immisce dans vos orifices, vous transperce l'anus jusqu'aux entrailles, y crache ses larves. Vous pouvez vous jurer d'être autrement, vous restez le larbin de celui qui vous a désiré la première fois, contre toute nature, celui qui vous a forcé la main et qui a mis à sac votre candeur : vous restez pour toujours le jouet du désir de l'autre.

20

Leila ferma à double tour la porte du balcon derrière elle et glissa la clé dans sa poche. Après avoir déposé le panier à linge sur la table de la cuisine, elle alla à la fenêtre du salon vérifier qu'elle était également bien verrouillée. Depuis quelques jours, ces balcons l'effrayaient. Il arrivait qu'elle se levât plusieurs fois par nuit pour vérifier que fenêtres et balcons se trouvaient bien fermés.

Dans la chambre des enfants, Leila jeta un coup d'œil au visage endormi de Léo, la tête relevée par un bras. Elle contempla ensuite Arthur, assoupi également. Ses fils, ses enfants. Elle désirait dormir elle aussi. Mais chaque nuit ses propres cris l'arrachaient au sommeil. Crier semblait le seul moyen de s'extirper de son cauchemar. Un cauchemar qui tournait en boucle depuis plusieurs semaines, et après cela, tremblante, elle restait éveillée jusqu'à l'aube.

Leila éteignit la veilleuse de la chambre de ses fils, ferma la porte derrière elle. Dans la salle de bains, elle ôta la djellaba et passa une chemise de nuit.

Allongée sur le lit, elle se mit à caresser son ventre rond. Sa chair lui parut flasque et lasse. Jamais elle ne s'était sentie autant fatiguée, comme si à la place d'un enfant une torpeur foudroyante poussait entre ses entrailles et mollissait ses sens. Comme si, encore, ce vide qui lui rongeait le ventre était sur le point de l'arracher au monde.

Le lendemain matin, ma sœur avait rendez-vous à la maternité pour l'échographie du cinquième mois de grossesse. Le médecin était souriant. Un troisième enfant, devait-il penser, voilà une affaire qui roule, tandis qu'il étalait du gel et maniait la sonde sur la peau tendue, se frayant un chemin virtuel dans la cavité de son utérus.

Très vite, il devina que quelque chose clochait. On aurait dû entendre le battement du cœur. Mais la machine restait silencieuse.

« Vous avez eu de la fièvre récemment ?

— Non, je crois pas.

— Vous vous êtes sentie indisposée ? Peut-être même un peu malade ? »

Leila a tourné les yeux vers l'image apparue sur l'écran et compris tout de suite ce qui se passait. Sur le fond noir de l'écran, la petite chose, dont la forme était parfaitement reconnaissable, flottait, inerte dans l'espace de son utérus.

« Il n'y a plus de battement de cœur, dit le médecin désolé. La grossesse s'est arrêtée. »

L'obstétricien reposa la sonde sur son boîtier. Leila continua de regarder l'écran, les traînées de poudre grise sur le fond sombre.

« Vous voulez rester seule quelques minutes ? Madame ? Vous m'entendez ? »

Leila sentit un filet d'air frais glisser sur la peau de son ventre. Elle frissonna et tendit la main vers le rouleau de papier posé sur le bureau. Le médecin se leva, attrapa le rouleau et déchira une feuille. Leila s'en saisit aussitôt pour essuyer le gel. Tout son corps lui semblait une abomination. Elle aurait voulu le cacher, se l'arracher, le lancer au loin.

« Je dois vous faire d'autres examens. Mais avant ça, voulez-vous qu'on prévienne quelqu'un ? »

Leila fixa sur lui ses yeux perdus et défiants. Au loin, il lui semblait percevoir le cri d'un nouveau-né.

Ce fut la sonnerie de mon portable qui, peu avant onze heures, me réveilla. J'avais dormi chez Annie, dans sa chambre d'ami. La veille, j'avais cuisiné pour elle, des champignons farcis, des *penne all'arrabbiata* et nous avions passé la soirée à papoter comme de bons vieux camarades en buvant du vin rouge. Annie était déjà partie au travail. Nous avions prévu de nous retrouver dans la soirée pour aller au théâtre.

Lorsque je décrochai, je ne perçus de l'autre bout du fil que des cris percés de sanglots. Je savais que c'était Leila parce que son nom s'était inscrit sur l'écran, mais je ne comprenais rien à ce qu'elle disait. Il était question du bébé, de la maternité, de Christophe et des garçons. Plusieurs fois, je demandai à ma sœur de se calmer, mais rien n'y faisait. Elle semblait paniquée, et dans mon impuissance, je sentais l'inquiétude et l'horreur grandir en moi. Leila finit par donner le téléphone à quelqu'un d'autre et une voix de femme résonna à l'autre bout de la ligne. C'était une sage-femme de la maternité des Lilas. Elle m'annonça que Leila avait perdu son bébé.

« Votre sœur a très mal pris la nouvelle. Elle refuse de rencontrer la psychologue de l'hôpital et exige qu'on lui enlève le fœtus sur le champ, ce qui n'est pas possible bien sûr. »

J'avais du mal à avoir les idées claires. J'avais bu trop de vin, trop d'alcool. La lumière du jour me faisait mal au crâne.

Il y eut des parasites dans l'appareil, une agitation bruyante, des éclats de voix. À l'évidence, l'infirmière était en train de se faire arracher le téléphone. Je pensai qu'on avait raccroché quand la voix de Leila retentit de nouveau.

« Mehdi ?

— Je suis là, Leila.

— Tu sais ce qu'ils m'ont dit, hurlait-elle avec un débit rapide. Que je devais rentrer chez moi et revenir dans deux jours pour l'accouchement. J'ai la trouille, putain !

— Christophe n'est pas avec toi ?

— Je n'arrive pas à le joindre. Il a débranché tous les téléphones.

— Je peux aller le chercher si tu veux. C'est ce que tu veux ?

— Non ! Viens ici ! J'ai besoin de toi. »

Je griffonnai l'adresse sur un morceau de papier que j'enfouis dans ma poche avec mon portable. Je m'habillai à la hâte quand une douleur fulgurante me perfora l'estomac. Un violent haut-le-cœur me remonta aussitôt dans la gorge, et je me précipitai aux toilettes pour laisser échapper un jet de bile brune. Je rinçai ma bouche, offrant quelques instants mon visage au filet d'eau froide, continuant de roter bruyamment, me soutenant au lavabo, les jambes vacillantes. Dès que les nausées se calmèrent, je retournai dans la chambre pour finir de m'habiller.

En claquant la porte de l'appartement d'Annie, je réalisai que j'avais oublié les clés à l'intérieur, ainsi que mon portefeuille. Je n'avais sur moi aucun moyen de paiement. Je me hâtai de rejoindre la station de métro, contraint de sauter par-dessus le tourniquet sous l'œil résigné du guichetier.

Quand j'arrivai à la maternité, on m'informa que Leila avait fini par accepter de rencontrer la psychologue. On me fit attendre parmi les femmes enceintes dans un couloir étroit. Assise à côté de moi, une femme, à la grossesse très avancée, ne cessait d'engueuler son mari dans une langue que je ne comprenais pas. Celui-ci se tournait vers moi, cherchant un regard charitable et complice.

Enfin la porte s'ouvrit et je vis ma sœur, sa jolie peau brune. Elle avait les yeux rougis, d'une douceur innocente et juvénile. Ce jour-là, elle avait préféré à sa djellaba un pantalon et un large pull à col rond qui ne dissimulaient pas sa silhouette et faisaient saillir son ventre rond. Je me rendis compte que malgré sa forte corpulence, elle arborait bien un ventre de grossesse. Elle me lança un regard désespéré, anéanti, et se pencha à mon oreille : « Tire-moi de là. C'est un cauchemar. »

Elle posa sa tête sur mon épaule et je la pris dans mes bras. J'aurais voulu être une citadelle pour lui ouvrir mes portes, une pièce de tissu pour la draper tout entière.

« Ils savent pourquoi ? »

Leila a secoué la tête : « Faut faire d'autres examens pour savoir. Mehdi, putain ! Je ne peux pas rester comme ça. J'ai un bébé mort dans le ventre.

— Viens, on va marcher un peu. »

Nous sommes sortis de la maternité et nous avons remonté la rue. Je serrais Leila par la taille et elle s'agrippait à moi, plaquant ma main contre son ventre avec une telle force qu'on eût dit qu'elle voulait que je porte son bébé mort à sa place. Je sentais les larmes monter. J'étais triste pour ma sœur. Pour Christophe et les enfants. J'étais triste pour ce bébé qui ne verrait jamais le jour.

« Qu'est-ce qu'elle a dit, la psychologue ? Ça t'a aidée un peu de lui parler ?

— J'ai pas réussi à l'écouter. Elle avait ce truc bizarre avec la bouche qui claque quand elle parle.

— Tu ne te souviens pas de ce qu'elle a dit ?

— Si, si. Qu'il faut du temps pour comprendre ce qui se passe et accepter la séparation. C'est pour ça qu'ils veulent que je rentre chez moi.

— Je crois qu'il faut les écouter. Ils savent ce qu'ils font.

— Je voulais donner la vie, pas la mort. »

Il y avait de la terreur dans les yeux de Leila, de la colère aussi, et une sorte de détermination. Ce n'était pas la Leila asthénique que j'avais vue la veille, et je reprenais confiance. La vie qu'elle portait s'était éteinte, mais elle était bien vivante. L'air pénétrait ses poumons. Son cœur battait. Le ciel pâle et incandescent se reflétait et luisait dans ses pupilles sombres.

« Tu vas y arriver parce que tu es pleine de courage. »

Ma sœur baissa les yeux.

« Tu parles de courage. J'en ai jamais eu. »

J'ai saisi ses épaules, l'obligeant à redresser son visage vers moi pour me regarder :

« Tu es la plus forte, je le sais. Tu gagnais toutes les courses.

— C'était il y a longtemps. Pourquoi tu me parles de ça ? »

La sonnerie du portable a retenti. Leila a jeté un œil sur l'écran. « C'est Christophe. » Elle s'est un peu éloignée et a décroché. Après quelques mots, elle a fondu en larmes. J'ai détourné la tête pour ne pas la regarder, pour ne pas me laisser submerger par son chagrin. J'ai arraché un prospectus du pare-brise d'une voiture en stationnement et je l'ai déchiré en mille morceaux. Une pluie de confettis a volé à mes pieds.

Quand Leila est revenue vers moi, elle m'a dit que Christophe venait nous chercher. Elle était décidée à rentrer.

Nous sommes retournés à la maternité. Une sage-femme nous a reçus dans son bureau et a expliqué ce qui allait se passer. J'écoutais ce monde fait de col à ouvrir, de piqûres, de contractions et de vacuité utérines. Ensuite la sage-femme a parlé du corps et, sur le coup, je n'ai pas compris à quoi elle faisait référence. Ce n'est que quand elle a parlé des vêtements que j'ai compris. Les parents pouvaient décider de le voir ou de ne pas le voir, de le prendre dans les bras ou pas. On laverait ce corps, expliquait la femme, on l'habillerait et il serait photographié. Ces clichés resteraient ici dans un dossier, et Leila et Christophe auraient la possibilité de le consulter quand ils le désireraient. C'était un moment important, une décision qu'il ne fallait pas prendre à la légère. Il arrive que des parents qui ont refusé de passer un moment avec leur enfant le jour de l'accouchement reviennent quelques mois, voire quelques années plus tard, pour demander à voir ces photographies.

Ma sœur, les yeux dans le vide, écoutait en enfonçant ses ongles dans la paume de ma main. Je revoyais la chambre de Leila où j'étais venu lui rendre visite peu après la naissance de Léo, six ans auparavant, ce magnifique bébé recroquevillé sur sa poitrine, la petite bouche cherchant le sein de sa mère.

Leila repoussa ma main.

« Pourquoi vous ne faites pas comme pour un avortement ?

— La grossesse est bien trop avancée pour une IVG, répondit sèchement la sage-femme. Vous savez quelle taille fait votre fœtus ? À peu près celle d'un pamplemousse. »

Leila grimaça. Je sentais la colère gronder en elle. Ses questions sonnaient crûment, sauvagement.

« Mais si je veux pas accoucher ? »

La sage-femme secoua la tête et sourit avec une ironie qui me parut désinvolte : « Et comment voulez-vous qu'on aille le chercher, madame ? »

Les lèvres blanches, Leila se leva et cria de plus belle :

« Vous n'avez qu'à m'endormir et m'ouvrir le ventre. Qu'est-ce que ça peut bien foutre, puisque de toute façon, il est mort !

— Vraiment ? Je ne crois pas que vous préfériez une césarienne. Ce serait plus fatigant pour vous. Il faudrait faire une anesthésie générale. Et puis la cicatrisation est longue et douloureuse. Non, vraiment, je ne vois aucune raison de ne pas passer par les voies naturelles. Vous avez déjà accouché deux fois. J'ai confiance en vous. »

En cet instant, la femme fit le tour du bureau et sortit la main de sa blouse pour la poser sur le ventre de ma sœur. Avec un air de dégoût, Leila recula pour s'arracher à cette main, puis enfouit dans son sac les cachets et l'ordonnance qu'on lui avait prescrits.

« Nous nous reverrons jeudi matin, poursuivit la sage-femme. Bien sûr, si d'ici là il y a le moindre problème, si vous saignez ou ressentez des douleurs, il faut toute de suite revenir nous voir. »

Leila comprit qu'elle était condamnée à mettre cet enfant au monde de la même façon que ses grands frères. Elle saisit son manteau et sortit de la pièce.

« *Je ne vois aucune raison de ne pas passer par les voies naturelles*, répéta-t-elle, furieuse, sur le trottoir de la maternité. Je t'en foutrais des voies naturelles ! Connasse ! »

Une voiture s'arrêta à notre hauteur. C'était Christophe. Il fumait, la fenêtre ouverte. Leila s'est postée devant lui et l'a regardé longuement. Puis elle s'est penchée vers lui, a attrapé sa cigarette, l'a portée à sa bouche, a souri tristement et s'est baissée encore une fois pour l'embrasser au milieu des volutes de fumée. Elle a fait le tour de la voiture pour s'asseoir sur le siège passager. J'ai ouvert la portière arrière et suis monté également. Ils se sont étreints de nouveau, j'ai détourné les yeux.

Nous avons roulé dans les rues étroites des Lilas. Je regardais défiler les visages des passants, encapuchonnés et indifférents, dans cette lumière blanche et aveuglante. Christophe s'est arrêté devant la devanture d'une pharmacie et a disparu quelques minutes pour chercher les médicaments.

En revenant, il nous a offert des cigarettes. Nous fumions maintenant tous les trois et lorsque la voiture s'est engagée sur les voies du périphérique, nous avons gardé les fenêtres ouvertes. Leila a jeté sa cigarette par la fenêtre, puis allumé l'autoradio.

Mais Christophe n'était pas d'humeur à supporter la soupe diffusée sur les ondes. Il a mis un album de *The Roots* que nous connaissions par cœur.

Hip-hop, you the love of my life
We bout to take it to the to the to the…, check it out
Yo, what, it sounds so nice
Hip-hop, you the love of my life
I'm bout to take it to the top, what
Hip-Hop, hip-hop love
To the top hip-hop, check it out
It's like, word up, and it sounds so nice
Hip-hop, you the love of my life, of my life.

Ce son avait été notre jeunesse. Il soufflait sur nos cœurs, les faisait battre plus fort. On redressa la tête.

Hip-hop, you the love of my life.

Quand nous sommes arrivés à l'appartement, Christophe m'a demandé de rester avec Leila tandis qu'il allait chercher les enfants à l'école.

Elle s'est assise sur le canapé, a posé les mains sur son ventre.

« Tu veux quelque chose ? Un verre d'eau ? »

Elle a décliné et m'a fait signe de venir près d'elle. Elle s'est renversée, la tête sur mes cuisses, les jambes recroquevillées. J'ai regardé son profil, son œil las et fébrile qui clignait de temps à autre, le dessin de son oreille, la racine des cheveux au sommet du front, les vaguelettes de son cou potelé. J'ai passé l'index sur la paupière, l'arrondi des sourcils, et j'ai continué à caresser son visage. Ses traits se sont relâchés, tout en elle s'abandonnait. J'avais une conscience si aiguë de son corps qu'il me semblait un prolongement du mien. Nous n'avions jamais été qu'un. Rien, ni la volonté du monde ni la nôtre, ne pourrait jamais nous séparer.

« Je voudrais tant que tout soit comme avant. Avant j'étais comme une reine. Et toi, tu étais mon royaume. »

Elle garda le silence et j'enfonçai mes doigts dans la jungle de ses cheveux, avec voracité et amour.

« S'il te plaît », souffla-t-elle.

Elle me prit la main pour l'arrêter et la posa sur son ventre. Ce ventre fait de graisse et de torpeur, ce ventre de ténèbres.

Leila se redressa, et ses yeux me donnèrent l'impression que c'était elle qui m'était soumise à présent, elle qui m'implorait. « Arrête de partir tout le temps. J'ai besoin de toi. »

Lorsque les petits sont rentrés, ils ont regardé leur mère, ils ont regardé son ventre. Léo a demandé s'il pouvait jouer à la console et Christophe a dit oui.

Je n'avais aucun moyen de joindre Annie qui n'avait ni téléphone portable ni répondeur sur sa ligne fixe. Je suis allé dans la cuisine et j'ai fait à manger. Nous avons dîné tous les cinq dans la cuisine. Leila n'avait pas faim. Elle a dit qu'elle était fatiguée et est allée se coucher. Très vite, Arthur est parti la rejoindre. Léo et Christophe ont regardé une série américaine à la télé. Léo s'est endormi et je l'ai porté dans son lit. Dans le couloir, par la porte ouverte de la chambre de Leila, j'ai aperçu Arthur blotti contre sa mère, le pouce tombant de sa petite bouche endormie. Christophe aussi somnolait dans le salon, le visage violacé par la lueur de la télévision.

J'ai laissé un mot sur la table, disant qu'ils pouvaient m'appeler s'ils avaient besoin de moi. Et je suis sorti.

C'était une soirée lourde et chaude, humide et oppressante, comme si une coque de verre claquemurait la ville. L'hiver semblait encore une vaine chimère. Je n'avais pas réussi à joindre Annie. Elle avait dû m'attendre en vain devant le théâtre. J'espérais la retrouver après le spectacle. Je partis d'un pas alerte en direction du métro, longeant les grands bâtiments à la façade sombre sans croiser personne. La silhouette d'autres immeubles se profilait sur le ciel cramoisi, irisée par les lumières des villes alentour. À peine entendait-on le chant d'une sirène de police, si éloignée, cependant, que je ne m'en souciai pas. Les rues étaient vides et le ciel rougeoyant me semblait l'unique menace de cette soirée de novembre.

Il y eut une brève explosion de pas qui fendit le silence de la cité et je m'arrêtai un instant, scrutant l'horizon, cherchant par quel hall d'entrée, par quelle coursive obscure et secrète on venait de détaler et de disparaître. Ne remarquant rien, je repris ma marche.

Un bris de glace suivi d'une détonation résonnèrent dans toute l'avenue, et ce fut à nouveau le même calme chargé de menaces qui précède l'orage. Une voiture s'embrasa et, à la lueur naissante des flammes, je les vis soudain surgir de derrière un muret, au cœur d'une cavalcade de pas. Ils étaient une demi-douzaine, ombres noires aux capuches levées, si agiles et rapides qu'après un instant ils avaient déjà disparu.

D'abord, je n'ai pas bougé, puis j'ai réalisé que, depuis un bon moment déjà, dans l'atmosphère écharpée de cette ville coulait et résonnait la longue plainte des sirènes de police. À l'évidence, les forces de l'ordre se montreraient bientôt. Moi je me trouvais là comme un con, tout près d'une voiture en feu. Bêtement, j'ai commencé à courir. Dans cette course effrénée, je me suis souvenu du commencement de cette journée : comment je m'étais arraché de l'appartement d'Annie, sans portefeuille, sans papiers. J'aurais dû me raisonner, m'arrêter, revenir sur mes pas, retourner chez Leila. Au lieu de ça, j'ai accéléré. J'étais à nouveau un gosse de quinze ans. Qui ignore pourquoi il court. Qui ne l'a jamais su. Mais qui fuit, coupable de tout.

Une brise s'est levée. Peut-être allait-elle me pénétrer, me freiner, me faire chanceler. Me traverser et me stopper. Peut-être qu'en m'arrêtant j'allais découvrir le visage de ce que je fuis. Depuis longtemps. Depuis toujours. L'humiliation. Les ennuis. Après tout, quoi de plus simple.

J'ai tourné à l'angle d'un immeuble et, dans ce quartier où perrons, balcons et crêtes d'immeubles identiques font se ressembler rues et artères, je n'ai rien reconnu.

Non, je n'ai rien reconnu et pourtant, je courais encore.

Au fond, j'avais dû faire quelque chose de mal puisque j'avais si peur.

Le flot des sirènes s'est arrêté, et c'est là que j'ai dû ralentir sans m'en rendre compte. Comment ont-ils pu me repérer si facilement sinon ? Le faisceau d'une lampe-torche se trouvait braqué sur moi et m'aveuglait. Jc relevai un bras pour me cacher les yeux et reculai de quelques mètres avant de trébucher sur l'arête d'un trottoir. Mon cœur battait si fort, comme des coups de semonce, ma poitrine faisait caisse de résonance.

Je me suis élancé à nouveau. À présent, je sentais du sable sous mes pas.

Cette fois, ce fut la barre métallique d'une balançoire qui brisa ma course. Le tibia broyé, je m'écroulai de tout mon long. Quel idiot, pensai-je, tandis que le faisceau tremblotant d'une lampe torche me chauffait le visage.

J'entendis la voix d'un homme : « C'est bon, il est coincé, les gars. »

Je roulai sur le côté et tentai de me redresser, mais ma jambe me faisait diablement mal et je retombai lourdement sur le sol.

Comme s'il fallait encore me plaquer à terre, un homme se jeta sur moi. Je me retrouvai la joue enfoncée dans le sable, le talon cranté d'une botte entre les omoplates. On me hurla de mettre mes mains derrière la tête tandis qu'on me menottait les poignets. Deux hommes me soulevèrent pour me fouiller. Un coup de crosse sur ma jambe vaillante me fit perdre l'équilibre et, une fois encore, les mains prisonnières, sans rien pour me rattraper, je m'écroulai, la gueule dans le sable. J'avais les narines et la bouche obstruées, les yeux me piquaient et j'agitais la tête tel un poisson qu'on sort de l'eau.

Je n'avais plus de souffle, plus de force et c'est là que je l'entendis, ce rire au fond de moi, le rire impétueux et truculent de la vie.

21

Les nuits qui avaient précédé l'annonce de la perte du bébé, Leila avait fait plusieurs fois le même rêve qu'elle me raconterait plus tard.

Ma sœur est nue, assise au bord du lit. Des filets d'air froid glissent le long de sa peau et elle pense : « Pourquoi les fenêtres sont-elles ouvertes ? C'est moi qui ai oublié de les fermer ? » Elle se lève, se dirige vers la cuisine. La porte du balcon est grande ouverte. Dans l'ouverture, elle aperçoit Arthur à califourchon sur la rambarde, une jambe dans le vide. Elle se précipite vers lui, affolée. Mais dans ce rêve qui se répète chaque nuit, il y a toujours quelque chose pour entraver sa course, une chaise, la porte d'un frigo gigantesque, elle comprend qu'elle n'arrivera pas à temps. Dans un ultime soubresaut, elle se hisse par-dessus la rambarde et tend le bras pour attraper le bas du pyjama d'Arthur qu'elle serre de toutes ses forces. Le hissant vers sa poitrine, elle découvre qu'il ne s'agit que d'un lambeau de tissu, un morceau de tissu sans vie.

Elle sent alors le vide sous ses pieds, un gouffre immense, et avec cette sensation de monde qui a cessé de la porter, qui a cessé d'être monde, elle se réveille.

« Chaque nuit, je rêvais que je perdais mon enfant. Dans mon rêve, c'était Arthur. Mais en fait, c'était pas lui. C'était pas lui que je n'arrivais pas à sauver. Mais l'enfant que je porte dans mon ventre. »

Nous étions jeudi. Le moment était venu de se rendre à la maternité et lorsque Leila ouvrit les yeux ce matin-là, elle s'en voulut d'être une femme.

La veille au soir, j'avais réussi à lui arracher un rire au téléphone, en racontant mes mésaventures, ma course éberluée au milieu de la cité, mon interpellation dans un bac à sable, ma nuit passée au commissariat de Bobigny parmi une faune d'adolescents très remontés, jusqu'à ma libération en début d'après-midi. Il y avait eu une altercation cette nuit-là entre des jeunes et la police. Selon elle, je correspondais au signalement d'un des émeutiers : maghrébin, plutôt grand, portant un sweat-shirt à capuche noir et un jean. Ma veste était kaki. Mes vêtements ne sentaient pas l'essence. Je n'avais pas même un briquet dans la poche. Mais il avait fallu attendre que le policier blessé ce soir-là reconnaisse que je n'étais pas le coupable pour être libéré après seize heures de garde à vue.

Leila s'esclaffait à l'autre bout du fil : « Et dire que Christophe m'a dit ce matin : "Ils ont dû serrer quelqu'un hier. T'aurais vu ce défilé, là en bas…" Et c'était toi ?

— C'était moi. »

Leila n'arrêtait plus de rire. Son rire me rassurait, même si je n'étais pas encore certain qu'il n'y aurait pas de poursuite judiciaire. Je sortais à peine des urgences où on avait enfin soigné ma jambe après une nuit entière à me tordre de douleur.

Ce jeudi matin, Leila se sentit tel un soldat appelé sur le champ de bataille. Elle s'enferma dans la salle de bains et prit une douche. Elle savonna son ventre longuement.

Ce ventre qui l'avait trahie et gardait tout son mystère.

Ce ventre qui était aussi le tombeau de son enfant.

Elle se rinça et se savonna une seconde fois, les yeux accrochés au plafond, fuyant la vision de son propre corps.

Elle se sécha et s'habilla très vite. Dans la cuisine, elle avala les deux comprimés que lui avait donnés la sage-femme pour déclencher les contractions. Elle but aussi un café.

Ce soir, tout serait fini. Le ventre serait vide comme avant et le fœtus emmené dans un autre lieu, lugubre, aseptisé, glacé.

Pour cet enfant, si on lui avait demandé son avis, elle aurait voulu tout autre chose. Une corbeille de roseau suivant le cours d'une rivière pour quelque destination inconnue. La douceur et la chaleur d'une peau de bête confiée à une banquise à la dérive. Un terrier caché dans une forêt broussailleuse et lointaine. L'infirmière avait dit qu'elle pouvait apporter un vêtement. Des vêtements de cette taille, songea

Leila, ça n'existe pas, des vêtements de poupée peut-être. Mais cette pensée la mettait mal à l'aise et elle préféra l'écarter. Elle songea seulement à prendre un lange qui avait servi lorsque Arthur et Léo étaient bébés, et l'enfouit dans son sac.

Ensuite, elle se rendit à la maternité. Seule. Elle refusa qu'on l'accompagne.

Les contractions commencèrent en début d'après-midi et, vers dix-huit heures, on la conduisit en salle des naissances. Le jour avait décliné et elle accoucha près d'une fenêtre sombre dans laquelle la pièce entière se reflétait.

La douleur n'est pas regardante sur ce qui sort de votre corps. Elle est même parfaitement juste et équitable. Au moment de la délivrance, on souffre pour ceux qui vont vivre comme pour ceux qui ne vivront pas.

Leila eut mal comme pour les autres naissances, mais cela n'avait pas d'importance, car cette douleur formait le seul lien qui l'unissait à l'enfant, la douleur était le seul sacrifice possible.

La sage-femme disparut et lorsqu'elle revint, elle posa sur la desserte près du lit une coupelle métallique recouverte du lange apporté par Leila. « Je n'en avais jamais vu de comme ça, chuchota la sage-femme, les yeux brillants, comme si un miracle venait de se produire. La poche était intacte. Appelez-moi si vous avez besoin de moi. »

Leila attendit que la sage-femme ait franchi la porte pour se redresser et tirer la desserte vers elle.

Elle regarda la coupelle, la forme ronde et bosselée sous le lange. Son cœur battait à tout rompre. Elle avait très peur de ce qu'elle allait découvrir. Elle souleva délicatement le lange et réalisa qu'il n'y avait rien d'effrayant. De la taille d'un poing, d'un teint diaphane et d'une forme infiniment humaine, on reconnaissait l'arrondi du dos, les minuscules jambes repliées sur elles-mêmes. Même le visage, en partie caché, livrait de précieux détails sur le dessin du nez et de la bouche. Il n'y avait rien de choquant ou de monstrueux. Bien sûr la finesse, la petitesse des membres avaient de quoi surprendre. Mais les proportions étaient parfaites. C'était un âge de la vie auquel on n'avait pas accès en temps normal. On touchait au mystère, au miracle de la création, et elle comprit ce que la sage-femme avait ressenti.

Calmement, tendrement, Leila posa l'index sur le petit corps et découvrit une peau douce et délicate, sans doute la texture la plus soyeuse qu'il lui ait été donné de toucher.

Puis toute déployée, telle une large feuille d'arbre, la main vint couvrir et envelopper le corps.

Leila eut la sensation d'un moineau niché dans le creux de sa main, un tout petit oiseau, aux os à peine plus épais que des arêtes de poisson. Cette sensation lui parut si familière, si connue qu'elle chercha aussitôt dans ses souvenirs celui que, par une extraordinaire coïncidence, elle venait d'exhumer. Un couloir de temps s'était creusé dans son esprit. Mais elle avait beau concentrer toute son attention sur sa main, sur la sensation pleine, claire et puissante de ce petit corps replié entre ses doigts, le souvenir qui pointait en elle ne se livrait pas davantage.

Elle ferma les yeux. C'était au bout des doigts, si vif, si proche, et pourtant insaisissable. Elle se concentra tant et si bien que, un bref instant, il lui sembla sentir le battement du cœur de l'enfant. À l'évidence, ce n'était rien d'autre que son propre pouls qu'elle ressentait au bout des doigts.

22

Il fut un temps où Leila était tout ce que j'avais au monde. Puis vinrent Danielle, Dédé et Mai. Je les ai perdus tous les trois.

À présent, il y a Christophe, Léo, Arthur, et Annie.

Il y eut Djamila, ma mère, éternelle jeune fille dans mon imagination. Et ce bébé à qui Leila a donné un prénom secret, ce petit corps, pas achevé, pas fini, dont l'âme brillera par son silence et son mystère de toute éternité.

« Les analyses n'ont rien donné. L'autopsie, non plus.

— Ils ont fait une autopsie ?

— Bien sûr.

— Je ne le savais pas.

— Ils n'ont trouvé aucune anomalie. Ni problème de placenta ou de cordon. Ni malformation cardiaque ou chromosomique. Ça restera un mystère. On ne peut pas tout expliquer. Je dois l'accepter et puis c'est tout.

— Je suis désolé. »

Elle se tait et je ne sais quoi ajouter.

« C'était une fille, me dit Leila d'une voix hésitante.

— Cela avait de l'importance pour toi ? Tu tenais à avoir une fille ?

— Je ne crois pas. Fille ou garçon, c'est pareil. C'est juste que… que… »

Leila tarde à me répondre, mais j'entends le souffle de sa respiration, la pierre d'un briquet que l'on actionne, une cigarette qu'on allume.

« Leila ?

— J'ai tué toutes les filles autour de moi. »

J'écoute la voix de ma sœur, enrouée, monocorde, à l'autre bout du fil et je sens les larmes pointer aux coins de mes yeux.

« L'une après l'autre. Je ne les ai pas laissées vivre. »

Je ne dis rien parce que je sais que j'étranglerais tous les mots qui tenteraient de sortir de ma gorge.

Ma sœur, j'étais là et je n'ai pas su te protéger

Je n'ai jamais su te protéger de toi-même, de toi-même, Leila, tu étais ton plus grand ennemi.

Nous restons encore quelques secondes en ligne, puis Leila me dit qu'il est l'heure de donner le bain aux enfants.

Quand elle raccroche, je pose le combiné sur la table devant moi. Je regarde ce téléphone, j'écoute le silence et je sens le rythme de mon cœur s'accélérer, une chaleur nouvelle dans ma poitrine qui me donne l'impression que quelque chose en moi brûle et se consume. J'ai le trac. C'est peut-être en rapport avec ce que Leila vient de me dire. C'est peut-être ce que moi, je n'ai jamais dit à personne.

Alors je commence.

Je commence ce récit.

Je remonte très loin dans ma mémoire.

Je songe à Mai.

Et au seul mot inscrit dans le petit carnet rose que je lui avais offert.

Trois.

Je reviens à notre histoire.

Réalisant soudain que je n'ai rien fait de mal, j'entreprends de faire le même chemin en sens inverse, sans un bruit, me hissant par-dessus le mur de ma conscience, à la seule force de ma volonté.

Mes idées sont brouillées. Ce sera long, je le sais. Je mettrai peut-être des années à chercher dans les plis de mon âme ce que je veux raconter, mais je sais que je n'ai pas le choix.

Du paquet posé sur la table, je tire une cigarette que je porte aussitôt à ma bouche pour l'allumer. J'inhale la fumée à m'en brûler la gorge et les poumons.

L'air sec, malsain, chargé de poussière me revient.

Les dalles crémeuses du parvis.

Les caravanes des gitans.

Le bruissement des feuilles de platanes et de bouleaux ondulant au vent.

Une autre bouffée et de nouveaux souvenirs, clairs et précis, tombent en cascade. Les eaux noires du fleuve. Ses berges tachées d'immondices. La cabane qu'un clochard s'était bâtie avec du bois de rebut.

Un monde à portée de main.

Immense et fermé. J'ai dix ans, l'éternité devant moi. D'autres enfants s'agitent et courent.

Une silhouette surgit. C'est Leila, onde vrillant à la surface du monde, jeune fille nageant dans l'air élastique. Locomotive de notre troupe, infatigable et pressée, gaie et teigneuse, elle prend son envol et nous exhorte à la rejoindre. Nous nous lançons à sa poursuite, battus d'avance, enjoués malgré tout, le cœur léger, dans cet instant que j'ai passé des années à sonder et auquel je n'ai jamais renoncé.

Je cours et chaque foulée, aussi puissante qu'un chant d'amour, aussi mystérieuse que le miracle des entrailles, est un hymne à la vie.

Reproduit et achevé d'imprimer
par la Nouvelle Imprimerie Laballery
à Clamecy
en juin 2018.
Dépôt légal : juin 2018.
Numéro d'imprimeur : 805370.

ISBN 978-2-84990-579-1. / Imprimé en France.